SINN UND FORM

BEITRÄGE ZUR LITERATUR

HERAUSGEGEBEN VON DER
AKADEMIE DER KÜNSTE

74. JAHR / 2022 / 6. HEFT

November / Dezember

SINN UND FORM

Redaktion: Postfach 21 02 50, 10502 Berlin, Akademie der Künste, Hanseatenweg 10, 10557 Berlin, Tel. 030/20057-2220, -2221 oder -2222, Fax 030/20057-2223, E-Mail sinnform@adk.de, www.sinn-und-form.de. ISBN 978-3-943297-68-3. ISSN 0037-5756. Satz: Dörlemann Satz, Lemförde. Anzeigenverwaltung: Agentur Hanne Knickmann, Theaterstraße 7, 69117 Heidelberg, Tel. 06221/67342-50, www.kulturzeitschriften.net. Druck: Thiele & Schwarz GmbH, Kassel. Printed in Germany. Der Chefredakteur ist v.i.S.d.P. Bei unverlangt eingesandten Manuskripten ohne beiliegendes Porto keine Rücksendung. Beurteilungen werden nicht gegeben. Auf den Textseiten erscheinen in der Regel keine Literaturangaben und Anmerkungen. Nachdruck eines Beitrages während der gesetzlichen Schutzfrist nur mit Genehmigung der Redaktion. Die Zeitschrift erscheint zweimonatlich. Jahresbezugspreis einschließlich Versand 45,00 € (Inland) und 60,00 € (Ausland). Einzelheft 11,00 €. Vorzugsabonnement für Schüler und Studenten 34,00 €.

Bestellungen von Abonnements und Einzelheften: tableau, Neumagener Straße 27, 13088 Berlin, Tel. 030/4236606, Fax 030/42850078, E-Mail tableau@t-online.de. Zuschriften, die den Inhalt betreffen, sind an die Redaktion, solche, die den Bezug angehen, an die Firma tableau zu richten. Das Abonnement kann spätestens sechs Wochen vor Ablauf des Bezugsjahres gekündigt werden. Die Mindestbezugsdauer beträgt ein Jahr. Die Kundennummer ist unbedingt anzugeben.

INHALTSVERZEICHNIS

MARGUERITE DURAS

DIE BOA

Dies trug sich um 1928 in einer Großstadt einer französischen Kolonie zu.

Die anderen Mädchen der Pension Barbet gingen am Sonntagnachmittag aus. Sie hatten »Brieffreundinnen« in der Stadt. Abends kehrten sie zurück, trunken von Kino, Schwimmbad, kleinen Mahlzeiten im La Pagode, Spazierfahrten mit dem Auto, Tennispartien.

Ich selbst hatte keine Brieffreundin. Ich blieb die ganze Woche bei Mademoiselle Barbet, auch sonntags.

Wir gingen in den Botanischen Garten. Es kostete nichts, gleichwohl erlaubte sich die Barbet, meiner Mutter einen Aufpreis für »Sonntagsausflüge« zu berechnen.

Also sahen wir uns an, wie die Boa ihr Sonntagshuhn verschlang. Unter der Woche übte die Boa Verzicht: Da bekam sie nur Fleischfetzen oder kranke Hühner. Doch am Sonntag bekam sie ihr springlebendiges Huhn, weil die Leute das lieber mochten.

Wir sahen uns auch die Kaimane an. 1928, vor über zwanzig Jahren, hatte ein Kaiman, vielleicht der Großonkel oder Vater eines derjenigen, die es dort gab, das Bein eines Kolonialsoldaten abgerissen. Er hatte es bis zur Leiste abgerissen und so die Karriere des armen Soldaten zerstört, der ihn spaßeshalber mit dem Bein am Maul kitzeln wollte, ohne zu wissen, daß Krokodile – wenn überhaupt – zu recht makabren Späßen neigen. Seitdem hatte man ein Gitter um den Teich mit Kaimanen errichtet und konnte nun in völliger Sicherheit zusehen, wie sie mit halbgeschlossenen Augen dösten und von ihren früheren Verbrechen träumten.

Wir sahen uns auch die masturbierenden Gibbons an oder die schwarzen Panther aus den Mangrovensümpfen, die auf dem Zementboden vor Trockenheit vergingen und sich verboten, jemals ins Gesicht der Menschen zu schauen, die sich in sadistischer Weise an ihrem Leid ergötzten, durch die Gitterstäbe die grünen Mündungen asiatischer Flüsse fixierend, wo es von Affen wimmelte.

Wenn wir zu spät kamen, schlief die Boa schon in einem Bett aus Hühnerfedern. Wir blieben trotzdem noch eine Weile vor ihrem Käfig. Es gab nichts mehr zu sehen, doch wir wußten ja, was gerade passiert war, und jede stand vor der Boa, in Gedanken versunken. Dieser Friede nach dem Mord. Dieses makellose, im lauwarmen Federschnee verübte Verbrechen, das der Unschuld des Huhns eine faszinierende Wirklichkeit hinzufügte. Dieses Verbrechen ohne Makel, ohne eine Spur vergossenen Bluts, ohne Gewissensbisse. Diese Ordnung nach der Katastrophe, der Friede in der Kammer des Verbrechens.

In sich zusammengerollt, schwarz, heller schimmernd als Morgentau auf dem Weißdorn, herrlich geformt, mit drallen Rundungen, zart und muskulös, eine schwarze Marmorsäule, die plötzlich von tausendjähriger Müdigkeit befallen wird und sich zusammenrollt, herablassend in ihrem behäbigen Stolz, ihrer kraftdurchzuckten wogenden Langsamkeit, nahm die Boa das Huhn während der Verdauung mit souveräner Leichtigkeit in sich auf, so vollkommen wie glühender Wüstensand Wasser absorbiert, eine in heiliger Stille vollzogene Transsubstantiation. In dieser ungeheuren inneren Ruhe wurde das Huhn zur Schlange. Mit schwindelerregendem Behagen glitt das Fleisch des Zweifüßers in jenes des Reptils, den langen, gleichförmigen Schlauch. Verwirrend schon durch ihre Gestalt, rund und ohne erkennbares Greifwerkzeug an der Außenseite, doch greifstärker als jede Kralle, Hand, Klaue, jedes Horn oder jeder Fangzahn, gleichwohl noch nackt wie Wasser, so nackt wie kein anderes Tier unter den zahlreichen Arten.

Die Boa war der Barbet aufgrund ihres Alters und ihrer weit fortgeschrittenen Jungfräulichkeit gleichgültig. Auf mich selbst machte sie beträchtlichen Eindruck. Es war ein Schauspiel, das mir zu denken gab und mich, wäre mein Geist wacher und stärker, meine Seele gewissenhafter, mein Herz größer und empfänglicher gewesen, zum Schöpfergott hätte zurückbringen können, zur absoluten Aufteilung der Welt in böse Mächte und gute Kräfte, die beide ewig wirken und deren Widerstreit alle Dinge ihren Ursprung verdanken; oder umgekehrt zur Auflehnung dagegen, daß man das Verbrechen in Verruf bringt und der Unschuld Ansehen verleiht.

Wenn wir in die Pension zurückkehrten – für meinen Geschmack immer zu früh –, standen im Zimmer der Barbet eine Tasse Tee und eine Banane für uns bereit. Wir aßen schweigend. Danach ging ich auf mein Zimmer. Es dauerte ein Weilchen, bis die Barbet nach mir rief. Ich antwortete nicht sofort. Sie blieb hartnäckig:

»Komm, schau doch mal …«

Ich raffte mich auf. Sonst hätte sie mich geholt. Ich kehrte wieder ins Zimmer der Barbet zurück. Ich traf sie immer am selben Platz an: vor ihrem Fenster, lächelnd, in einem rosa Unterkleid, mit nackten Schultern. Ich stellte mich vor sie hin und betrachtete sie, wie es von mir erwartet wurde, wie es jeden Sonntagnachmittag von mir erwartet wurde, nachdem sie mich netterweise mitgenommen hatte, um die Boa anzusehen.

»Siehst du, was für schöne Unterwäsche das ist«, sagte sie mit sanfter Stimme.

»Ja, sehe ich«, sagte ich, »das ist wirklich schöne Unterwäsche, das sehe ich …«

»Ich habe sie gestern gekauft. Ich liebe schöne Unterwäsche«, seufzte sie. »Je älter ich werde, desto mehr liebe ich sie …«

Sie stand, verliebt an sich herunterblickend, ganz aufrecht, damit ich sie bewundern konnte. Halbnackt. Niemandem hatte sie sich je in ihrem Leben so gezeigt, nur mir. Es war zu spät. Mit über fünfundsiebzig Jahren würde sie sich auch niemand anderem mehr so zeigen. Im ganzen Haus zeigte sie sich nur mir so, und immer am Sonntagnachmittag, wenn die anderen Pensionsgäste ausgegangen waren, immer nach dem Besuch im Zoo. Ich mußte sie so lange betrachten, wie sie wollte.

»Wie ich das liebe«, sagte sie. »Dafür würde ich sogar aufs Essen verzichten.«

Von Mademoiselle Barbet ging stets ein entsetzlicher Geruch aus. Nichts konnte darüber hinwegtäuschen. Als sie sich mir zum ersten Mal zeigte, kam ich endlich hinter das Geheimnis dieses üblen Geruchs, ich erkannte ihn wieder, diesen Geruch, der unter dem Nelkenparfum lag, mit dem sie sich übergoß und der aus den Schränken drang, sich mit der Feuchtigkeit im Badezimmer mischte, seit zwanzig Jahren schwer und alt in den Dielen der Pension stand und während der Mittagsruhe wie aus geöffneten Schleusen aus der schwarzen Spitzenbluse von Mademoiselle Barbet strömte, die nach dem Essen regelmäßig im Wohnzimmer einschlief.

»Schöne Unterwäsche ist wichtig. Merk dir das. Ich habe es zu spät gelernt.«

Gleich beim ersten Mal ging es mir auf. Das ganze Haus roch nach Tod. Nach Mademoiselle Barbets uralter Jungfräulichkeit.

»Wem sollte ich meine Unterwäsche zeigen, wenn nicht dir? Dir, die mich versteht?«

»Ich verstehe.«

»Es ist zu spät«, stöhnte sie.

Ich antwortete nicht. Sie wartete einen Augenblick, doch ich konnte nichts erwidern.

»Ich habe mein Leben vergeudet.« Sie hielt inne und fügte dann hinzu: »Er ist nie gekommen …«

Dieses Verlangen fraß sie auf, dieses Verlangen nach dem, der nie gekommen war. Das rosa Unterkleid, das mit »unbezahlbarer« Spitze besetzt war, bedeckte sie wie ein Leichentuch, ließ ihr Gesicht aufquellen, schnürte ihr die Brust zu. Ich war die einzige, der sie diesen verbrauchten Körper zur Schau stellte. Die anderen hätten es ihren Eltern erzählt. Bei mir, selbst wenn ich es meiner Mutter erzählt hätte, wäre es egal gewesen. Mademoiselle Barbet hatte mich aus bloßer Gefälligkeit aufgenommen, da meine Mutter hartnäckig gewesen war. Niemand sonst in der Stadt hätte die Tochter einer Lehrerin an einer Eingeborenenschule aufgenommen – aus Sorge, das Haus in Verruf zu bringen. Mademoiselle Barbet hatte etwas Gütiges. Das machte uns zu Komplizen, sie und mich. Ich sagte nichts. Sie sagte nicht, daß meine Mutter zwei Jahre lang dasselbe Kleid anzog, Baumwollstrümpfe trug und ihren Schmuck verkaufte, um die monatlichen Zahlungen zu begleichen. Und da man meine Mutter nie zu sehen bekam und ich nicht darüber sprach, was ich sonntags machte – kostenlose, aber in Rechnung gestellte Sonntagsausflüge, über die ich mich nie beschwerte –, stand ich bei Mademoiselle Barbet in hohem Ansehen.

»Ein Glück, daß du da bist …«

Ich hielt den Atem an. Trotz allem war sie gütig. Ihr Ruf war stadtbekannt, makellos und keusch wie ihr Leben. Das sagte ich mir, und außerdem war sie alt. Aber das änderte nichts. Ich hielt den Atem an.

»Was für ein Leben …!« seufzte sie.

Um zu einem Ende zu kommen, sagte ich ihr, daß sie reich sei, schöne Unterwäsche besitze und alles andere vielleicht nicht so eine Bedeutung habe, wie sie jetzt glaube, daß man nicht in Reue leben könne … Sie antwortete nicht, seufzte tief und zog ihre schwarze Spitzenbluse wieder an, die unter der Woche ihre Ehrbarkeit bezeugte. Ihre Bewegungen waren langsam. Als sie die Ärmel ihrer Bluse zuknöpfte, wußte ich, daß es vorbei war. Daß ich eine Woche Ruhe hatte.

Ich kehrte in mein Zimmer zurück. Ich begab mich auf die Terrasse. Ich holte tief Luft. Ich war in eine Art negativen Enthusiasmus geraten, den die Abfolge der beiden Schauspiele, der Besuch im Zoo und die Betrachtung von Mademoiselle Barbet, unweigerlich hervorrief.

Die Straße lag in praller Sonne und die Tamarindenbäume mit ihren riesigen Schatten warfen große Garben grünen Geruchs in die Häuser. Kolonialsoldaten gingen vorüber. Ich lächelte sie an, in der Hoffnung, daß mir einer ein Zeichen geben würde herunterzukommen und mir zu sagen, ich solle ihm folgen. Lange Zeit blieb ich dort. Manchmal lächelte mir ein Soldat zu, aber keiner gab mir ein Zeichen.

Als der Abend hereinbrach, ging ich wieder in das vom Gestank der Reue verpestete Haus zurück. Es war furchtbar. Bisher hatte mir kein Mann ein Zeichen gegeben. Es war furchtbar. Ich war dreizehn, ich dachte, es wäre schon zu spät, um von dort wegzukommen. Sobald ich in meinem Zimmer war, schloß ich mich ein, zog die Bluse aus und sah mich im Spiegel an. Meine Brüste waren rein und weiß. Sie waren das einzige in meinem Leben, dessen Anblick mir Freude bereitete in diesem Haus. Draußen war die Boa, hier waren meine Brüste. Ich weinte. Ich dachte an Mama, an ihren Körper, der so sehr beansprucht worden war, vier Kinder gestillt hatte und nach Vanille roch wie ihre mit Flicken übersäten Kleider. An Mama, die gesagt hatte, sie würde lieber sterben als mitanzusehen, daß ich eine so furchtbare Kindheit hätte wie sie; daß es, um einen

Ehemann zu finden, unerläßlich sei zu studieren, Klavier spielen zu können, eine Fremdsprache zu erlernen, sich in einem Salon benehmen zu können, und daß die Barbet mir diese Dinge viel besser beibringen könne als sie. Ich glaubte meiner Mutter.

Beim Abendessen saß ich der Barbet gegenüber und ging dann rasch auf mein Zimmer, um nicht dabeizusein, wenn die anderen Pensionsgäste zurückkamen. Ich dachte daran, Mama am nächsten Tag ein Telegramm zu schicken, um ihr zu sagen, daß ich sie liebte. Doch dieses Telegramm schickte ich nie ab.

So blieb ich also zwei Jahre bei der Barbet, für den Viertellohn meiner Mutter und die wöchentliche Betrachtung der siebzigjährigen Jungfräulichkeit, bis zu dem wunderbaren Tag, an dem sich meine Mutter nicht mehr in der Lage sah, die monatlichen Zahlungen zu begleichen, und mich verzweifelt abholte in der Gewißheit, daß ich ihr wegen der abgebrochenen Erziehung bis zu ihrem Lebensende am Halse hängen würde.

Zwei Jahre hatte das gedauert. Jeden Sonntag. Zwei Jahre lang wurde mir einmal in der Woche zunächst ein gewaltsames Verschlingen dargeboten, mit Stadien und Konturen von strahlender Präzision, und dann ein weiteres Verschlingen, ein langsames, gestaltlos schwarzes. Und das vom dreizehnten bis zum fünfzehnten Lebensjahr. Beiden mußte ich beiwohnen, andernfalls hätte ich keine ausreichende Erziehung erhalten, »Unglück über mich und meine arme Mutter gebracht«, keinen Ehemann gefunden, und so weiter.

Die Boa verschlang das Huhn und verdaute es, das Bedauern verschlang die Barbet und verdaute sie, und dieses zweifache Verschlungenwerden, das regelmäßig aufeinanderfolgte, nahm in meinen Augen jeweils eine neue Bedeutung an, eben weil die Abfolge immer die gleiche war. Hätte ich nur dem ersten Schauspiel beigewohnt, dem Verschlingen des Huhns durch die Boa, hätte mir die Boa vielleicht für immer Entsetzen und Groll eingeflößt wegen der Qualen, die ich in meiner Vorstellung anstelle des Huhns durchlitt. Mag sein. Und hätte ich nur die Barbet betrachtet, hätte sie mir wohl eine Ahnung vermittelt für das Unheil, das auf dem Menschengeschlecht lastet, und das ebenso unvermeidbare Ungleichgewicht in der Gesellschaftsordnung mitsamt den verschiedenen Formen von Abhängigkeit, die daraus folgen. Doch nein, ich sah beides bis auf wenige Ausnahmen nacheinander, am selben Tag und immer in der gleichen Reihenfolge. Aufgrund dieser Abfolge dachte ich beim Anblick der Barbet unweigerlich an die Boa, die schöne Boa, die am hellichten Tag bei bester Gesundheit das Huhn verschlang und somit etwas anderem, einer Ordnung von strahlender Einfachheit und erhabener Urwüchsigkeit angehörte. So wie Mademoiselle Barbet, nachdem ich die Boa gesehen hatte, zum Grauen schlechthin wurde, zu etwas Schwarzem und Geizigem, Falschem und Heimlichem – denn man *sah* nicht, wie sie von ihrer Jungfräulichkeit verschlungen wurde, man sah nur die Auswirkungen, nahm nur den Geruch wahr –, zu einem bösen, heuchlerischen, verschämten und vor allem eitlen Grauen. Wie hätte ich gegen die Abfolge dieser Schauspiele gleichgültig bleiben sollen, deren Verbindung mit meinem Los irgend etwas zu tun haben mußte, vor Verzweiflung bebend, der abgeriegelten Welt der Barbet, dieses Ungeheuers der Nacht, nicht entfliehen und in jene andere gelangen zu können, von der ich durch die Boa, das Ungeheuer des Tages, eine Vorahnung bekam? Ich stellte mir diese Welt vor, hart und frei, malte sie mir wie einen riesigen botanischen Garten aus, wo sich in der Kühle der Fontänen und Wasserbassins, im dichten Schatten der Tamarinden oder in Flecken grellen Sonnenlichts zahllose körperliche Vereinigungen vollzogen, ein Verschlingen, Verdauen, Begatten, zügellos und ruhig zugleich, von jener Ruhe der Dinge unter der Sonne und im Licht, die sich heiter und schwankend einem Rausch der Einfachheit hingeben. Und ich stand auf meinem Balkon, stand, wo diese zwei extremen Moralordnungen aufeinandertrafen, und lächelte die Kolonialsoldaten an, die einzigen Männer, die es um den Käfig der Boa immer gegeben hatte, da es auch sie nichts kostete und auch sie sonst nichts hatten. Also lächelte ich, wie ein junger Vogel zu fliegen versucht, unwissend, im Glauben, es wäre der richtige Weg, um ins grüne Paradies der kriminellen Schlange zu gelangen. So wie mir die Boa auch Angst machte, war allein sie es doch, die ihre Kühnheit und Schamlosigkeit an mich weitergab.

Sie trat in mein Leben mit der Kraft eines regelmäßig angewandten Erziehungsprinzips oder, wenn man so will, mit der Exaktheit einer Stimmgabel des Grauens, was dazu führte, daß ich echte Abneigung nur gegen eine gewisse Art des Grauens empfand, die man als moralisch bezeichnen könnte – geheime Gedanken, geheime Laster und auch uneingestandene Krankheiten und alles, was man aus Scham für sich behält –, doch keinerlei Grauen etwa vor Mördern; im Gegenteil, ich litt mit denen, die man ins Gefängnis sperrte, nicht so sehr mit ihnen als Person, sondern vielmehr, weil ihr großmütiges und verkanntes Temperament auf seiner verhängnisvollen Bahn gestoppt worden war. Wie hätte ich diese meine Neigung nicht der Boa zuschreiben können, durch die ich die fatale Seite des Temperaments erkannte, das sie in meinen Augen auf vollkommene Weise verkörperte? Dank ihr hegte ich eine unbezwingliche Zuneigung zu allen Lebewesen, deren Gesamtheit mir wie eine symphonische Notwendigkeit vorkam, so daß das Fehlen eines einzigen ihr Zusammenspiel hoffnungslos entstellt hätte.

Ich wurde Leuten gegenüber mißtrauisch, die sich herausnahmen, Urteile über eine vermeintlich grauenhafte Spezies abzugeben, Schlangen als »kalt und still«, Katzen als »verlogen und grausam« bezeichneten, und so weiter. Nur eine einzige Kategorie von Menschen schien wirklich jener Vorstellung zu entsprechen, die ich mir von jener Spezies gemacht hatte, und das waren selbstverständlich die Prostituierten. Genau wie Mörder lösten Prostituierte (die in meiner Vorstellung im Großstadtdschungel ihre Beute jagten und mit der schamlosen Triebhaftigkeit ihres unabänderlichen Temperaments verzehrten) in mir Bewunderung aus, und gleichzeitig litt ich mit ihnen aufgrund der Verkennung, der sie ausgesetzt waren. Als meine Mutter erklärte, sie glaube mich nicht verheiraten zu können, erschien mir sofort die Barbet, und ich tröstete mich, indem ich mir sagte, daß mir ja das Bordell blieb, daß mir glücklicherweise zu guter Letzt noch das blieb. Ich stellte es mir vor wie einen Tempel der Entjungferung, wo in aller Unschuld – das Kommerzielle an der Prostitution lernte ich erst viel später kennen – junge Mädchen meines Standes, denen die Ehe vorenthalten blieb, hingingen, um ihre Körper Unbekannten, Männern vom gleichen Schlag wie sie, darzubieten. Als eine Art Tempel der Schamlosigkeit mußte im Bordell Schweigen herrschen, man durfte dort nicht sprechen, alles war so eingerichtet, daß man kein Wort verlieren mußte, eine Stätte heiliger Anonymität. Ich stellte mir vor, daß die Mädchen Masken aufsetzten, um hineinzugehen. Wahrscheinlich um die Anonymität der Spezies zu erlangen, das völlige Fehlen von »Persönlichkeit« nachzuahmen, das die Boa mit ihrer nackten, jungfräulichen Maskierung auf ideale Weise verkörperte. Diese unschuldige Spezies trug allein die Verantwortung für das Verbrechen, das Verbrechen, das aus ihrem Körper brach wie eine Blume aus der Pflanze. Das Bordell, grün gestrichen, grün wie die Pflanzen im Käfig der Boa, wo das Huhn verschlungen wurde, und wie die großen Tamarinden, deren Schatten meinen Balkon der Verzweiflung überfluteten, mit einer langen Reihe von Kabinen, in denen man sich den Männern auslieferte, einem Schwimmbad nicht unähnlich, wo man sich Wand an Wand waschen, von seiner Jungfräulichkeit reinigen, von der Einsamkeit des Körpers befreien lassen konnte. Ich muß hier von einer Kindheitserinnerung sprechen, die jene Auffassung nur bestätigt. Als ich wohl acht war, verlangte mein zehnjähriger Bruder eines Tages von mir, ihm zu zeigen, wie »es« beschaffen ist. Ich weigerte mich. Da erklärte mein Bruder aufgebracht, Mädchen könnten sterben, wenn sie es nicht benutzen, und das Verbergen ersticke sie und führe zu schlimmen Krankheiten. Ich gab trotzdem nicht nach, doch einige Jahre lang quälten mich Zweifel, zumal ich mit niemandem darüber sprach. Und als sich die Barbet mir zeigte, sah ich als bewiesen an, was mein Bruder gesagt hatte. Nun war ich sicher, daß die Barbet nur deshalb alterte, weil sie nie gebraucht worden war, weder von Kindern, die sie hätte stillen müssen, noch von einem Mann, der sie entblößte. Solche Einsamkeit, die einen zerfraß, konnte man bestimmt vermeiden, indem man seinen Körper entblößen ließ. Was zu irgendwas gebraucht worden war, zum Anschauen etwa, war geschützt. Sobald die Brust einem Mann gedient hatte, und sei es nur, weil man ihm erlaubt hatte, ihre Form, ihre Rundung, ihre Festigkeit zu begutachten, sobald die Brust die männliche Begierde entzündete, war sie vor solchem Verfall sicher. Daher die große Hoffnung, die ich aufs Bordell setzte, den Ort schlechthin, wo man sich Blicken aussetzte.

Die Boa war ein nicht minder strahlender Beweis für diese Überzeugung. Gewiß, die Boa versetzte mich in Schrecken durch ihr Verschlingen des Huhns, genau wie mir vor jenem anderen Verschlingen grauste, dessen Beute die Barbet war, doch die Boa konnte gar nicht anders, als das Huhn auf diese Weise zu fressen. Und so konnten auch die Prostituierten gar nicht anders, als ihre Körper darzubieten. Das Unglück der Barbet kam daher, daß sie sich einem unausweichlichen Gesetz entzogen und es nicht verstanden hatte, ihren Körper entblößen zu lassen. Wie an einem Scheideweg zeichneten sich so in der Welt und damit auch in meinem Leben zwei klar umrissene Möglichkeiten ab. Auf der einen Seite gab es die Welt von Mademoiselle Barbet, auf der anderen die Welt des Unabwendbaren, die fatale Welt jener als Verhängnis erachteten Spezies, die Welt der Zukunft, leidenschaftlich und hell, singend und schreiend, von gefährlicher Schönheit, deren Grausamkeit man jedoch hinnehmen mußte, wollte man Zugang haben, wie man auch das Schauspiel der verschlingenden Boas hinnehmen mußte. Und ich sah die Welt meiner Zukunft heraufziehen, der einzig denkbaren Zukunft des Lebens, ich sah sie mit der Musikalität, der Reinheit einer sich entrollenden Schlange aufgehen, und mir war, als würde sie mir dann auch wirklich in dieser Gestalt erscheinen, als Entwicklung von majestätischer Beständigkeit, wo mein Leben bis zu seinem Ende immer wieder von Stürmen des Schreckens, der Verzückung ergriffen würde, ohne Ruhe, ohne Rast.

Aus dem Französischen von Martin Alexander Sieber,
durchgesehen von Jens Rosteck

KHOLOUD CHARAF

EINE GABE VON ISHTAR

Gedichte

DIE TRAURIGKEIT

Sie überkommt dich wie eine Eingebung
Mach ihr ein Fenster auf
Putze ihre schwarzen Schuhe
Sprich lange mit ihr
Die Traurigkeit ist wie der Hunger
sie weiß, wie sie dich verzehrt
Laß sie an deinem Tisch Platz nehmen
Biete ihr Wasser an
oder schenk ihr warmen Salbeitee ein
und schau ihr in die Augen
Nimm dir Zeit für sie
Sie ist einsam
Deshalb besucht sie dich

DAS BLATT AM BIRNBAUM

Der Baum, der Himmel und Erde verbindet, ist davongegangen
So trug mich meine Stimme bis zum Horizont und kam zurück
Wie ein Marienkäfer, der glaubt, die Farbe eines Baums zu haben
legte meine Fantasie sich nieder und drehte ihr Gesicht zur Wand
Ich ging Marmelade zubereiten
mit viel Zucker
der mich langsam verbrennen wird im langen Winter
Weshalb sitzen die Tische so allein da
Weshalb färbt die Wäscheleine ihre Morgen nicht mit all den
Größen
Davongegangen sind die Schuhe, alle Schuhe
selbst die Ameisen, die von Krümeln leben
Geblieben ist nur ein einzelnes Blatt am Birnbaum
Es wartet, daß der Wind es mitnimmt

EINE GABE VON ISHTAR

Kanatha, mein Töchterchen
Bade deine Füße im Licht
und komm
Laß deine Zöpfe ruhen auf dem gewebten Kissen
Nimm die Trauben zwischen deine Lippen
damit sie gären
bis ich mit der Ernte fertig bin

Küß nicht den Mond
der schläfrig über deine Wange streicht
und vergiß die Gräser für die Ziege nicht
sie soll sich doch erinnern, Milch zu geben
Du mit den blattlosen Zweigen
So mancher wirft verstohlene Blicke
auf deine aufgerichteten Knospen
Dein erstes Begehren
läßt dich feucht werden
ein Opfer, nachdem es den Liebesgott verlangt
Solange du ein Teil von mir bist
ein weicher Körper auf dem Marmor
schlaf nur gut
und wenn der Gott des Krieges schläft, weck ich dich auf
Vergiß dich nicht vorm Spiegel
nackt
denn deine Schritte werden stolpern wegen deiner Schönheit
Ich sorge mich, daß deine Hand
die flammenden Kurven entdeckt
und lasse die Tür nicht anklopfen beim fremden Traum
So schlaf, Kanatha
vielleicht erwachst du einst gereift
Dann werde ich dir offenbaren
was die Opfergaben anrichteten
Aus deinem Spiegel schleicht
das Morgen
verlier es nicht
Dein Antlitz sei geheiligt

Aus dem Arabischen von Kerstin Wilsch

MARIE-LUISE BOTT

MEIN TOR ZU ALGERIEN

> *»Man ist mit sich allein. Mit den anderen zusammen sind es die meisten auch ohne sich. Aus beidem muß man heraus.«*
> *Ernst Bloch, Spuren, 1930/1969*

Da war ein Bild.
Für den Sommer 1973 hatten Tübinger Studienfreunde und ich eine Reise nach Tunesien geplant. Sie sollte dann in Verona enden, da das Auto, das wir gebraucht gekauft hatten, schon dort zu Bruch ging. Doch zuvor hatte mich meine Mutter gebeten, meinem Vater in Bonn den Haushalt zu führen, während sie sich am Bodensee erholen wollte. Ich fuhr also aus meinem zweiten Semester nach Hause und traf einen sterbenskranken Mann an. Meine bevorstehende Reise rief Erinnerungen in ihm wach an Krieg und Kriegsgefangenschaft in Nordafrika 1942–47. Als ich ein Mittagessen zubereitete, umarmte er mich plötzlich weinend: Nur fünf aus seiner Klasse hatten den Krieg überlebt, und – »da lag er vor mir, den Kopf voller Blut«. Ich hatte das für ein Kriegsbild gehalten, das er lebenslang mit sich herumtrug und das jetzt aus ihm hervorbrach. Damals wußte ich noch nicht, daß uns am stärksten nicht unsere Taten, sondern unsere Unterlassungen verfolgen.

Ich bin nicht nach Tunesien gekommen, aber ich kam nach Algerien. Den Weg dorthin bahnte mir die Dichterin Marina Zwetajewa, über die ich publiziert hatte. Regina Keil-Sagawe bat mich um ein Nachwort zu dem Roman »101, rue Condorcet, Clamart« über Zwetajewas Leben Mitte der dreißiger Jahre in einem Vorort von Paris. Geschrieben hatte ihn Simon-Pierre Hamelin, der als Kind unter dieser Adresse im selben Haus wie Zwetajewa gewohnt hatte. Sein Buch wurde im November 2017 auf der »Globale«, dem Festival für grenzüberschreitende Literatur in Bremen, vorgestellt.
Am Abend hatte uns die Festivalleitung zu einem Essen im Foyer des Theaters an einem Tisch versammelt. Rechts von mir saß Hamelin. Links Habib Tengour, dessen Poem »Traverser« am Vormittag in einer szenischen Lesung vorgestellt worden war, und neben ihm Abdelkader Djemaï, der noch aus seinem Roman »Die letzte Nacht des Emir« lesen sollte; beides in Paris lebende Algerier.
Ich wandte mich zu Hamelin und sagte: Alles was ich über Algerien wisse, stamme aus den Erzählungen meines Vaters. Aus der *drôle de guerre* am

französischen Atlantik war er im Juni 1941 durch Polen – im Bücherschrank der sechziger Jahre befand sich ein Band über die Ghettos in Polen – an die Grenze zur Sowjetunion verbracht worden. Nach neun Monaten Rußlandfeldzug beantragte er im März 1942 die Versetzung nach Nordafrika, zu einem Truppenteil, den er aus seiner Ausbildungszeit kannte. Dem wurde stattgegeben. Nach zwei Monaten Heimaturlaub traf er im Juli 1942 beim Panzer-Artillerie-Regiment 33 des Afrikakorps in Libyen ein. Es ging unmittelbar in den Kampf um El Alamein in der ägyptischen Wüste. Ab August zogen sich die deutschen Truppen bis nach Tunesien zurück. Weihnachtsgabentisch mit Tannenbäumchen in offener Wüste, daneben eine spärliche Reihe Soldaten. Das Neujahrstelegramm des Kommandeurs sah auch zum Jahreswechsel 1942/43 die Division noch immer »ungebrochen am Feind« und wünschte »für 1943 reiches Soldatenglück. Vorwärts für Führer und Großdeutschland!« Der letzte große Angriff auf Médenine im März 1943 scheiterte. Vaters Einheit kapitulierte am 9. Mai 1943 bei Tunis. Er ging – mit insgesamt 130000 anderen Soldaten des Afrikakorps – in englische Gefangenschaft. Mitte Mai floh er durch Tunesien und Algerien, wo er zeitweise mit Beduinen lebte, bis an die Grenze zu Marokko. Dort nahmen ihn französische Soldaten am 7. September fest. Ende Oktober 1943 kam er als Gefangener in ein Offizierslager in Géryville im algerischen Hochatlas, wo er bis Mai 1947 blieb.
Zu meiner Kindheit in einem hessischen Dorf gehörten Chamäleons und Heuschreckenschwärme, Moskitos und Schakale, Schirokko und Fata Morgana, Bakschisch und Kismet. Die Gutenachtgeschichten handelten von Wüstenwadis und Schlangenbissen, die man mit dem Messer ausschneiden und dann aussaugen muß; vom Essen auf dem Boden eines Beduinenzeltes um eine Schüssel herum, aus der man den Couscous mit drei Fingern nimmt.
Vater war weder Parteimitglied noch Nationalsozialist. Als jüngstes Kind eines Bergmanns und Bauern hatte er noch im Februar 1933 das Realgymnasium abgeschlossen. Sein Vater, Ortsgruppenleiter der SPD, wurde entlassen und stand unter Polizeiaufsicht. Ein Studium war nicht mehr zu finanzieren. Vater selbst hatte in den letzten Schuljahren zu dem auch sozialdemokratischen Abwehrbündnis »Eiserne Front« gehört. Er suchte Arbeit. Nach mehreren vergeblichen Bewerbungen meldete er sich 1934 zur Wehrmacht und schlug dort mit der Ausbildung zum Zahlmeister 1937 eine zivile Beamtenlaufbahn ein. Der wiederholten Aufforderung zum Eintritt in die NSDAP kam er nicht nach. Mit einem Jahr Verspätung wurde er Ende 1938 dennoch ins Beamtenverhältnis berufen. Bei Kriegsbeginn gehörte er als Regimentszahlmeister zum Stab. So auch im Lager für deutsche Offiziere in Géryville. Nach der Genfer Konvention von 1929 mußten Offiziere in Gefangenschaft – im Unterschied zu den Mannschaftssoldaten – nicht arbeiten. Schon im Herbst 1943 gründete sich in den Baracken der

Militärkaserne am westlichen Ortsrand mit Hilfe der amerikanischen YMCA, des Internationalen und des Deutschen Roten Kreuzes, die Bücher, Instrumente und Materialien schickten, eine Lageruniversität. An ihr studierte Vater sechs Semester lang Jura und Volkswirtschaft, absolvierte Sprachkurse, hörte Vorlesungen zu Kulturgeschichte und Philosophie. Unter den extremen klimatischen Bedingungen und der ungewissen Situation der Gefangenschaft verlangte das von Studenten wie Dozenten große Willenskraft. Vaters Studienbuch und Vorlesungsmitschriften sind erhalten. Unter anderem belegte er bei einem evangelischen Theologen von der Universität Königsberg, Leutnant Dr. Heinz Wagenknecht, eine »Einführung in die Existenzphilosophie«. Sie reichte von der Antike über »Der Mensch: Petrus«, Augustinus, Thomas von Aquin und Kant bis zu Kierkegaard. Camus und Sartre las Vater für sich.

Die Beschäftigung mit Fragen der Existenz, vor allem dem Problem der inneren Freiheit unter den schweren seelischen Bedingungen und den politischen Spannungen innerhalb des Lagers, denen er jahrelang ausgesetzt war, hatte ihn nachhaltig geprägt. So empfahl er mir zu Beginn meines Studiums, diese Zeit der Freiheit zu genießen und in jedem Fall auch Philosophie zu hören. Dazu schenkte er mir Ernst Blochs »Tübinger Einleitung in die Philosophie«, die »Spuren« sowie einen »Grundriß der Religionsgeschichte« des Afrikanisten und Religionshistorikers Ernst Dammann.

Von den über vierhundert deutschen gefangenen Offizieren in Géryville wurden am Ende, im Mai 1947, zwei – darunter Vater – für ein halbes Jahr ans Centre d'Etudes in St. Denis im Norden von Paris geschickt. Das war eine vom französischen »Armeeminister« und ehemaligen KZ-Häftling Edmond Michelet 1946 initiierte und von seinem Kabinettssekretär und Dachauer Mithäftling Joseph Rovan nach dem englischen Vorbild der »self-education« (Camp Wilton Park) geleitete Einrichtung zur Selbstaufklärung ausgewählter deutscher Kriegsgefangener, von denen man sich etwas für den Aufbau eines demokratischen Nachkriegsdeutschlands erhoffte. Obgleich noch immer im Status von Gefangenen, hatten sie in der Militärkaserne im Zentrum von St. Denis Zugang zu allen verfügbaren Informationsmitteln aus Presse und Rundfunk, organisierten eigene Kurse und begegneten – auf Einladung von Rovan – Persönlichkeiten aus Kultur und Politik wie Edmond Michelet oder André François-Poncet, dem linkskatholischen Philosophen Emmanuel Mounier, dem Kommunisten Maurice Thorez, den Autoren André Maurois, Raymond Aron und dem Widerstandkämpfer Vercors, aber auch Personen aus dem deutschen Widerstand wie Albert Spohr, dem katholischen Bischof von Mainz.

Dennoch, so schloß ich meinen Bericht für Hamelin, gelang meinem Vater kein Neuanfang in Nachkriegsdeutschland. Mit der Währungsreform verlor er seine

Ersparnisse und begann deshalb als Werkstudent. Das juristische Staatsexamen an der Universität Mainz, für das ihm drei Semester Lageruniversität anerkannt worden waren, bestand er neben der Arbeit im Personalbüro der amerikanischen Besatzungsbehörde in Gießen nicht. Die 1951 geschlossene Ehe war nicht glücklich. Die Hoffnung auf »eine internationale Tätigkeit« bei Neugründung der Bundeswehr – 1957 wurde er Verwaltungsinspektor, ab 1963 arbeitete er im Verteidigungsministerium – erfüllte sich nicht. Vereinsamt in Beruf und Familie starb er 1973 mit 59 Jahren.

Hamelin schwieg einen Augenblick. Dann meinte er, wieder sehe man, wie der Krieg Leben zerbreche. Und plötzlich wurde mir klar: Wenn ich jemals in den algerischen Hochatlas reisen will, dann jetzt. Ich wandte mich an Tengour und fragte, ob er Géryville kenne. »Das ist El Bayadh«, schaltete sich Djemaï ein, »von Algier gibt es einen Fernbus dorthin«. Natürlich war es Zufall, daß Tengour neben mir saß. Aber Dichtung führt immer ins Wesentliche. Und da er im Anschluß ein Stipendium in Berlin antrat, beschloß ich, meine Reisevorbereitung für Algerien mit seinem Werk zu beginnen, das mir Landschaft und Geschichte seines Landes erschloß.

Habib Tengour wurde in dem Jahr geboren, in dem mein Vater Algerien übers Meer nach Paris verließ. »Das Meer aber / bewohnt eine Muschel, lebt in der Geschichte / als Raubtier«, heißt es am Ende von Tengours Poem »Übers Meer«; und gegen Ende des fünften Kapitels: »Ich staune noch / immer, daß eine gewöhnliche Wolke die / Stadt hinwegfegt, Wüste bewahrt im Gedächtnis (…).« Wüste bedeute hier »das Unbewußte in uns Algeriern und der Religion des Islam. Die Wüste – das ist der ganze Hintergrund des Landes und unserer Kultur. Auch wenn ich aufs Meer zugehe, ist die Wüste da und hält uns fest«, kommentierte Tengour in unserem in Sinn und Form 4/2019 abgedruckten Gespräch. Auch für die deutschen Kriegsgefangenen von Géryville blieb übers Meer hin etwas Wildes in ihren Erinnerungen zurück, ein Stück Wüste, das unbewältigt im Gedächtnis steckte.

1959 machte sich Tengour zu seinen Eltern nach Paris auf. Er las im Gymnasium die französische und deutsche Romantik, die Lyrik der Moderne, den Surrealismus. Und er studierte Soziologie. Mit diesem Wissen im Gepäck kehrte er 1972 in sein Land zurück, um es bis 1991 weiterzugeben als Dozent für Sozialwissenschaften an der Universität von Constantine. In einer Umfrage der »Zeit« 2004 »Was kann Europa von der arabischen Welt lernen?« erinnerte er daran, daß Europa bis zum ausgehenden Mittelalter von der arabischen Kultur schon viel gelernt habe: »Die arabische Sprache übermittelte eine humanistische Kultur, eine Spiritualität und eine Imagination von höchster Verfeinerung.« Jetzt aber gelte es, vom Europa der Aufklärung zu lernen, um von Blut und Zerstörung der islamistischen Fundamentalisten frei zu werden. »Wir sind es, die von Europa zu lernen haben, um aus der Identitätswunde herauszufinden.« Dann erst könne man Europa lehren »nicht zu verzweifeln. Daß die Erde weit ist, wenn das Herz sich öffnet wie die Tür des Hauses dem fremden Gast. Daß Vertrauen weder Resignation ist noch Preisgabe. Daß Gesang ein sicherer Weg ist. Daß Freundschaft eine Kunst ist.« Ich liebe diese Sätze, die schon nach der Totenklage um den 1992 in Algeriens schwarzem Jahrzehnt ermordeten Freund und Universitätskollegen Abderrahman Benlazhar geschrieben wurden. Sie verlangen nach einer Epoche der Aufklärung, wie sie auch für Deutschland nach dem Zweiten Weltkrieg nottat. Und wenn Tengour sagt: »Der Maghrebiner ist immer woanders. Und dort erst verwirklicht er sich«, so galt das, auf die Dichter bezogen, auch für die erste Nachkriegsgeneration deutschsprachiger Dichter wie Ingeborg Bachmann, Hans Magnus Enzensberger oder Christoph Meckel. Erst in der Distanz zu ihrem beschädigten Herkunftsland konnten sie zu sich selbst und einer eigenen Sprache finden.

Ausgestattet also mit den Gedichten und Essays von Tengour, mit dem Geleitbrief seiner Freundschaft und einem dreiwöchigen Visum kommen wir am 24. Oktober 2018 in Algier an.

Zunächst wollen wir uns in den Straßen, Museen und Buchläden der Hauptstadt ein wenig eingewöhnen, bevor wir ins Atlasgebirge aufbrechen. Aus dem vierten Stock unseres Hotels sehen wir über Bahngleise hinweg auf Hafen und Meer, während unter uns vom frühen Morgen bis in die Nacht der Verkehr tobt. Das Benzin kostet Pfennige. Ein Auto hat jeder. Also eine kleine »Zeit in der Hölle«. Die schmalen Straßen quellen über von Autos, die unebenen Bürgersteige von Menschen. Scharfer Benzingeruch, übervolle Abfallcontainer, Armut und dieser rasende Verkehr. Ab 15 Uhr verstopft er die Ausfallstraßen, ab 16 Uhr die Innenstadt. Abbild einer Regierung, die, obwohl reich durch Erdöl und Erdgas, wenig für Bevölkerung und Infrastruktur tut.

Noch am ersten Nachmittag begrüßt uns Tengours Freund Mourad Yelles, aufgewachsen in Algier und Professor für die Literatur des Maghreb am Institut national des langues et civilisations orientales in Paris. Er ist zum bevorstehenden 23. Salon International du Livre d'Alger gekommen. Als erstes geht er mit uns in einen vollbesetzten Handyladen auf der Rue Mourad Didouche, damit wir eine SIM-Karte für unsere Zeit in Algerien kaufen. »Jetzt existiert ihr hier«, stellt er erleichtert fest.

Ich war noch nie in Afrika und noch nie in einem muslimischen Land. Hier auf der Rue Didouche hat man allerdings den Eindruck, auf dem Boulevard Hausmann zu sein. Oben am Hang steht zwischen Wohnhäusern eine Kirche von Le

Corbusier, unten zum Hafen hin das prächtige Große Postamt im neomaurischen Stil von 1812 und dazwischen die 1909 gegründete Universität, die älteste Nordafrikas, berühmt durch Forschungen zu Infektionskrankheiten. Wir sind weit und breit das einzige westeuropäische Paar. Ab und zu bemerke ich Blicke, die uns fixieren. Wenn ich dann lächelnd nicke, kommt zur Antwort ein freundliches »Bienvenue!« Der Massentourismus hat Algerien zu unserem Glück noch nicht erreicht.

Am folgenden Tag führt Mourad uns durch den südöstlichen Stadtteil El Hamma längs der Hafenbucht. Vor uns auf dem Boulevard höre ich, wie in meiner Kindheit, den Ruf eines Altwarenhändlers. Überall in den Straßen kleine Garküchen mit Poulet oder Pizza. Überall die Monokulturen der kleinen Läden: nur Gürtel oder nur Parfüm, Schuhe, Hemden. Der Stieglitz ist der Lieblingsvogel der Algerier. Ein Anstreicher hat einen Käfig zu seiner Unterhaltung während der Arbeit aufs Auto gestellt. So hatten die Renaissancemaler einen Vogelbauer in ihren Ateliers. Der große Jardin d'Essai, vom Meeresufer nur durch eine Avenue getrennt, ist eine Oase der Ruhe in der Stadt und voller junger Liebespaare. Die Franzosen legten diesen Botanischen Garten 1832 an, kurz nach Beginn ihrer Kolonialherrschaft. In einer Allee immergrüner Seifenbäume sammle ich ein paar herzförmige braune Samenkapseln auf, Waschnüsse. Über sechzig verschiedene Arten von Datteln gibt es heute noch im Maghreb, neben der Kamelmilch das »Brot« der Nomaden. Sie fehlten auch auf dem Geburtstagstisch meiner Kindheit nicht.

Wir steigen die Treppen zum Musée des Beaux-Arts hinauf, blicken von der Terrasse übers Meer, vertiefen uns in die Moderne und die Algerienbilder des Spaniers Joseph Sintès aus dem ausgehenden 19. Jahrhundert. Alles Öffentliche in Algerien leuchtet in den Farben der Nationalflagge grün, weiß und rot, auch die Kugellampen über den Straßen am Abend und die Gondeln der Seilbahn, mit der wir zum Freiheitsdenkmal Makam Chahed hinauffahren. Ein Kanadier entwarf es 1984: Drei riesige, zum Himmel aufragende Beton-Palmblätter um ein von Gardesoldaten bewachtes ewiges Feuer und drei monumentale bronzene »unbekannte Soldaten« außen vor jedem Palmblatt erinnern an die eineinhalb Millionen Algerier, die zwischen 1954 und 1962 im Kampf um die Unabhängigkeit von Frankreich fielen. Daneben ein Revolutionsmuseum, das über die gefallenen Kämpfer nationale Identität herzustellen versucht. Ist das der Weg in ein souveränes, von der eigenen Kultur erfülltes Leben der Nation?

Wir setzen uns in der Geschäftsetage unterhalb des monumentalen Platzes zu einem Imbiß nieder und überlegen, welche literarischen Werke wir kennen, in denen die Wüste eine zentrale Rolle spielt. Mourad sagt: »La traversée« (»Die Überfahrt«) von Mouloud Mammeri 1982 und »Le désert sans détour« (»Wüsten«)

von Mohammed Dib 1992. Wir sagen: »Die Tatarenwüste« von Dino Buzzati 1940 – das lebenslange Warten in der Festung auf den Feind.
Der Freitag ist der islamische Sonntag. Am Samstag sind wir mit einer jungen Architektin verabredet, die uns durch das Labyrinth der Kasbah hinauf zur Anhöhe führt. Hier ist das alte arabische Herz der Stadt. An den Hauswänden sehen wir die Symbole der muslimischen Kasbah – ein Halbmond zwischen zwei Händen – und der jüdischen – eine Hand, umwunden von der Schlange Moses'. Durch immer neue abgewinkelte Gänge betreten wir die Paläste der Prinzen, Paschas und Prinzessinnen. Kein Fremder kann so von der Straße einen Blick ins Innere werfen auf den lichten, säulenumstandenen Innenhof mit Springbrunnen, prächtigen Fayence-Kacheln und den beiden Wohngalerien mit holzgeschnitzten Brüstungen. In einer winzigen Gasse treten wir ein in die Gedenkstätte für den Widerstand des Front de Libération Nationale, dessen einstige Kommandozentrale hier mit vier Menschen darin von französischen Soldaten gesprengt worden war. Schließlich lehnen wir oben an einer weißen Mauer und blicken auf den Hafen, in den die Fähre aus Marseille gerade eingelaufen ist. Da ruft von einem kleinen Minarett hinter uns plötzlich langgedehnt und schön der Muezzin. Ich denke an Vater, der im Sommer 1947 von hier abfuhr.
Vor unserer Weiterreise in den Hochatlas versorgen wir uns noch mit Büchern. In der Librairie Les Mots sind die beiden zierlichen französischen Damen mit grauen Haarknoten stolz, mir eine kommentierte einbändige Neuausgabe der »Trilogie Algérie« (1952–57) von Mohammed Dib geben zu können, die aus den Romanen »Das große Haus«, »Der Brand« und »Der Webstuhl« besteht. Das Epos öffnet mir die Augen für die sozialen Verhältnisse damals im Land: Ich begreife, wieso Kinder der arabischen Einwohner von Géryville die deutschen Kriegsgefangenen am Lagerzaun um etwas zu essen baten. Die schöne Frau in der Librairie des Arts et des Lettres in der Rue Didouche besorgt uns die Wüstenromane von Dib und Mammeri und schlägt zum Erstaunen ihres Kollegen immer etwas auf den Preis auf. In der Librairie du Tiers Monde an der Place Emir Abdelkader finde ich Bücher von Tengour und kaufe die große Totenklage von Assia Djebar »Le Blanc de l'Algérie« (»Weißes Algerien«) von 1995. Viele kaufen hier Bücher. Die Kasse ist ständig umlagert. Und in allen Buchhandlungen sehen wir Aufarbeitungsliteratur über die fünfziger und sechziger Jahre. Jetzt endlich ist die Zeit dafür gekommen. Wann kommt sie für das schwarze Jahrzehnt, den algerischen Bürgerkrieg der neunziger Jahre?

Am 29. Oktober nehmen wir um halb vier Uhr nachmittags den Fernbus nach El Bayadh. Das sind 520 Kilometer nach Südwesten ins Atlasgebirge und neuneinhalb Stunden Fahrt, da wir allein drei Stunden brauchen, um aus dem

Stadtgebiet herauszukommen – vorbei an gigantischen chinesischen Bauprojekten: ein neuer Hafen, ein Stadion. Eine Bahnlinie nach El Bayadh gibt es nicht. Auch 1943 führte sie nur bis zum Chott Ech Chergui, einem ausgetrockneten Salzsee, von wo die Kriegsgefangenen in Lastwagen nach Géryville gebracht wurden. Als auf der Gare Routière unser Bus ausgerufen wird, bildet sich eine Menschentraube. Ein stiller junger Mann, Dozent für Französisch an der Universität von Tiaret, erklärt mir die Regeln: zuerst Einlaß für die Männer auf den hinteren Plätzen, dann für die Frauen auf den vorderen. Als er hört, wohin wir fahren, fügt er gemessen hinzu: »Die Menschen in El Bayadh sind sehr gastfreundlich.« Nachdem wir uns also auf getrennten Plätzen niedergelassen haben, veranlaßt ein großer Schwarzer einen Tausch, so daß ich neben meinem Mann sitzen kann.

Schon der Sonntag war kühl und naß gewesen. Jetzt fahren wir durch schweren Gewitterregen und starken Wind. Auf den Bergen bei Tiaret liegt Schnee. Das Licht im Bus ist ausgeschaltet. Aber immer wieder klingeln Handys. Eine rasende Fahrt durch die Nacht. Es ist zugig und kalt. Gegen ein Uhr kommen wir in El Bayadh an. Wir werden erwartet.

Bei meinen Recherchen war ich auf die Website eines Bewohners von El Bayadh über Region und Geschichte seiner Stadt gestoßen. Sie enthielt auch einen Beitrag über die ehemalige Lageruniversität, der auf einem Text des IBM-Physikers Karl Ganzhorn über sein Studium dort beruhte. Ein New Yorker Journalist hatte ihn umgeschrieben und ergänzt unter dem Titel »Die ›Universität‹ im Wüstensand« 1979 in »Reader's Digest« veröffentlicht. Die deutsche Version in »Das Beste aus ›Reader's Digest‹« von 1980 hatte N., ins Französische übersetzt, 2010 auf seine Website gestellt. Ich schrieb ihm aufs Geratewohl, daß ich auf den Spuren meines Vaters nach El Bayadh käme. Er antwortete freundlich. Von Algier aus rief ich ihn an: Ob er frei sei und Zeit für uns habe? In seiner Stimme klang Freude: Ja, er arbeite nicht mehr und habe Zeit. Wir sollten ihn anrufen, sobald wir unsere Ankunftszeit wüßten.

Da steht er nun in der Nacht: groß, schlank, dunkel gebräunt, in schwarzen Jeans, einem hellgrauen Pulli und einer fellgefütterten Lederjacke, das graugewellte Haar aus der Stirn gekämmt. Er ist 62 und Sohn eines Nomaden. In allem, was er sagt oder tut, wirkt er ruhig und bestimmt. Diese Nacht schliefen wir nicht im Hotel, sagt er, sondern bei ihm. Sein Haus ist ein Neubau am Stadtrand, ganz in der Nähe der Kaserne. Im ersten Stock gibt es einen großen Raum für Familienbesuch und Feste mit Sitzgarnituren, einem Wandschrank voller Bücher und Geschirr, einer Musikanlage und einem Gasofen, der kaum wärmt. Wir schlafen auf dem gekachelten, eiskalten Boden auf dicken roten Teppichen, die noch N.'s Mutter geknüpft hat, darüber Matratzen und Wolldecken. Ende Oktober sind wir in dieselben jähen Temperaturstürze von sonniger Bläue zu nächtlicher Kälte geraten wie damals Vater.

Der heiße Kaffee am Morgen tut wohl. Wir begrüßen N.'s Frau und seine schöne zwölfjährige Tochter. Außerdem gibt es drei erwachsene Söhne. Ich zeige N. ein Aquarell von Leutnant Helmut Plenz aus Berlin, das Vater als Andenken an Géryville mitnahm: Es stellt den Blick vom Lager über das tiefeingeschnittene Flußbett dar, eine Reihe hoher Zypressen und die kleine Siedlung hinweg zu einem Hügel mit einer Koubba, einem kleinen Kuppelgrab oder Mausoleum für einen Heiligen, und den schwarzblauen Bergrücken am Rand des Talkessels. N. sagt, den Friedhof mit der Koubba gebe es noch, und schlägt eine kurze Tour vor.

Es geht an der ehemaligen Legionärskaserne vorbei, die heute eine Kadettenschule ist. Jetzt umgibt sie kein Stacheldrahtzaun mehr, sondern eine meterhohe Steinmauer mit kleinen Wachtürmen. Doch noch immer wird sie vom alten Festungsgebäude im maurischen Stil mit zweistöckigen Arkadengalerien überragt. El Bayadh liegt in 1350 Metern Höhe auf einem von kahlen Bergen eingefaßten Hochplateau des Sahara-Atlas. Hier ist Geröllwüste, die Hammada, mit graugrünen Büscheln von Halfagras, aus dem man Körbe und Hüte flicht und hochwertiges Papier herstellt. Achtzig Kilometer weiter südlich beginnt die große Sandwüste. In der Steppe dazwischen führen schnurgerade Autostraßen an Hirten und Nomadenzelten, Herden von Dromedaren, Schafen und Ziegen vorbei. Heute hat El Bayadh über neunzigtausend Einwohner. 2014 eröffnete am Südrand – geschützt von einem Baumgürtel, der die Sandwinde abhält – auch eine Universität mit Campus. Damals, 1943, war es ein kleiner Ort mit etwa dreitausend Einwohnern neben einer Wasserstelle und der französischen Legionärsfestung.

Es ist wohl einer der ganz wenigen Orte des Zweiten Weltkriegs, wo man sich der deutschen Soldaten im Guten erinnert. Das Verhältnis der Wehrmacht zur arabischen Bevölkerung des Maghreb war neutral. Und die Einheimischen waren den deutschen Truppen eher freundlich gesinnt, hatten diese doch 1940 die französischen Kolonialherren besiegt. In Kommentaren zur Lageruniversität von Géryville auf N.'s Website wird zudem von persönlichen Erinnerungen berichtet: Jemandes Vater, der nach einem Blinddarmdurchbruch bewußtlos war, wurde von einem deutschen Arzt aus dem Lager gerettet. Ein anderer besaß eine Stadtansicht, die ein Lagerstudent gezeichnet hatte. Ein Dritter erlebte als Achtjähriger, wie die Kriegsgefangenen 1947 am Vorabend ihrer Entlassung Schemel und allerhand selbstgebautes Mobiliar über den Stacheldrahtzaun hinweg in die Hände der Einwohner gaben.

Außerdem aber war Géryville, der 1853 erbaute und nach Oberst Géry benannte südlichste Stützpunkt der französischen Armee, eine »Rebellenstadt«. Die

Aufstände gegen die Kolonialmacht hatten in Westalgerien schon 1832 unter dem jungen Gelehrten und Freiheitskämpfer Emir Abdelkader begonnen. In der Region um Géryville erhoben sich die Nomaden der Ouled Sidi Cheikh erstmals 1864–66 gegen die Gebietsansprüche der Kolonisten. An einem zweiten Aufstand beteiligte sich ab 1881 auch der Dichter Mohammed Belkheir (1835–1905) aus El Bayadh. Ein Platz der Stadt ist mit seiner Reiterstatue geschmückt. Er war Analphabet. Seine Dichtung wurde mündlich tradiert, bis man sie ab 1951 bei Beduinen aufzeichnete. N. gibt mir eine französische Ausgabe dieser »Poèmes de guerre et d'amour« (Gedichte von Krieg und Liebe) von 1976 zu lesen. Eine ganz unbekannte Welt der Dichtung tut sich mir auf.

Da der alte Friedhof erst später öffnet, kehren wir zu N.'s Haus zurück. Oben im Wohnzimmer hängt ein Foto seines Vaters. Er wurde noch in den letzten Jahren des 19. Jahrhunderts geboren, war Analphabet, hatte sieben Kinder, zwei Stuten und eine Herde Schafe. Da seine Söhne nicht wie er leben sollten, verkaufte er nacheinander die Schafe, um ihnen eine gute Ausbildung zu ermöglichen. Nach seinem Tod 1965 wuchs N. bei seinem ältesten Bruder auf und wurde später Fernsehtechniker. Als er in Pension ging, entdeckte er mit seiner Website eine Form, sich als Fotograf und Chronist der verschwindenden Nomadenkultur seiner Region auszudrücken. »Ich bin nicht wirklich aus meiner Zeit, wissen Sie.« Fast wöchentlich und besonders, wenn es ihm schlechtgeht, macht er Ausfahrten in sein »Königreich«. Von dort kehrt er gestärkt und mit Fotoserien zurück, die er bearbeitet und mit Texten versieht. Sie dokumentieren die Schönheit und die Zerstörung der Region, die eigentlich ein Naturschutzgebiet ist. N. spricht ein wunderbares Französisch mit seltenem Wortschatz und den bilderreichen Wendungen seiner Kultur. In den Straßen seiner Stadt hat er den lässig schlendernden Gang eines Mannes, der sein Leben gemeistert hat. In der Wüste dagegen läuft und springt er mit seiner Kamera hierhin und dorthin wie ein Hirte, nimmt die große Stille auf, den Wind, schaut in den Sonnenuntergang, dem rasch die Nacht folgt.

Als wir uns die Fotos seiner einzigen glücklichen Auslandsreise mit einem Jugendfreund 1982 nach Rom ansehen, tritt seine Tochter ein und bringt auf einem niedrigen Tischchen eine Schüssel Couscous mit einem Krug Sauce, einem Teller zarten Hammelfleischs und einer Schale Granatapfelkerne, aus der es nach Rosenwasser duftet. N. drückt mit dem Löffel drei Kuhlen in den Couscous, gießt Sauce hinein, legt uns Fleisch vor und bittet zu essen. Ein Fest. Ich kannte dieses Gericht nur aus der Erzählung meines Vaters. Jetzt esse ich es zum ersten Mal als Gast in einem Haus in El Bayadh. – Was suche ich hier? Ich möchte Landschaft, Klima und Menschen dieses Ortes erleben, um mir ein unbekanntes Stück im Leben meines Vaters vorstellen zu können, um zu verstehen.

Doch was immer ich auf dieser »Pilgerreise«, wie N. das nennt, erfahre: Ich kann das Algerien meines Vaters von 1943–47 nur träumen.

N. bringt uns zum Hotel. Wir beziehen ein Zimmer zum zentralen Platz Emir Abdelkader. Dann brechen wir zu einer kurzen Fahrt nach Süden auf. Es geht von der Hochebene hinab am Djebel Boudherga vorbei nach Brézina, dem »Tor zur Sahara«. Oberhalb der Stadt mit ihren Lehm- und Ziegelfarben hält N. an, damit wir die neunhundert Palmbäume bewundern, die sie einfassen.

Und dann öffnet sich eine große Ebene mit einem Tafelberg am Horizont. Von der Straße herab nähern wir uns langsam einer riesenhohen sandsteinroten Felswand mit Nadelspitzen und Abbrüchen am Rand. Das Sandsteinplateau ist der einstige Meeresboden, um den herum die Erde erodierte. Die genaue Zeichnung einer solchen Falaise findet man bei Antoine de Saint-Exupéry: Dort kommt in Kapitel III der Kleine Prinz auf der Erde an und von dort kehrt er in Kapitel XXIV auch wieder zurück. Vater besaß dieses Buch in einer leinengebundenen stockfleckigen Ausgabe von 1952, die auf mich gekommen ist. Ich konnte einzelne Bilder daraus nachzeichnen. Tatsächlich findet man auf den Falaises nicht nur versteinerte Muscheln, sondern auch Meteoritengestein. Und auch »Dorfbrunnen« gibt es noch, denn in alter Zeit lebten dort oben Nomadenstämme.

Vor diesem monumentalen rotglühenden Halbrund macht N. in einiger Entfernung rasch ein Feuer und hängt den Kessel an ein Dreibein darüber. In einer kleinen Emailkanne brüht er grünen Tee auf, gießt den ersten Aufguß schwungvoll in den roten Sand und füllt uns mit dem zweiten, in den er von einem großen Brocken Zucker abgeschlagen hat, in hohem Bogen die winzigen Gläser. Im Sand liegen grüngelbe kleine Koloquinten. Ein schwarzweißer Steinschmätzer flattert neugierig von Strauch zu Strauch. Plötzlich aber sehen wir einen Bulldozer heranfahren und Sandbahnen planieren. N. geht zum Fahrer und kehrt fassungslos zurück: Man bereite zum Nationalfeiertag in dieser naturgeschützten Landschaft eine Autorallye vor, »une catastrophe«. Die Sonne sinkt. Rasch kehren wir nach El Bayadh zurück.

Am nächsten Morgen gehen wir, wie man uns geraten hatte, mit N. zur Polizeistelle, um unsere Ausfahrten in den Süden anzumelden. Die freundlichen Beamten haben nichts einzuwenden, notieren aber vorsorglich Adresse und Telefonnummer. Im übrigen wollen wir zunächst unsere Erkältung auskurieren. Doch am Nachmittag werden auf dem Platz vor unserem Fenster riesige Lautsprecher aufgestellt, eine Tribüne und Sitzreihen errichtet, die Nationalflagge und eine große Leinwand aufgehängt. Und dann ist bis nach Mitternacht die Hölle los: Marschlieder erklingen in Endlosschleife fortissimo aus den Lautsprechern, ein heroischer Film über den Unabhängigkeitskampf flimmert über die Leinwand, am Abend singt ein Männerchor, begleitet von einer Militärkapelle, Jungpioniere

brüllen auf Zuruf Parolen, ein Redner am Mikrophon steigert sich in immer kürzere Schreie, begleitet vom hohen Youyou der Frauen, dann Feuerwerk und Korso sämtlicher Polizeiautos und Ambulanzen mit vollem Sirenenton um das Rondell mit der Statue herum. Exorzismus. Provokation von Haß. Querte zu dieser Stunde ein Franzose den Platz, wer könnte für sein Leben garantieren?
Gerädert und nicht genesen besuchen wir am 1. November in der Nähe des Hotels einen überdachten Kunsthandwerkmarkt, der alljährlich zum Feiertag stattfindet. Hinter den Fäden eines senkrecht stehenden großen Webstuhls sitzt eine Frau mit hellem Kopftuch und webt an einem Djellaba-Stoff. Wir fragen, ob wir sie fotografieren dürfen, sie nickt. An einem Tisch daneben bewundern wir die archaischen Tier- und Menschenfiguren auf einer großen geflochtenen Schale. Wir sollen sie kaufen, ermuntert uns eine ältere Frau auf französisch. Sie sei zu groß für unsere kleinen Koffer, sage ich. Da tritt die Weberin hinzu und schenkt mir eine bestickte kleine Schale. Sie drückt meine Hände, küßt mich auf beide Wangen und fragt, woher wir kommen. »Danke, daß Sie nach El Bayadh gekommen sind!« Ich sage, warum. Das Verstehen in ihren Augen.
Am frühen Abend reicht N. uns eine Thermoskanne mit heißer Zitrone und Thymian herein. Für den folgenden Tag verabreden wir eine Fahrt zweihundert Kilometer nach Süden zum großen Beduinenmarkt bei El Benoud. Das dreitägige Fest zu Ehren des Heiligen Sid el Hadj Bahos vom Ouled Sidi Cheikh, begraben in El Abiodh Sidi Cheikh, einem Zentrum der Sufi-Gemeinschaften, ist Vieh- und Heiratsmarkt, bietet Reiterspiele, Volkserzähler, Musiker und alles, was man als Nomade braucht: Teppiche, Zeltbahnen, Salzbrocken für die Tiere, Couscous-Schalen, Tamburine, Gehstöcke, Eisenwaren, Elektronik, Datteln, Nüsse, Kräuter.
Auf dem Weg dorthin sehe ich neben der Autostraße die Hirten mit ihren Herden auf der rotbraunen Erde und denke: Friede. Aber was weiß ich schon. In der Region um Brézina kam es auch in jüngerer Zeit noch zu islamistischen Terrorakten. Und wie sieht das gegenwärtige Leben der Händler und Nomaden aus? Die Sozialanthropologin Judith Scheele, die ich vor unserer Reise in Berlin traf, wüßte es genauer zu beschreiben. Sie hat zwei Jahre mit ihnen auf den großen Handelswegen von Mali nach Algerien gelebt und schrieb ihre Dissertation über »Smugglers and Saints of the Sahara«. Früher, sagt N., hätten ihn die Hirten, sobald sie ihn sahen, herangerufen und zum Tee eingeladen. Jetzt seien sie vorsichtig geworden. In den Jahren des Terrors, als niemand in die Steppe ging, habe sich die Fauna wieder erholt. Für die Tiere sei das eine gute Zeit gewesen, als die Menschen einander jagten, lacht er bitter. Jetzt gebe es wieder so gut wie keine Gazellen mehr. Er zeigt auf moderne Camps: Prinzen aus der Golfregion vergnügen sich hier und wildern mit Billigung der algerischen Regierung.

Als wir um zwei Uhr mittags ankommen, ist alles schon im Aufbruch. Dromedare werden auf Lastwagen verladen, edle Pferde beiseite geführt, Frauen und Mädchen fahren singend auf der Ladefläche eines Lastwagens ab. Das Fest ist zu Ende. N. fotografiert leidenschaftlich, spricht mit den Händlern und scherzt. Wir fahren auf eine Anhöhe mit der weiß und hellgrün gestrichenen Koubba für Sidi Mohamed Ben Abdallah. Von hier überblickt man ein breites Flußbett und die Sanddünen am anderen Ufer. Frauen wandern in kleinen Gruppen zu ihren Lagern zurück, Jungen reiten auf einem Esel. Es ist der Friede nach dem großen Fest. Diesseits stehen zwischen Gebüsch und Bäumen vereinzelt hohe Palmen. N. nimmt seinen Teppich aus dem Auto und geht beiseite, um zu beten. Ich blicke auf die schlanken Palmen vor mir, und plötzlich ist mir mein Vater ganz nah, der so früh ging und all das zuerst nicht im Frieden und dann nicht in Freiheit sah.

Am nächsten Vormittag umrunde ich allein die Kaserne in El Bayadh. Auf der Westseite geht ein Pfad die Mauer entlang. Da sehe ich das tief eingeschnittene Flußbett am Fuß der braunen Hügel und auch einige hohe Zypressen. Doch dort, wo früher die Araber ihre Tiere tränkten und kleine Gärten kultivierten, ist heute die Müllhalde der Stadt. Auf der nordöstlichen Seite folge ich der Mauer die Straße entlang zurück zum Zentrum. Vor dem Haupteingang der Kaserne ist ein kleiner Platz mit bepflanztem Rondell. Gegenüber, keine zwanzig Schritte vom Kasernentor entfernt, liegt das im maurischen Stil erbaute blaugelbe ehemalige Postgebäude. Hier kamen damals die ersehnten Pakete, Briefe und Postkarten für die Kriegsgefangenen an.

Am folgenden Tag bricht die Sonne durch den Morgennebel und wir gehen zum Friedhof. Zwei Wärter lassen uns ein. Neben dem großen muslimischen Gräberfeld liegen ein jüdisches und ein christliches. Sie sind durch niedrige Steinmauern voneinander abgegrenzt. Auf dem christlichen Friedhof liegen französische Einwohner begraben, Fremdenlegionäre und Ordensbrüder der »Weißen Väter«. Von den mindestens fünf Gräbern deutscher Gefangener ist nur noch die Grabplatte für den Gefreiten Heinz Goetzinger erhalten, der am 8. Oktober 1943 mit 32 Jahren starb. Am 1. Oktober waren elf Kriegsgefangene aus dem Lager ausgebrochen. Einer entkam, neun wurden zurückgeholt und ein elfter dabei getötet. Vielleicht war das Heinz Goetzinger.

Ich frage die Wärter nach dem Grab von M'hamed Boukhobza. »Le docteur?« Sie führen mich zu seinem Grab. Der Sozialwissenschaftler wurde 1941 in einer großen Nomadenfamilie bei Brézina geboren und absolvierte die französische Schule in El Bayadh, wo er seine spätere Frau kennenlernte. Er arbeitete in Algier und promovierte 1976 in Paris bei Pierre Bourdieu über »Le nomadisme et la colonisation: analyse des mécanismes de déstructuration et de disparition de la société pastorale traditionelle en Algérie« (Das Nomadentum und die Kolonialisierung: Analyse der Mechanismen von Zerstörung und Verschwinden der traditionellen Hirtengesellschaft in Algerien). Am 27. Juni 1993 wurde er von Islamisten ermordet. El Bayadh verdankt seinen Flughafen der Strukturplanung von Boukhobza. Die Fluglinie wurde zum ersten Mal in Betrieb genommen, um seine Leiche nach El Bayadh zu überführen. »Die ganze Stadt (fünfzigtausend Menschen) und noch alle die, die aus der Oase der Familie bei Brézina kommen sollten, warten darauf, ihm die letzte Ehre zu erweisen«, schreibt Assia Djebar in »Le Blanc de l'Algérie«.

N.'s Frau und Tochter bereiteten uns noch ein zweites Festmahl. Und am 7. November brachte er uns hinter Brézina an einer roten Falaise vorbei zu einem Nomadenzelt. Blaue Wassertonnen, ein kleiner Ziegenpferch, dahinter endlos sich wellende steinige Sanddünen. N. hupt mehrmals. Da kommt aus dem Zelt ein zierlicher bärtiger Mann mit weißem Turban und Burnus: Si Larbi vom ruhmreichen Stamm der Ouled Sidi Cheikh. N. begrüßt ihn mit drei Küssen und stellt uns vor. Si Larbi geht ins Zelt und kehrt mit einem Tablett mit Kaffee wieder. Seine Handbewegungen sind klein, entschieden und elegant, seine Augen vom grünen Star getrübt. Für den Arzt fehlen das Geld und die staatliche Vorsorge. Als wir aufbrechen, segnet er uns und wünscht gute Heimkehr. Unsere letzte Ausfahrt endet am Fuß der großen roten Falaise bei einer weißen Koubba. Darüber steht schon der Mond. Der Abschied vorm Hotel ist kurz und schwer.

Über Tlemcen kehren wir nach Tipasa und Algier zurück. Am 16. November kommen wir in Berlin an. Drei Monate später beginnen in Algier die Freitagsdemonstrationen, die zum Rücktritt von Ministerpräsident Bouteflika führen.

Im Februar 2019 habe ich im Archiv des Verteidigungsministeriums in Paris-Vincennes und im Militärgerichtsarchiv recherchiert. Aus meinen Unterlagen wußte ich, daß die politischen Gegensätze im Offizierslager von Géryville im Juli 1944, nach dem Attentat auf Hitler, eskaliert waren. Major Karlheinz Kleibömer, 32 Jahre alt, Schauspieler und Regisseur aus Hamburg, der zwei Jahre lang im Führerhauptquartier Dienst leisten mußte, hatte Hitler einen Wahnsinnigen genannt und den Krieg für verloren erklärt. Daraufhin berief die deutsche Lagerleitung – Wehrmachtsoffiziere, die noch unter Fahneneid standen – einen »Ehrenrat« ein, der am 1. August 1944 entschied, Kleibömer sei durch Gruß- und Sprechverbot aus der Lagergemeinschaft auszuschließen. Das wurde von Baracke zu Baracke bekanntgegeben und durch Absingen des Deutschland- und des Horst-Wessel-Lieds von allen bestätigt. Kleibömer flüchtete sich zunächst ins Lazarett. Er kehrte aber ins Lager zurück, nachdem der französische Kommandant von dem »Ehrenrat« erfahren, dessen Beschluß für widerrechtlich erklärt und ihn aufgehoben hatte. Mit Kleibömer hatte sich Major Hanns Tüxen solidarisiert, ein 29 Jahre alter promovierter Jurist aus Kappeln an der Schlei, der noch im September einen Selbstmordversuch beging. Er hatte in Nordafrika, als selbstauferlegte Wiedergutmachung für das Unrecht der Konzentrationslager, eine Abteilung des Strafbataillons 999 übernommen. Aus der Lagergemeinschaft ausgeschlossen, zogen Kleibömer und Tüxen in einen kleinen Raum zwischen Bekleidungskammer und Stabskasino in Haus 26. In den beiden Baracken nebenan wohnten Stabsangehörige.

In der Nacht vom 21. auf den 22. November drangen vier Offiziere in den Raum von Kleibömer und Tüxen ein und versuchten sie zu töten. Sie griffen mit Messern und einem Hammer an, würgten Kleibömer und schlugen mit einer Holzlatte, aus der lange Nägel hervorstachen, auf seinen Kopf ein. »Eine Reihe Geistlicher beider Konfessionen, Oberbauräte und Stabsoffiziere« im angrenzenden Haus, in dem Kleibömer »später blutüberströmt am Boden liegend um Beistand bat«, halfen nicht, berichtete ein Zeuge. Vater gehörte zum Stab. War es dieses Bild, das er noch am Ende seines Lebens vor sich sah, verbunden mit der Scham, in dieser Zwangsgemeinschaft nicht seinem Gewissen folgend gehandelt zu haben? Erst als Flakmajor Alexander Fleischhut dazukam und mutig einschritt, wurden die französischen Wachen alarmiert. Die beiden Opfer überlebten und wurden nach längerem Lazarettaufenthalt in ein anderes Lager verlegt. Die vier Täter, Berufsoffiziere und Nationalsozialisten, kamen vor das Militärgericht in Oran. Ende Mai 1945, also schon nach Kriegsende, wurden drei von ihnen mangels eindeutiger Beweise freigesprochen. Lediglich Karl Wiedemann aus Daupheim, Major im Generalstab, 35 Jahre alt, wurde zu einem Jahr Gefängnis verurteilt, erhielt aber Strafaufschub.

Durch meinen Aufbruch nach Algerien fand ich wohl die Erklärung für ein Bild, das auch mich lange Zeit verfolgt hatte. Es war das traumatische Bild vom Kampf fanatisierter Deutscher gegen Deutsche. Diese Szene nahmen alle Beteiligten in ihr Nachkriegsleben mit.

ALEŠ ŠTEGER

AUTOBIOGRAPHIE VON Č

Gedicht

a
Ich sah wie ein Mensch
Einen Menschen mordete
Mit einem Wort.

b
Der Mensch ist Jagd.
Der Mensch ist Stimme.
Der Mensch ist zwei.
Der Mensch ist človek.
Der Mensch ist ein Mensch,
Der nicht weiß,
Was alles er sein könnte,
Zu was allem er werden könnte,
Der Mensch.

c
Der Mensch
Geht bis zum Nichtmenschen
Und zurück.

Abgründe, Monster, Prüfungen.

Der Ort, an dem sich seine Spur verliert,
Leiht ihm den Namen.

č
Der Mensch č.
So nannte man ihn.
Besser das als ein Mensch als Zahl.

Der Mensch č ist ein
Zufriedener č.

d
Der Mensch fliegt selten,
Der Mensch jagt eher andere
Fliegende Menschen.

Wenn ein Mensch nicht frei ist,
Wenn er nicht weiß, was Himmel ist,
Läßt er sich leicht einsperren
Ins Versprechen der Freiheit.

e
Der Mensch ist Schatten,
Den ein Buchstabe wirft.
Der Buchstabe geht überall hin.
Der Schatten verläßt niemals
Die Höhle.

f
Unter den frischen Ruinen
Der Hauptstädte
Und unter der uralten Schrift
Der ersten Flechten:
Ein Tropfen menschlichen Bluts.

g
Gezeugt vom Zusammenprall
Zweier Gedanken:
Der Mensch möchte kein Mensch sein.
Der Mensch liebt, tötet
Wasser, Farne, Menschen.

h
Der Mensch ist Träne.
Der Mensch ist Stein.
Der Ozean weckt ihn,
Wirft ihn hin und her,
Der Mensch ist weniger
Als Sand von Menschen.

i
Ängstlich schützt der Mensch
Sein geheimnisvolles ich Ich ICH.
Das Ich ist ein geschlossenes Steinauge.
Wenn es sich öffnen würde,
Das Menschenauge,
Würde er durchs Auge
Zwischen die Sterne fallen.
Überglückseliger Mensch.
Angstergebener Mensch.

j
Der Menscherbauer nein
Nein nein, zu keiner Zeit in
Keinem Nichtnamen ist
Mensch nicht nein nicht Mensch zu Hause

k
Spottgeist.
Selbstzerstörung-
Magie unzulänglicher Wunder.
Der Mensch ist Gott des Menschen.

l
Milch wird zu Asche.
Geschichte zum Vergessen.
Ein Reh frißt Unkraut

Im Garten
Der toten Mutter
Eines weiteren Menschen.

m
Der Tod ist Handwerk
Und verurteilt die Tage.
Allem zum Trotz
Öffnet der Mensch seine Arme,
Nochmals bereit
Zu versuchen,
Zu versuchen.

n
Ein Mensch ist nicht.
Ein Mensch ist.
Wie viel kluger Unsinn
Von dem der Mensch
Meinte nicht meinte,
Man sei nicht sei
Weiter weiter.

o
Es gibt einen Sprung
In allem (auch in diesem Zitat).
Der Mensch hofft, eines Tages
Durch den Sprung zu entschlüpfen,
Den Menschen zu verlassen.

p
Der Mensch küßt den Himmel,
Segnet das Wasser,
Geht durch die Erde.
Es gibt kein Ende,
Keinen Frieden,

Keinen Menschen
Für den Menschen.

r

Kann ein Mensch r sein?
Ein Mensch kann kein Riß sein.
Aber r?
Eine schwarze Krähe trägt r
In den schwarzen Himmel.
Und wer trägt den Menschen?
Revolution. Rohbau. Republik.

s

Die Welt fängt mit w an.
Etwas wird ausgeworfen,
Es kriecht, wird feindlich und geheim.
Der Mensch liebt etwas.
Der Mensch kann nicht ohne etwas.

š

Ich trage das Unaussprechliche.
Ich bin Mensch.
Aber wozu?
Aber warum?

t

Mein Kamerad am Kreuz,
Wie gerne würde ich dich
Befreien von Gliedern, Gedanken,
Dich verwandeln in einen Strudel,
In das milchige Karussell eines Vollkommenen Menschen.

u
Kriegsalphabete formten ihn.
Er, Liebhaber perfekter Systeme,
Unser menschlicher Berechner.

v
Endlich habe ich dich allem zum Trotz
(Nicht ohne Widerstand) akzeptiert.

Hätt ich dich nicht, wär Mensch
Noch immer Mensch.

Sternmensch, Zvezdomil, Gottmensch,
Bogomil, Tschernobylmensch.

So aber bin ich Mensch, der kein Mensch ist,
Weil ich verworfen allein wirklich Mensch bin.

z
Zwischen Mensch und Mensch ist
Kein Unterschied, nur Innehalten und Schmerz.

Erst im Spalt, wo der Mensch endet,
Ist die Geburt des Menschen möglich.

ž
Die einzige Sache,
Die der Mensch
Nirgendwo nie
Nein nein, nie nie erkennt,
Die einzige Sache ist nicht das
Ende der Anfang der
Anfang das Ende des Menschen.

Aus dem Slowenischen von Matthias Göritz

BARBARA WIEDEMANN

»WIR SIND HALT EIN BERÜHMTES PAAR GEWESEN, LEIDER«

Der Briefwechsel zwischen Ingeborg Bachmann und Max Frisch

»2011 wurde bekannt«, so ist noch im Sommer 2022 im Wikipedia-Eintrag zu Ingeborg Bachmann zu lesen, »daß sich im Max-Frisch-Archiv in Zürich rund 250 zumeist handschriftliche Briefe Bachmanns an Frisch befinden, ebenso Kopien seiner Briefe an sie. Frisch hatte das Material für 20 Jahre nach seinem Tod gesperrt; nun werden die Bachmann-Erben mit den Frisch-Erben darüber zu beraten haben, ob bzw. wann und wie diese Korrespondenz veröffentlicht werden soll.« So steht das, wohlgemerkt, nicht im Wikipedia-Eintrag zu Frisch, sondern in dem zu Bachmann, und zwar nach der Zusammenfassung dessen, was man über das Paar und dessen gemeinsame Zeit zu wissen meint. Ähnliche Informationen, die geeignet sind, Neugierde, Voyeurismus und damit das Kaufbedürfnis der geschätzten Leser anzuregen, gab es seinerzeit auch zum Briefwechsel zwischen Ingeborg Bachmann und Paul Celan (2008).

Im »Spiegel«-Artikel »Schätze der Selbstkontrolle« vom 27. Juni 2011, den der Wikipedia-Eintrag zitiert, ist die Bemerkung zum Brieffund eingebettet in kritische Bemerkungen zur Angewohnheit Frischs, selbst »von sehr privaten Briefen« Durchschläge oder Fotokopien aufzubewahren. In diesem Fall sei das allerdings »ein großes Glück«, es handle sich nämlich »um Zeugnisse einer großen gegenseitigen Leidenschaft«. Außerdem wird Appetit gemacht auf weitere »literarische Schätze« im zunächst nur für den Stiftungsrat der Max Frisch-Stiftung geöffneten Nachlaß, und den Lesern Geduld empfohlen, auch »wenn die Bachmann-Erben wohl keine prinzipiellen Einwände gegen eine Veröffentlichung des Briefwechsels haben« – *wohl* keine Einwände! Zu Wort kommen die Erben von Ingeborg Bachmann im »Spiegel« nämlich nicht. Erst jetzt, im November 2022, kann der Briefwechsel nach langen Verhandlungen unter dem Titel »›Wir haben es nicht gut gemacht.‹ Der Briefwechsel« erscheinen, mit zwei Herausgebern aus dem Kreis der Salzburger Bachmann Edition und zwei von der Max Frisch-Stiftung berufenen. Auch die zu erwartende Frage nach den Originalbriefen von Frisch im Bachmann-Nachlaß wird im »Spiegel« nicht gestellt und damit keine Erklärung dafür gegeben, warum Frischs Durchschläge (Fotokopien gibt es keine) in diesem Fall wirklich ein so »großes Glück« darstellen.

Solange die Briefe nur von Auserwählten eingesehen und zitiert werden durften, blieb das Sprechen über die fast fünfjährige Beziehung geprägt von Gerüchten und Hypothesen. Ein Kommentator zitiert den anderen, eine Biographin übertrifft die andere, wenn sie ergänzend die Phantasie bemüht, um die Wissenslücken zu füllen. Anschaulich läßt sich das für den Beginn der Beziehung zeigen. Frischs erster Brief ist nicht überliefert, bekannt sind er und das daraus unmittelbar Folgende aus der knappen erinnernden Zusammenfassung in Frischs 1974/75 entstandener Erzählung »Montauk«: »Ich hatte zu tun beim Sender in Hamburg und ließ mir das Hörspiel vorführen, dann schrieb ich einen Brief an die junge Dichterin, die ich persönlich nicht kannte: wie gut es sei, wie wichtig, daß die andere Seite, die Frau, sich ausdrückt. Sie hörte Lob genug und großes Lob, das wußte ich, trotzdem drängte es mich zu dem Brief. Ich wollte sagen: Wir brauchen die Darstellung des Mannes durch die Frau, die Selbstdarstellung der Frau. Ihre briefliche Antwort verblüffte mich: sie fahre nach Paris und komme über Zürich, doch habe sie nur vier oder fünf Tage Zeit. Was war damit gemeint? Sie kam dann nicht. Ich hatte weder ihre Adresse in München noch in Paris; ich hatte über den Verlag geschrieben. Als ich später in Paris war, erfuhr sie es aus der Zeitung und fand heraus, wo ich wohnte, HOTEL DU LOUVRE.«

Obwohl hier über die näheren Umstände wenig gesagt ist, ›wissen‹ alle, die über die erste Begegnung schreiben, ganz genau, wie und wann sie ablief, und lesen dabei die Stelle in »Montauk« erstaunlich wenig genau. Man datiert den ersten Brief auf Juni 1958, wenige Tage nach der Erstsendung des Hörspiels »Der gute Gott von Manhattan«. Man weiß, Bachmann habe aus der Zeitung erfahren, in welchem Hotel Frisch wohnt. Der große Erfolg ihres Hörspiels habe im Sommer 1958 zur ersten Begegnung in Paris geführt. Und man spricht von einer Premiere am Abend des Treffens. In »Montauk« aber steht nichts von einem Brief Frischs im Juni (das ist auch nicht richtig), nichts davon, daß Bachmann sein Pariser Hotel in der Zeitung erwähnt fand (das konnte sie nicht), und da steht auch nichts davon, daß es sich bei der Aufführung von »Biedermann und die Brandstifter«, einem Gastspiel des Schauspielhauses Zürich, um eine Premiere handelte (es war keine). Das »große Lob« schließlich ist in »Montauk« ganz allgemein formuliert, es gilt der Autorin, nicht dem Hörspiel, das zunächst keineswegs euphorischen Zuspruch fand.

Aus Presse wie Sekundärliteratur ergeben sich die beiden grundlegenden Probleme im Zusammenhang mit dem Briefwechsel: einerseits die Frage nach der Textgrundlage für die Edition, andererseits die nach dem zu erwartenden Ertrag für unsere Kenntnis der beiden Autoren und ihrer Werke.

Die im »Spiegel« für das Max Frisch-Archiv an der Bibliothek der ETH Zürich genannten Zahlen entsprechen zumindest in der Tendenz dem abschließenden Befund: In Max Frischs Nachlaß wurden zu diesem Briefwechsel 216 Korrespondenzstücke aufgefunden. Allein 165 Originalbriefe, -karten oder -telegramme von Bachmann (die Briefe jedoch nicht »zumeist«, sondern nur zu etwas mehr als einem Drittel handschriftlich), dazu die Teilabschrift eines ihrer Briefe durch Frisch, eine in der Wohnung für sie hinterlegte Originalnotiz von ihm, 51 Durchschläge oder Abschriften eigener Briefe durch ihn sowie einige Entwürfe und nicht abgesandte Briefe.

Der im »Spiegel«-Artikel nicht erwähnte, Frisch betreffende Bestand im Bachmann-Nachlaß liegt im Literaturarchiv der Österreichischen Nationalbibliothek Wien. Dort befinden sich nur 43 teils mehrteilige Korrespondenzstücke: acht Originalbriefe und ein Originaltelegramm von Frisch, acht Blätter mit Teilabschriften durch ihn von elf eigenen Briefen (nur einer davon ist vollständig bekannt), außerdem 22 Durchschläge bzw. handschriftliche Durch- oder Abschriften eigener Briefe durch ihn, zwei keinem der Originalbriefe zuzuordnende, von Frisch beschriftete Kuverts und ein Brief von Frischs Töchtern an beide. In anderen Nachlaßteilen konnten zudem der Maschinendurchschlag eines ihrer Briefe aus den 1970er Jahren, dem im Versand Gedichttyposkripte beigefügt waren, und fünf Briefentwürfe von Bachmann aufgefunden werden.

Wir haben also ein Verhältnis von 165 zu 9 Originalen in den beiden Nachlässen. Zählt man die Durchschläge bzw. Abschriften und Teilabschriften in beiden Beständen mit, sind Bachmann 167 – von einem abgesehen – vollständig bekannte Briefe zuzuordnen, gegenüber 80 zumindest teilweise bekannten von Frisch an sie, also weniger als die Hälfte.

Aus dem Text der überlieferten Briefe ist zu schließen, daß im Nachlaß von Max Frisch mindestens zehn Korrespondenzstücke von Bachmann fehlen, darunter sieben Telegramme und eine Karte, aber nur zwei Briefe. Ein weiterer ist durch die erwähnte Teilabschrift bekannt. Die fehlenden Briefe wurden von Frisch auf Bachmanns Wunsch an sie zurückgegeben, im Wiener Nachlaß fehlen sie heute. Telegramme stellen keine Autographe dar, sie enthalten Kurzinformationen, die unter anderen Umständen auch telefonisch hätten übermittelt werden können: Der relativ große Verlustanteil, der bei Telegrammen – nicht nur in diesem Briefwechsel – zu beobachten ist, wundert also nicht. Der Befund zeigt aber: Frisch hat Bachmanns Briefe ohne Zweifel mit großer Sorgfalt behandelt.

Von einem sorgfältigen Umgang mit Frischs Briefen durch Bachmann kann dagegen keine Rede sein. Von mindestens 52 mit Sicherheit von Frisch versandten Korrespondenzstücken fehlt im Bachmann-Nachlaß jede materielle Grundlage, darunter auch hier drei Karten und 14 Telegramme. Die 35 in keiner Form überlieferten Briefe von Frisch betreffen den Korrespondenzbeginn im Juli und August 1958 und danach zumindest teilweise Phasen, in denen er mit der Hand schreiben mußte, weil ihm keine Schreibmaschine zur Verfügung stand, im Krankenhaus, auf Reisen. Nur bei wichtigen Briefen machte er dann Abschriften oder legte unter das Blatt ein Kohlepapier. Ein erheblich größerer Fehlbestand an seinen Briefen ist anzunehmen. Addiert man nämlich die als fehlend bekannten Briefe, Karten und Telegramme zum physisch zumindest teilweise überlieferten Bestand abgesandter Briefe, so ergibt sich ein Verhältnis von 177 Poststücken Bachmanns gegenüber 132 von Frisch. Das sind auf der Frisch-Seite zwar nun erheblich mehr, der Briefwechsel ist aber selbst nach dieser Rechnung noch recht unausgewogen.

Auch in anderen Korrespondenzen Bachmanns sind Asymmetrien zu beobachten, auffallende Lücken gibt es meist aber nicht bei den Briefen ihrer Korrespondenzpartner. Die weitgehende Vollständigkeit, mit der die Briefe von Hans Werner Henze (2004), Paul Celan (2008) sowie Ilse Aichinger und Günter Eich (2021) in ihrem Nachlaß überliefert sind, sollte aufhorchen lassen. Ebenso die Tatsache, daß im Briefwechsel Bachmanns mit Hans Magnus Enzensberger (2018) entscheidende, mit Sicherheit abgesandte Briefe fehlen.

Grund für den Befund im Fall Frisch ist ein Eingreifen von Bachmann selbst: Alle Spuren ihrer Jahre mit Frisch sollten ausgelöscht werden. Sie werde »nichts aufbewahren«, schreibt sie im März 1964 an Frisch und fordert in diesem Zusammenhang auch ihre an ihn gesandten Briefe zurück. Das lehnt er ab, weil diese ihm gehörten, so wie seine Briefe ihr. In einem Briefentwurf von frühestens 1963 wird Bachmann noch deutlicher: »Ich hätte nie gedacht, daß ich Jahre auslöschen möchte, weil mir alle schlimmen und guten Jahre kostbar sind, und diese möchte ich auslöschen«.

Die frühen Sicherungskopien und die Teilabschriften Frischs im Bachmann-Nachlaß, die ja nicht dort, sondern im Frisch-Nachlaß zu erwarten wären, gelangten spätestens in ihren Besitz, als sie sich Anfang 1963 allein in Uetikon aufhielt. Die Aneignung eines älteren Tagebuchs von Frisch ohne literarischen Anspruch im März 1963 aus einem verschlossenen Schrank in der dortigen Wohnung zeigt, wozu sich Bachmann berechtigt sah. Nach November 1960, als das Paar in Rom eine zusätzliche Wohnung angemietet hatte, entstandene Durchschläge waren nicht in Uetikon gelagert, sondern in Rom – sie befinden sich heute im Max Frisch-Archiv.

Zur Textgrundlage der Edition ist zweierlei abschließend zu bemerken: Publiziert sind zum einen ohne Ausnahme alle im Wiener Bachmann- und im Zürcher Frisch-Nachlaß aufgefundenen Korrespondenzstücke mit ihren brieflichen Beilagen, gleichgültig ob Originale, Sicherungskopien oder Fragmente aus den

Sammeldokumenten mit Teilabschriften, dazu Briefentwürfe und nicht abgesandte Briefe von beiden Seiten. In den 299 Dokumente umfassenden Textbestand sind zum anderen fünf Schriftstücke aufgenommen, die, obwohl keine Korrespondenzstücke im eigentlichen Sinn, beide Partner betreffen, zum Beispiel Frischs Testament von 1960 zugunsten Bachmanns, ein spätes Dokument zur gemeinsamen Wohnung in Uetikon sowie Materialien zu »Mein Name sei Gantenbein« aus Bachmanns Nachlaß; außerdem 34 Briefe von Bachmann und/oder Frisch an Dritte oder von diesen – insgesamt zehn verschiedene Personen oder Ehepaare. Diese Briefe zeigen einerseits die anfängliche Vertrautheit mit der Familie des jeweils anderen und machen andererseits deutlich, daß in Krisen, vor allem gegen Ende der Liebesbeziehung und danach, die Korrespondenz teilweise auf dem Umweg über Freunde, Verwandte und Bekannte geführt wurde.

Die Frage nach dem zu erwartenden Ertrag und der Notwendigkeit einer solchen Edition ist uneingeschränkt positiv zu beantworten: Eine Veröffentlichung des Briefwechsels ist sinnvoll, trotz des Fehlenden, und sie ist längst überfällig. Seit der Öffnung des Zürcher Nachlaßteils, der Frischs gesperrte Korrespondenzen betrifft, wurde in Kommentaren vor allem aus Bachmanns Briefen zitiert. Öffentlich gemacht wurde daraus, was man bereits zu wissen und das, wodurch man Vermutungen zur Beziehung zwischen Bachmann und Frisch bestätigen zu können meinte. Kaum aber, was die eingeschränkte Überlieferung von Frischs Briefen hätte erklären oder Bachmanns spätere subjektive Sicht auf ihre Liebesbeziehung zu Frisch mit seiner eigenen, ebenso subjektiven Sicht und mit Fakten aus der Zeit selbst hätte konfrontieren können.

Ein solches Vorgehen zementiert die von Bachmann zumindest intendierte Beseitigung aller Spuren Frischs aus ihrem Leben und damit ihre ›Deutungshoheit‹ über die gemeinsame Zeit. Eine neutrale Bewertung der kursierenden Gerüchte und Mythen, die sich um die am 3. Juli 1958 in Paris begonnene und am 12. März 1963 in Uetikon beendete Beziehung im engeren Sinn und den von Mai 1958 bis April 1973 geführten Briefwechsel ranken, wird dadurch unmöglich. Das gilt auch für die Rolle des Romans »Mein Name sei Gantenbein« darin.

Neben der vollständigen Wiedergabe aller greifbaren Briefe ist daher ein sorgfältiger Kommentar notwendig, in dem auch für schwierige Datierungsfragen plausibel zu begründende Lösungen gesucht und etwaige Zweifel diskutiert werden. Denn es gibt sowohl Briefe mit fehlendem oder eindeutig falschem, in Einzelfällen wohl aktiv gefälschtem Datum als auch solche, die erst erheblich späteren Briefen beigelegt waren. Notwendig ist zudem ein Kommentar, der diese Briefe mit biographischen Erkenntnissen aus anderen Briefwechseln der beiden konfrontiert und der die beiderseitige literarische Verarbeitung der Ereignisse den

Briefen nüchtern zuordnet, und zwar ohne aus der Fiktionalisierung »Belege« als Ersatz für nicht vorhandene biographische Dokumente zu gewinnen. Der Mangel an Informationen ist im Zweifel zu betonen, nicht durch Vermutungen zu kompensieren.

Ingeborg Bachmann und Max Frisch waren – zumindest in bestimmten Kreisen – öffentliche Personen. Ihre Beziehung fand sogar Eingang in große allgemeinbildende Lexika wie das Große Duden Lexikon und wurde dort zur Ehe gemacht. In einem Fazit formuliert Frisch Anfang Juni 1963 zu Recht: »wir sind halt ein berühmtes Paar gewesen, leider, ohne unser Zutun«. Ein solcher Briefwechsel bleibt zwar trotz der Bekanntheit der Schreibenden ein privates, ja, intimes Gespräch zwischen Liebenden und Streitenden. So privat die Korrespondenz aber ist: Das Briefgeheimnis gilt für sie auch im juristischen Sinn nicht mehr. Weil die Briefe vor allem für Frisch wichtig genug waren, um sie sorgfältig aufzubewahren – er zählt die Begegnung mit Ingeborg Bachmann in einem Interview mit Philippe Pilliod 1986 unter die »drei oder vier oder fünf entscheidende[n] Erfahrungen« in seinem Leben –, sind die Grundlagen für die heutige Edition erhalten geblieben. Und sie sind mehr als eine neu erschlossene biographische Quelle für ein neugieriges Publikum.

Die anderen Briefwechsel helfen beim Verständnis, und sie relativieren sich gegenseitig: Der deutlich kleinere zwischen Paul Celan und Ingeborg Bachmann etwa hätte sich nicht als *das* Dokument einer Jahrhundertliebe stilisieren lassen, wenn der Bachmanns mit Frisch bereits hätte danebengelegt werden können. Im Briefwechsel zwischen Bachmann und Enzensberger, die während ihrer Jahre mit Frisch ein Liebesverhältnis begannen, können und müssen Fehlbestände und deren Gründe jetzt deutlicher wahrgenommen werden.

Welche Perspektiven die Briefedition für das Paar Bachmann/Frisch und ihr Werk eröffnet, soll in der gebotenen Kürze an drei Beispielen erläutert werden.

Hypothesen und Fakten

In einer der neueren Darstellungen zu den literarischen Folgen der gescheiterten Beziehung zwischen Frisch und Bachmann, dem Nachwort zum Band »Das Buch Goldmann« von 2017 in der Salzburger Bachmann Edition, beginnt das Kapitel »Neue Sprache, neue Heldin«: »Anfang August 1962 hatte Max Frisch Ingeborg Bachmann verlassen. Es folgten ein Selbstmordversuch, eine Abtreibung und mehrere Klinikaufenthalte.«

Was die angebliche Trennung im August 1962 auf Initiative von Frisch betrifft, sind sich die Biographen schon länger weitgehend einig. Eine zum Beweis herangezogene Notiz von Anfang August 1962, in der Bachmann festhält, daß sie nach den vergangenen vier Jahren jetzt einen Neubeginn wagen wolle, klingt allerdings eher nach einem Trennungswunsch ihrerseits als durch Frisch; die erste Begegnung liegt ziemlich genau vier Jahre zurück. Zuletzt wurde 2020 in der zweiten Auflage des Bachmann-Handbuchs behauptet, Frisch habe Bachmann am 1. August 1962 mitgeteilt, daß er sich von ihr wegen seiner neuen Liebe Marianne Oellers trennen wolle. Ein nachträglich auf den 14. August 1962 datierter Brief von Bachmann an Frisch, in dem sie ihre Abreise aus Rom nach Uetikon ankündigt und Marianne wie eine Altbekannte beim Vornamen nennt, ist jedoch nicht als Beleg geeignet: Am 14. August 1962 hielt sich Bachmann nämlich nicht in Rom, sondern in Uetikon auf. Der Brief kann frühestens Anfang Oktober geschrieben sein, als Bachmann erstmals nach Ende Juli 1962 wieder in Rom eintraf. Alle zwischen August und Ende September 1962 geschriebenen Briefe zwischen Frisch und Bachmann bestätigen diese Planungen. In Rom erfuhr sie von Frischs erst in der zweiten Septemberhälfte begonnenen Liebesbeziehung zu Marianne Oellers.

Für den »Selbstmordversuch« beruft man sich auf einen Brief Bachmanns wohl vom 4. Februar 1963 an Henze, sie sei in einer Klinik gewesen, weil sie sich das Leben habe nehmen wollen. Was konkret passiert ist, ist nicht bekannt. Vierzig Tabletten des Schlafmittels Nembutal nennt Bachmann in einem Entwurf für eine »Rede an die Ärzteschaft«, aber nicht einmal in diesem fiktiven Rahmen ist, wie manche Biographin behauptet, von deren Einnahme die Rede. Nicht gegen die Absicht, wohl aber gegen einen tatsächlich vollzogenen Suizidversuch spricht Bachmanns Brief vom 11. Dezember 1962 an Frisch aus einer Zürcher Privatklinik. Daraus geht eindeutig hervor, daß sie vor ihrer Entscheidung am Vortag, sich in Behandlung zu begeben, verschiedene Personen auf ihre zeitweise Abwesenheit vorbereitet hat; Briefe an Verlagsmitarbeiter bestätigen das. Ging Bachmann zum Selbstschutz in die Klinik? Wie aus einem Brief an Enzensberger von Anfang Dezember bekannt, hatte sie von einem Tag auf den anderen das Beruhigungsmittel Meprobamat abgesetzt, von dem sie nicht erst seit Herbst 1962 abhängig war. Ein abrupter Entzug des Medikaments kann zu starken Angstzuständen führen und ist ein möglicher Grund für die Selbsteinweisung. Frisch gegenüber begründet Bachmann den Klinikaufenthalt tatsächlich auch nicht mit dessen Verhältnis zu Marianne: Sie sei in der Klinik, schreibt sie, »weil ich mich nicht fürchte wie in Ue[tikon] und mich so etwas wie ›in Sicherheit‹ gebracht fühle«.

Die »Abtreibung« beruht auf der Verbindung einer gynäkologischen Operation bzw. deren Datum mit dem Verlust oder der Ermordung eines Kindes in fiktionalen Texten von Bachmann und daraus entwickelten Vermutungen in den verschiedenen biographischen Darstellungen. Zuletzt erscheint die Abtreibung als Tatsache im Bachmann-Handbuch.

Eine Operation gab es tatsächlich: Es handelt sich um einen seit dem 18. September 1962 erwogenen Eingriff wegen schon im August aufgetretener Probleme. Das wird in den Briefen zwischen September 1962 und Mitte Januar 1963 von Bachmann und Frisch immer wieder angesprochen, wenn auch von ihr im Vagen gehalten und – sicherlich zur eigenen Beruhigung – bagatellisiert. Bachmann ist Anfang 1963 entschlossen, die Operation durchführen zu lassen, denkt aber auf Vorschlag von Frisch noch einmal über eine Verschiebung nach. Sowohl die Tatsache, daß der Eingriff zum Zeitpunkt der Operation am 26. Januar 1963 nicht dringend geboten war, als auch die Art der Operation, die Entfernung der Gebärmutter, wird durch den Brief einer gemeinsamen Bekannten an Frisch bestätigt, der im Briefkorpus abgedruckt ist. Es handelt sich also nicht um eine Abtreibung, sondern um eine nicht anders als tragisch zu bezeichnende Entscheidung Bachmanns: Sie legt eine für sie als Frau verheerende Operation absichtlich auf ein Datum, an dem Frisch nicht bei ihr sein kann. Ihre endgültige Entscheidung teilt sie ihm in ihrem ersten in die USA gesandten Brief mit, wo er sich zu Premieren aufhielt. Was genau bei der Operation gemacht werden soll, erfuhr er von ihr selbst nie. Ihr späterer Vorwurf, sie damit allein gelassen zu haben, ist in diesem Licht zu sehen.

Frischs Roman »Mein Name sei Gantenbein«

Essentiell sind die gegenseitigen Briefe für eine Neubewertung von Frischs 1964 publiziertem Roman »Mein Name sei Gantenbein«, der häufig für Bachmanns psychische Krankheit verantwortlich gemacht wurde. Durch die Briefe wird es endlich möglich, Bachmanns wenn auch nicht voraussehbaren, aber zweifellos vorhandenen und durch die Veröffentlichung des Romans weiter beförderten Panikgefühle zu trennen von ihren tatsächlich vorausgehenden Absprachen mit Frisch und von ihrer großen Unterstützung für das Buch. Und es wird möglich, Frischs aufrichtiges Bemühen wahrzunehmen, auf alle Wünsche Bachmanns zum Manuskript einzugehen. Bachmann konnte 1964 durch die Publikation nicht überrascht sein; daß sie das Buch vorher kannte, zeigt nicht zuletzt eine – in der Edition abgedruckte – Inhaltsübersicht der ersten Fassung, die sie selbst im Frühjahr 1963 angefertigt hat.
Ein neuer Blick auf Frischs Rolle in diesem Zusammenhang wird aber geradezu verhindert, wenn die Abläufe etwa in der Edition »Male oscuro« (2017) von Traumprotokollen und anderen ab 1963 zu datierenden autobiographischen Texten Bachmanns mit aus dem Zusammenhang gerissenen Zitaten allein aus ihren Briefen kommentiert werden, ohne daß der Briefwechsel als Brief*wechsel* genützt wird. »Es gibt eine Grenze von Ertragenkönnen«, wird im Nachwort aus

ihrem Brief vom 24. November 1963 an Frisch zitiert, »die ist für mich erreicht an diesem Punkt. Bis hierher und nicht weiter. Soviel Elend, soviel Krankheit, Finsternis und Unheilbares und noch immer so recht kein Ende abzusehen – das ist nicht zu verkaufen in ein paar Anspielungen, bloß weil es bequem ist, schriftstellerisch bequem«.

Bachmann konnte, das wird an den verschiedensten Phasen des Briefwechsels deutlich, das Entstehen des Romans von Anfang an aus der Nähe beobachten. Schon im Sommer 1962 las sie ein Teilmanuskript. Im Oktober 1962 schreibt ihr Frisch von seiner Sorge, »die grosse Erwartung, die Du ihm anbietest, nicht erfüllen« zu können. Bei Frischs Besuch an Bachmanns Zürcher Krankenbett am 19. Dezember 1962 erhielt sie eine erste vollständige Fassung des Romans, zu der sie ihm in der Silvesternacht telegraphiert: »DAS BUCH SCHON ZWEIMAL GELESEN ES WIRD GROSSARTIG UND WUNDERBAR«. Das schreibt sie in jener Nacht, in der sie von sich aus wegen Frischs Beziehung zu Marianne Oellers die bis dahin noch unklare Situation zu beenden beschließt – eine sehr vorläufige Entscheidung, wie sich sofort danach zeigt – und ihre Bedingungen erstmals ausführlich erläutert. Ende Mai 1963 schickt sie persönlich begründete Änderungswünsche zum Roman, aber auch Vorschläge, die ihre Erfahrung als Erzählerin zeigen. Bei dieser Gelegenheit fordert sie, sich zu einer Neufassung vor dem Druck noch einmal äußern zu dürfen. Frisch hielt sich penibel an sein Versprechen – und dies gegen das Drängen seines Verlegers.

Die während der Sommermonate 1963 von Frisch erarbeitete Neufassung bekam Bachmann Ende Oktober 1963 zur nochmaligen Durchsicht. Anfang Dezember formuliert sie noch einmal Wünsche, wobei sie in einem Punkt wenig präzise ist: »Du musst diese Sätze selber finden, das kann ich Dir nicht abnehmen.« Zu diesen Andeutungen, und nicht zum nachfolgenden Ergebnis der Umarbeitung, schreibt Bachmann das oben Zitierte vom »Ertragenkönnen« – abschließend für das ganze Buch gilt das nicht.

Frisch bittet wegen der Ungenauigkeit der Wünsche um weitere Angaben und tut danach alles, um Bachmann auch für diese Stelle die Sorge vor Bloßstellung zu nehmen: Er zitiert einzelne Umformulierungen und schickt Einzelblätter mit größeren Textzusammenhängen. Am 11. Dezember 1963, also nach diesen Sendungen und auch nach dem in der Edition »Male oscuro« zitierten Brief, schreibt Bachmann: »Ich kann nur wiederholen, daß ich das Buch für grossartig halte, daß die Komposition sich eingestellt hat, um die mir nie bange war.« Und Ende Dezember: »Ich wünsche Dir alles Gute für das Buch und die Zukunft – auch, daß Du schon gute Nachrichten hättest und eine wirkliche und andauernde Anerkennung für Deine Arbeit findest. Du musst nicht fürchten um das Buch. Es ist wirklich ein Buch.«

Da Frisch im Frühjahr 1964 nach den letzten Korrekturen wie vereinbart alles ihm bei den verschiedenen Gelegenheiten von Bachmann zum Buch Notierte an sie zurückgeschickt hat, lassen sich kaum Aussagen darüber machen, welchen Einfluß ihre Anmerkungen auf die Druckfassung des Romans hatten. Ein einziges Dokument mit von ihm zurückgesandten Bemerkungen wurde im Wiener Nachlaß aufgefunden, außerdem ist dort die Inhaltsübersicht des Romans mit einigen wenigen Anmerkungen von ihr erhalten geblieben, die Frisch selbst nie gesehen hat. Weder das Bachmann zunächst überlassene Exemplar noch die ihr im Oktober 1963 gesandte zweite Manuskriptfassung sind überliefert. Frisch konnte aber davon ausgehen, daß der Text in der am 8. Dezember 1963 beim Verlag eingereichten Form von ihr zum Druck freigegeben war.

Die Vorwürfe an Frisch durch Bachmanns Freunde und Bekannte, sie habe »sich zum Studienobjekt mißbraucht, bloßgestellt und seziert, zu einem ›Fall‹ gemacht, an ›jeder Stelle ihres Körpers beleidigt‹ gefühlt«, wie Adolf Opel in seinem 2001 publizierten Erinnerungsbuch formuliert, gehen meist wohl auf mündliche Aussagen Bachmanns zurück. »Ihr habt an mir verdient, Ihr alle. Ihr habt mich zu Geld gemacht. Ihr habt mich verkauft und verkauft«, schreibt sie wohl im Januar 1965 mit Blick auf Frischs sehr erfolgreiches Buch in einem in der Edition »Male oscuro« zitierten Briefentwurf an Siegfried Unseld und spricht von ihrer »Scham« darüber, »daß ich mit einem Menschen gelebt habe, der so erbärmlich war«.

In den beiderseitigen Biographien und Werkstudien wurden die Vorwürfe aufgegriffen; einzig Sigrid Weigel und Renate Langer mahnten schon 2003 und 2011 zur Zurückhaltung. Volker Weidermanns Zusammenfassung von 2010, »von einigen Passagen konnte sie ihn abbringen«, wird der fast ein Jahr andauernden gemeinsamen Arbeit am Manuskript, der Sorgfalt und großen Vorsicht, mit der Frisch mit Bachmanns Wünschen umgegangen ist, nicht gerecht. »Sie wird sich durch dieses Buch geradezu vernichtet fühlen. Sie sieht sich beschrieben, ausgeweidet«, weiß der Frisch-Biograph, wenn auch mit der Einschränkung, das sei Bachmanns ganz persönliche Interpretation. Auf derartige Einschränkungen meint Andrea Stoll 2013 verzichten zu können, wenn sie Bachmanns Einschätzung zu ihrer eigenen macht: »Die Figur der Lila trägt so unübersehbar Züge von Ingeborg Bachmann, daß sie sich bloßgestellt fühlen mußte. Daß er intimste Details ihres gemeinsamen Lebens so kurze Zeit nach der Trennung einer literarischen Öffentlichkeit preisgab, hat sie ihm nie verziehen.«

Die besondere Struktur von Frischs Roman mit seinen schillernden, nicht eindeutig zu fixierenden Figuren, aus der sich für eine Literaturwissenschaftlerin Konsequenzen ergeben müßten, bleibt dabei unbeachtet. Die Form von Frischs »Montauk« als offen biographische Erzählung ist von Céline Letawe 2007 als

Antwort auf das Scheitern seiner Poetik in »Mein Name sei Gantenbein« bezeichnet worden. Ist der Roman denn gescheitert? Ist das Konzept von »Montauk« nicht vielmehr eine Reaktion auf die Behandlung des Romans durch Ingeborg Bachmann und ihre Verteidiger?

Der literarische Rang des Briefwechsels

Bachmann und Frisch waren nicht nur ein berühmtes Paar. Beide waren schon bei ihrer ersten Begegnung anerkannte Autoren. In ihren Briefen zeigt sich nicht zuletzt große Prosakunst. Ob das Bachmanns Beschreibung ihrer Mitreisenden auf der Schiffspassage nach New York im Juni 1962 mit vor Witz sprühender Zweisprachigkeit ist: »In Paris gibt es furchtbar unanständige Lokale um Pigalle (Pigäll), wo Providencemütter, die an ihre Söhne denken, rot werden und wegsehen müssen und erst recht in Begleitung der Söhne, die hinschauen (etwa in meinem Alter), obwohl sie, die Mütter wieder, gegen den Körper nichts haben, nicht einmal wenn er nackt ist, nur gegen ›suggestive motions‹«. Oder Frischs ebenso zweisprachiger Bericht aus Rom im August 1962: »Eben hat die Contessa Brandolini angerufen, molto gentile, sie hat auch nach Dir gefragt, Einladung zu einem Cocktail dopodomani; der Espresso-Artikel ist spürbar«. Längere Passagen aus Frischs Briefen – eigene Träume und Gedanken, die mit der Beziehung nichts zu tun haben – gehen in unterschiedlich starker Bearbeitung in »Mein Name sei Gantenbein« ein. Und die Aufnahme von Briefen an Dritte aus dem Umkreis wird allein schon durch das Bravourstück von Frischs Antwort auf ein Schreiben von Bachmanns Freund Adolf Opel vom 2. September 1964 gerechtfertigt. Opel beginnt mit dem Satz: »da mich seit etwa einem halben Jahr alles interessiert was mit Ingeborg und ihrem Wohlbefinden zusammenhängt und da sie unter den Umständen der Trennung immer noch leidet, in ihnen die eigentliche Ursache ihrer Erkrankung sieht, bitte ich Sie, eine Aussprache mit Ingeborg herbeizuführen und so gut es geht ihr zu helfen, über das, was sie als Unrecht und als Verletzung ihrer Person empfunden hat, hinwegzukommen.« Dem setzt Frisch am 8. September entgegen: »ich möchte Ihren Brief, jetzt eben gelesen, umgehend beantworten; sonst wird es, fürchte ich, zu schwierig. Ich danke Ihnen. Natürlich versuche ich, um mich zu Ihrer dringenden Aufforderung verhalten zu können, doch zu erraten, was Sie mir verschweigen: wer Sie sind. Ich weiss es nicht. Ich weiss: Ingeborg Bachmann (um mit Ihnen von ›Ingeborg‹ zu sprechen, müsste ich Sie kennen) ist bei ihren und meinen Freunden in St. Moritz«. Und er schließt: »Ich habe, bevor ich Sie grüsse, Ihren Brief jetzt nochmals gelesen. Darf ich Sie, der ich von Ihnen so unvergleichlich viel weniger weiss als Sie von mir, grüssen / in freundlicher Verbundenheit? / Max Frisch«

Eine nicht unerhebliche Zahl von Außenstehenden hat sich wie Opel Schuldzuschreibungen für das Ende der Beziehung – in der Regel nur an Frisch – und Urteile über die Auswirkungen auf das Leben der Beteiligten – in der Regel nur das Bachmanns – angemaßt. Wenn beider Biographinnen und die Interpreten der während und nach der gemeinsamen Zeit publizierten Werke nach der Lektüre *aller* Briefe von Bachmann an Frisch *und* von Frisch an Bachmann einen neuen Blick auf Leben und Werk wagen wollten, wäre das kein geringer Ertrag der langerwarteten Edition. Den Briefen ist aber auch zu wünschen, daß sie nicht nur als Steinbruch für Biographisches und für Interpretationsansätze gelesen werden, sondern als faszinierendes Dokument von literarischem Rang.

CHRIS LAUER

PANDORAS WASSERKRUG

Gedichte

WIEDERSEHEN

An Adeline Stephen, das Mädchen von Goetzingen

Du erzählst von verlesenen Stunden, papierner Freundschaft
Und dem seltsamen Umstand, daß Gespräche an Kabinenwänden
Keimen,
Während über uns Wespen aus lebenden Nymphen schlüpfen
Und die Moosjungfern, weißgesichtig, ihre reifen Partnerinnen
Ausschaben.

Mit gelassener Hand pflückst du Froschlaich von Schilfrohrstielen,
Sprichst vom Zürichsee (samt Muränen, Fasern und zwei Leichen ohne
Augen),
Bis das Knarren des Weidengeästs dich verstummen läßt und
Du mich ansiehst mit Phelias früherem Lächeln, das sich selbst nur
Anzitierte.

Wir veratmen die Leere in unseren Bäuchen, dabei
Liest du, fast als ob's Fallobst wäre, verpuppte Raupen von dem Boden
Auf und
Steigst dann trotz der Dämmerung ins Wasser. »Was trägst du in den
Taschen?« frage ich. »Blütenstaub«, sagst du, die immer gern an Ufern
Stand.

ECHO UND NARZISS II

Platon rückwärts gelesen – und schon zähle ich
Das Hexametermaß an meinen Rippen ab,
Zwischen ihrer Weiblichkeit: Leeranschläge,
In denen die Zufluchtslosen, wie in seiner

Seitenwunde, schlafen können. Durch meine
Komplizenschaft war ich weder in Rede
Noch Körper zu Hause, doch richtete ich mich
Ein in einer Klause, die mir Trost gab im Insich-

Zusammenbrechen; es blieb mein hohlwangiges
Leben, in das andere, als ob es ein Strauß Tulpen,
Hyazinthen und Narzissen wäre, ihre Finger
Tauchen. Diesen *manikürten Triumph*

Werde ich nicht haben können; in mir treiben
Urbilder (versunkene Städte), die als
Mythen noch ins Bald ausstrahlen.
So ruhe ich mich – artefaktgeworden – aus
Auf den Pfeilern meiner Schwerelosigkeit.

ABSCHIED

Zum Jahreszeitenwechsel trat ich ein ins
Weißdornzwielicht; ich verließ dich und
Zog fort, noch bevor Vogelschwärme den
März in Klammer setzten. Unter meinen

Fersen knisterte der Acker (wie abgetastet
Durch eine Diamantnadel) und über mir
Kreiselten, als ob es abgestreifte Pilgerzeichen
Wären, die letzten Winterlindenfrüchte. Ich

Trug mit mir Pandoras Wasserkrug, darin
Enthalten: ein einzelner Schneegansruf,
Den mir der Freund schenkte, der du warst.
Ich rettete den Ruf hinüber, an einen neuen

Ort, und setzte ihn – wir sahen uns nicht
Wieder – im nächsten Frühling frei.

MUSSE, NR.2

Einst und Jetzt welken
Wie die Hortensien des Vorjahrs,
Die verschwanden und wieder sichtbar wurden
In einer pfauenfederfarbenen Landschaft
Mit einer Iris aus Türkis –
Einem See wie aus Fayencefliesen.

Einst und Jetzt welken
Im überbordenden Novellenwetter
Wie Grasblätter, die aus Regenrinnen wachsen:
»Willst du sprechen, ehe ich davon bin?
Oder ist es schon zu spät für dich?«

Einst und Jetzt welken,
Während die Morgenstunden (die Gischt der Tage)
Mein Haar versträhnen,
Und an den Taubenköpfen draußen vor dem Fenster
Das Violett aufscheint
Wie Druckstellen an einem Hals.

Einst und Jetzt welken,
Sorgsam abgedunkelt,
Als Vielheiten einer gedrängten Zeit,
Die hineinfällt
In eine wippende Unendlichkeit.

INGEBORG BACHMANN, THEODOR W. ADORNO

»ICH MUSS MICH DRUM AUCH HÜTEN, MIR HOFFNUNGEN AUF ARBEIT ZU MACHEN«

Briefwechsel 1959 – 61

Sonntag, 20–12–59
Kirchgasse 33/2h.

Lieber und verehrter Professor Adorno –
Dank, vielen Dank für den faszinierenden Bloch-Essay! Ich hoffe, es gibt ihn bald gedruckt, damit man ihn greifbar hat. Ich hätte ihn schon eher zurückgeschickt, aber Max Frisch wollte ihn auch lesen, läßt auch danken und grüßen.
An die Rebhühner und die Geduld Ihrer Frau mit mir an jenem Tag denke ich noch oft, leider auch an mein unseliges Versäumnis am darauffolgenden Tag, ich habe alles verschlafen, war müde und gedächtnislos wie ein Stein, das nächste Mal komme ich ausgeschlafen und zurechnungsfähig.
Schöne ruhige Festtage wünsche ich Ihnen beiden, herzlichst
Ihre Ingeborg Bachmann

M. et Mme.
Theodor W. Adorno
Johann Wolfgang Goethe-Universität
Frankfurt / Main
Alemania

Toledo II–[6/8?]–60
Aus dem schönen und schrecklichen Land viele herzliche Grüße Ihnen beiden! Das war unsere erste Synagoge, auf dem Weg südwärts, aber sie steht leer, und die Touristen trampeln hinein.
Ihre Ingeborg

[hs. Max Frisch] Herzlich grüßt Sie Max Frisch

[Frankfurt a. M.], den 6.10.61

Liebe Ingeborg,
der Brief, den mein Freund Steuermann, auf meine Veranlassung, Ihnen schreibt, und den ich Ihnen hier beifüge, bedarf eines erläuternden Wortes.
Es handelt sich ohne alle Frage um einen der bedeutendsten Musiker unserer Tage. Er gehört zu dem engsten Kreis von Schönberg; als Pianist ist er Schüler von Busoni. Er hat fast das gesamte Klavierwerk von Schönberg uraufgeführt, auch das Klavierkonzert, und dessen gesamte Kammermusik mit Klavier, und war überhaupt, was man den Bülow des Schönbergkreises nennen konnte; entfaltet heute in New York eine im bedeutenden Sinn pädagogische Wirksamkeit, die weit ausstrahlt.
Aber all das ist nicht das Entscheidende. Steuermann, von dem buchstäblich keine Note gedruckt vorliegt, ist sicher einer der originellsten und merkwürdigsten Komponisten der Gegenwart, alles eher als das, was man sich unter einem auch-komponierenden Pianisten vorstellt, beste und strengste Schönbergschule, dabei von einem durchaus eigenen und merkwürdigen Ton. Fürchtete ich nicht, daß es verschmockt klingt, so würde ich sagen, seine Musik in ihrer dunklen und oft rätselhaften Verschlungenheit, auch einem sehr tiefliegenden und keineswegs etwa folkloristisch dingfest zu machenden jüdischen Element, habe etwas genuin Kafkasches. Wenn die Kollaboration zwischen Ihnen und ihm sich realisiert, so könnte ich mir ein wirklich höchst bedeutendes Resultat versprechen. Von der Integrität Steuermanns, seiner vollkommenen Unfähigkeit zur leisesten Konfession, vermögen Worte keine Vorstellung zu geben; mir ist er einer der allernächsten Menschen. Hinzufügen möchte ich, daß er, bei aller kompromißlosen Modernität der Faktur seiner Sachen, zu dem rechnet, was man klassisch Zwölftontechnik nennen könnte und in einem gewissen Gegensatz zu den seriellen und aleatorischen Versuchen der jüngsten Generation steht. Das ist vielleicht für Sie nicht unnötig zu wissen, weil ja auch Henze, den ich sehr zu grüßen bitte, mit diesen Dingen sich herumschlägt. Jedenfalls gehört Steuermann zu den Komponisten, die dem musikalischen Sinn gegenüber den Versuchen, aus dem Material selbst dessen musikalische Gestalt herauszulesen, den Vorrang bewahren. Das dürfte ihn gerade auch als Opernkomponisten qualifizieren. Daß er der Schwager des verstorbenen Berthold Viertel und des früheren Burgtheaterdirektors Gielen ist, wissen Sie vielleicht; doch fällt dieser sogenannte background seiner eigenen menschlichen und künstlerischen Bedeutung gegenüber nicht ins Gewicht.
Natürlich weiß ich nicht, ob Sie abermals zu einem Opernunternehmen Neigung verspüren; sollte es aber der Fall sein, so wüßte ich keinen, bei dem das Ergebnis

mit mehr Spannung zu erwarten wäre als Steuermann. Und daß ich andererseits niemanden weiß, der so sehr dem entspräche, worum es hier geht, wie Sie, muß ich Ihnen – hoffentlich – nicht sagen; dies nur als ehrlich gemeintes Gegengift gegen Anfälle akuter Schüchternheit.
Auf jeden Fall möchte ich Sie bitten, sich mit Steuermann möglichst rasch in Verbindung zu setzen, und vielleicht geben Sie auch mir in der Angelegenheit, die mir ungemein am Herzen liegt, bald ein Wort. Ein großes Orchesterwerk hat Steuermann gerade vollendet.
Jetzt noch tut es mir leid, wie wenig ich in dem römischen Trubel von Ihnen haben durfte. Damit es zu einem ruhigen rencontre kommt, müssen wir ja wohl wirklich einmal in dem von Ihnen nun unsterblich gemachten Klagenfurt – das ich mir ähnlich vorstelle wie Graz, wo ich voriges Jahr 14 Tage verbrachte – zusammenkommen.
Grüßen Sie den Frisch aufs allerherzlichste. Ich denke, mein neues Büchlein ist in seinem Besitz, und vielleicht lassen auch Sie die Augen einmal auf einige der im doppelten Sinn dicht bedruckten und gepanzerten Seiten fallen. Grüßen Sie, bitte, auch die Iris sehr, wenn Sie sie sehen, und fragen Sie sie, warum ich gar nichts von ihr höre.
Alles Herzliche und Liebe
von Ihrem

Ingeborg Bachmann
Via de Notaris 1 F
Roma 17–12–61

Lieber, verehrter Teddy Adorno,
ich bin 2 Monate weggewesen von Rom, und die Post wurde mir nicht nachgeschickt. Bitte verstehen Sie, dass die Antwort darum so spät kommt, – die ersten Schirokkotage nach der Rückkehr waren auch nicht dazu angetan, eine vernünftige Antwort entstehen zu lassen.
Sie schreiben mit solcher Liebe und Hochachtung von Ihrem Freund, dass es mir wirklich schwer fällt, die Gründe anzuführen, die mir es verunmöglichen, für Steuermann ein Libretto zu schreiben. Lassen Sie es mich versuchen: ich kann schon seit Monaten überhaupt nichts mehr schreiben und tun und, ohne mit einer »Krise« mich vor Ihnen, oder auch nur vor mir selber, wichtig machen zu wollen, fühle ich doch, dass dieses Nichtkönnen, auch dieses Nichtwollen darin, sich weder morgen noch übermorgen geben wird. Ich muss mich drum

auch hüten, mir Hoffnungen auf Arbeit zu machen – wieviel mehr noch, jemand anderem, der mit dieser Arbeit dann ja unbedingt rechnen können muss.
Eine Weile habe ich gedacht, es werde mir gut tun, mich in der Zeit zu einer Arbeit zu zwingen, zum Beispiel dazu, eine Uebersetzung zu machen oder eben ein Libretto, weil wir grade bei den Libretti sind. Ich habe ja, vor drei Jahren etwa, Henze ein Libretto versprochen, werde hoffentlich auch eines Tages das Versprechen einlösen können, aber jetzt musste ich auch ihn bitten um einen Aufschub, und die Uebersetzung werde ich auch nicht machen, die ich mir beinah schon eingeredet hatte, als fromme Uebung.
Nicht wahr, ich muss nicht *mehr* sagen? Ich kann jetzt nicht und kann auch das nicht – und könnte ich etwas tun, so müsste ich zuerst für Henze das Libretto versuchen.
Ich schreibe noch heute an Herrn Steuermann, weiss freilich nicht, ob ich mich ihm verständlich machen kann, da er mich nicht kennt, aber vielleicht gelingt es Ihnen, ihm diese »Absage« begreiflich zu machen. Es handelt sich eben nicht um ein Besetztzeichen oder no interest etc.
Frisch erwidert Ihre Grüsse aufs Herzlichste. Ihr Buch ist eingetroffen, und ich beglückwünsche Sie, halte gerade bei den »Wörtern aus der Fremde«, die, im Moment, am meisten in mir mobil machen, in einem früheren Moment war es der Balzac-Essay, der mich damals gleich aufgeweckt hat, in Frankfurt, und dann wieder, beim Lesen.
Leben Sie wohl. Von Herzen grüsst Sie und Ihre Frau
Ihre
Ingeborg

[hs.] Vor Klagenfurt ist im Januar Frankfurt möglich, zum Wiedersehen!

ANNA OPEL

NEW YORKER RECHERCHETAGEBUCH

Vor den falschen Sachen Angst haben. Daß die Immigrationsbehörde am Flughafen JFK mich wegen irgendeines Formfehlers nicht einreisen läßt. Daß ich mit Corona auf dem Flur eines New Yorker Krankenhauses liege und weiße Kittel an mir vorüberflattern. Daß ich in einem Kühl-LKW auf meine Bestattung warte. Im Zinksarg ausgeflogen werde. Daß die Kreditkarte nicht funktioniert. Daß der Koffer zu schwer, zu groß, zu klein ist. Daß ich friere. Daß mein Handy gestohlen wird. Alles unbegründet. Ich hätte vor etwas völlig anderem Angst haben müssen.
Als ich mit einem Abstand von achtzig Jahren den Exilanten Erwin Piscator und Judith Malina hinterherreise, kriecht ein kilometerlanger Militärkonvoi aus Rußland auf die ukrainische Grenze zu, aber alle sagen: Nein, es wird schon nichts passieren. Nur eine Übung, nein, der russische Präsident Putin hat nichts Besonderes vor. Und ich will ihnen glauben.

Monate bevor Deutschland Polen überfiel, kam Piscator nach New York. Im Pariser Exil hatte er Tolstois »Krieg und Frieden« fürs Theater bearbeitet. Wollte den Stoff erst in London, dann am Broadway auf die Bühne bringen. Noch bevor er in New York eintraf, hatten sich diese Aussichten zerschlagen. Er mußte warten und konnte es auch. Erst zehn Jahre nach Ende des Zweiten Weltkriegs gelang es ihm, das Stück am Berliner Schiller-Theater aufzuführen. Statt aber am Broadway zu inszenieren, gründete Piscator 1940 in New York an der New School for Social Research die Schauspielschule Dramatic Workshop. Für Lehrkräfte gab es nämlich ein Visum. Gut zehn Jahre lang, bis 1951, unterrichtete er Schauspielerinnen und Regisseure.
Judith Malina, die mit ihren Eltern 1929, also frühzeitig, aus Kiel nach New York gekommen war, lernte ihn 1945 als ihren Lehrer kennen. Malinas Mutter war Schauspielerin gewesen und hatte schon von Kiel aus den jungen Piscator verehrt, der mit seinem dokumentarischen Theater im Berlin der zwanziger Jahre Furore machte. Judith sollte nach dem Willen der Eltern die Theaterlaufbahn einschlagen, die ihrer Mutter als Frau eines Rabbiners verwehrt geblieben war. In New York gründete Max Malina eine deutsch-jüdische Gemeinde. Er tat, was er konnte, und das war viel, um die New Yorker Öffentlichkeit über die Situation in Deutschland aufzuklären. Mit zwölf Jahren saß Judith bei seinen Treffen mit

Kongreßabgeordneten dabei und spürte die Verantwortung, die ihr Vater für die Juden in Deutschland übernommen hatte. Im Februar 1945, kurz nachdem ihr Vater an Leukämie gestorben war, begann Malina ihre Ausbildung am Dramatic Workshop. Piscator wurde ein Vater der anderen Art. Einer, der mit dem Mittel des Theaters für Frieden und Gerechtigkeit kämpfte. Der die Welt aufrütteln, das Publikum erreichen wollte. Judith Malina gründete mit ihrem Mann Julian Beck 1948 das Living Theatre mit der Vision, die Kunstform Theater zu modernisieren: ein freies, antibürgerliches und pazifistisches Theater mit improvisierten Live-Elementen. Das Publikum sollte in das Bühnengeschehen einbezogen und aktiviert werden. Mit ihrer Version der »Antigone«, dem antimilitaristischen Stück »The Brig« und »Frankenstein« tourte das Theaterkollektiv ab 1964 durch Europa und Südamerika.

In Berlin hatte ich mich gefragt, warum Judith Malina bei Theaterproben und auch in ihren Tagebüchern bis ins hohe Alter immer wieder auf Piscator zurückkam. Warum sie gegen Ende ihres Lebens, um 2005, so viel Arbeit in den Plan investierte, ihr Notizbuch aus Studientagen zu veröffentlichen. Sechzig Jahre zuvor hatte sie die Lektionen der ersten Monate eifrig mitgeschrieben. Hellwach sitzt sie da, stelle ich mir vor, alle Antennen auf Empfang, alles im Wortlaut mitnehmen, keinen dieser Sätze je wieder vergessen. Weil sie wichtig sind. Weil sie Theater als politische Kraft verstehen. Sie hört diesem Mann, der lässig, witzig, charismatisch ist, gebannt zu. Aus den Notizen wird »The Piscator Notebook« (2012). In meinem Domizil in Brooklyn recherchiere ich den Eintrag im Katalog der New York Public Library, weiß aber nicht, ob es sich um das Original handelt. Ich gebe die Signatur ein und vereinbare einen Termin im Lincoln Center.
Gegen Piscators Überzeugung, gegen seine Regeln hat Judith Malina sich in seine Regieklasse gedrängt. Frauen gehören da nicht hin, findet er. Die Studenten in der Regieklasse müssen Erfahrung im Inszenieren mitbringen. In dieser Zeit kellnert sie in Valeska Gerts legendärer Beggar Bar an der Ecke Morton Street/Bleeker Street. »V. G. bildet für ihr Cabaret junge Talente in Tanz und Chanson ohne Honorar aus«, heißt es in einer Anzeige im New York Weekly. Wie Piscator, Brecht, wie viele andere, die in Deutschland verfolgt wurden, kommt die Avantgardetänzerin in New York nur mit Kompromissen über die Runden. Es geht immer irgendwie weiter. Erwin Piscator inszeniert als Hochschullehrer auf den kleinen Bühnen des Studio Theatre, Rooftop Theatre und President Theatre mit seinen Studenten. »War and Peace« im Jahr 1942.

In Manhattan streife ich durch die Straßen, mache die Adressen dieser Orte ausfindig. Ich lege den Kopf in den Nacken, schaue an den Fassaden empor.

Im Bryant Park ist die Eislauffläche aufgebaut. Es ist kalt in diesem Februar im Central Park, in den Avenues, dem Finanzdistrikt. Aus den Gullideckeln steigt malerisch der Wasserdampf. Vom Battery Park aus blicke ich hinüber zur Freiheitsstaue, die von hier aus klein ist und fast im Wasser verschwindet. »City of Ships«, Walt Whitmans Gedicht als Buchstabenband im Geländer vor dem Hudson River, auf dem die Schiffe kreuzen. Whitman spricht die Stadt als Gegenüber an: »Incarnate me, as I have incarnated you!« Nimm mich in dich auf, wie ich dich aufgenommen habe. Der Trost, der im Austausch liegt. Im Dialog. Amerika, sagt Whitman in seinem literarischen Testament, müsse allen Asyl geben, die Heimat suchen.

In diesen Wochen komme ich an, mache mich vertraut mit dem U-Bahn-System, den City-Bikes. Finde im National Museum of American Indians eine Freiheitsstatue in der Größe eines Oscars, sie ist aus Leder und Fell.
In diesen Wochen ist in der Ukraine noch nichts passiert. Nichts jedenfalls, was Nachrichtenwert besäße. Meine Übersetzerkollegin Beate Hein führt mich in ihre Kreise ein. Sie erzählt mir von ihrer Theaterarbeit mit der Gründerin des Living Theatre. Die Kollegin hatte Else Lasker-Schülers »Ich und Ich« übersetzt und mit dem Living Theatre auf die Bühne gebracht. Malina erinnerte sie aufgrund ihrer Erscheinung an die jüdische Dichterin. Deutsche Jüdinnen im Exil, klein, etwas exzentrisch, voller Energie und Visionen.
Auf dieser Seite des Ozeans ist die Erinnerung an Judith Malina und ihre Theaterarbeit frisch. Ihr »Piscator Notebook« ist, wenigstens in Theaterkreisen, durchaus bekannt. Malina, die in ihren Notizen im Hintergrund bleibt, wird in den Geschichten ihrer Wegbegleiterinnen, mit denen ich spreche, lebendig. Judith Malina, die Charismatische, und ihre Sache: *The beautiful nonviolent anarchist revolution*. Die schöne, gewaltfreie, anarchistische Revolution. Theater als Mittel und Motor für eine Umwälzung, an deren Ende die Welt eine bessere wäre. Nicht vor den Eliten, nicht vor der New Yorker Boheme sollte ihre Arbeit Bestand haben, sondern vor den eiternden Augen eines mexikanischen Straßenjungen. Julian Beck erzählt in seinem Buch »The Life of the Theatre«, wie sie aus Scham vor diesem bettelnden Jungen davongelaufen sind. Vor der Verantwortung, die sie als in dieser Welt Privilegierte anzunehmen hatten. Bei Judith Malina brachte die Begegnung mit dem Jungen diese Einsicht. Bei Piscator war es die plötzliche Scham, die er empfand, als er sich im Schützengraben von Ypres, in der schrecklichen Realität des Ersten Weltkriegs, als Schauspieler zu erkennen geben mußte. Sein Schluß daraus lautete: Theater muß nützlich sein. Im Berlin der Weimarer Zeit entwickelte er das politische Avantgardetheater.

In der Grand Central Station zahle ich an einem Schalter sechs Dollar fürs Schuheputzen und nehme Platz auf meinem Thron. Die schwarzhaarige Frau läßt sich zu meinen Füßen nieder. Unsere Blicke treffen sich nicht. Während ich auf ihren Scheitel blicke, poliert sie das Leder minutenlang. Ich halte es kaum aus auf diesem exponierten Platz, aber die Frau sprüht und putzt und bürstet nach einer festen Choreographie. Das Leder glänzt wie noch nie und ich weiß immer noch nicht: Darf ich das? Muß ich das? Mein Geld auf diese Weise ausgeben? Damit diese Frauen ein Einkommen haben? Müßte ich nicht alles, was ich habe, müßten nicht alle, was sie haben, teilen, damit Frieden wird?
Tage später treffe ich eine Schauspielerin, die dabei war, als Judith Malina das »Piscator Notebook« zum ersten Mal vorstellte. Ja, vor zehn Jahren müsse das gewesen sein. Im Taxi seien sie anschließend zusammen heimgefahren, die 85jährige erfüllt von der Idee, ihren Lehrer Piscator, an den sich nur noch wenige erinnerten, mit diesem Buch ins kollektive Gedächtnis zu holen.
Nichts habe aufgehört bei Judith, die Erotik nicht, auch nicht die Arbeit. »Triumph of Time« sollte das Stück heißen, das sie mit anderen Bewohnern im Altersheim Eaglewood inszenieren wollte. Im Rollstuhl sitzend, an ein Sauerstoffgerät angeschlossen. Nachdenken über die Quintessenz des Lebens. Aber die anderen wollten nicht.

Tom Walker, einen langjährigen Weggefährten Judith Malinas, lerne ich im ukrainischen Restaurant Veselka kennen. »Joy«, Freude, sagt er, sei das Projekt des Living Theatre gewesen. Als Gegengift gegen die Gewalt in der Welt. »Paradise Now« hieß das Stück, mit dem das Kollektiv während seiner Europatour 1967 Furore machte. Bei YouTube ist ein Filmausschnitt daraus zu sehen: sich windende nackte Körper. *Make love, not war*. Gegen den Vietnamkrieg, gegen soziale Verwerfungen, gegen die Übermacht des Kapitals.
Zwei Tage nach unserem Treffen im Veselka fallen Bomben auf Kiew. Und obwohl alles darauf hindeutete, staune ich, als es wirklich passiert. Keineswegs der einzige Krieg auf der Welt, aber einer, der mich und mein Umfeld direkt betrifft. Und obwohl ich gerade weit weg und nicht in meiner Heimatstadt Berlin bin, kommt er mir in diesen ersten Tagen sehr nah. Ich spüre ihn physisch. Tag und Nacht dringt Gefechtslärm aus dem Orchestergraben meines Bewußtseins.

Als ich den Professor und Regisseur Richard Schechner, einen der Gründer der Performance Studies, im East Village treffe, ist der Krieg in aller Munde. Mein Gesprächspartner hält ihn für ein absurdes Manöver, um uns vom weitaus größten Problem der Menschheit abzulenken, der Klimakatastrophe. Vor zehn Jahren hat Schechner das Vorwort zum »Piscator Notebook« geschrieben: freundlich,

anerkennend, persönlich. Man kannte und schätzte einander ein Leben lang. Als die Spielstätte des Living Theatre nach dem ersten großen Erfolg »The Brig«, einem drastischen Reenactment, das den Alltag in einem Militärlager zeigte, im Oktober 1963 von einem auf den anderen Tag geschlossen wurde, interviewte Schechner Judith Malina von der Straße aus mit einem improvisierten Megaphon. Sein Urteil über das Erbe des Living Theatre ist ambivalent: zu viele Drogen, zu viel kalkulierte Provokation, zu wenig künstlerische Disziplin. Hier spricht jemand, der ungefähr zur selben Zeit Performance-Theater machte und womöglich um Aufmerksamkeit konkurrierte.
Die Polizeiaktion sei das Dramatischste gewesen, was ihr bis dahin passiert sei, gibt Malina 1983 im Dokumentarfilm »Signals through the flames« zu Protokoll. Als sie und Julian Beck erfuhren, daß die Polizei das Theater schließen wolle, seien sie in die Gefängniszelle gegangen, die das Bühnenbild für »The Brig« war. Ein berühmtes Foto zeigt die beiden. Durch Gitterstäbe blicken sie direkt ins Objektiv. Nach diesem Eklat ging das Living Theatre nach Berlin, das Kollektiv lebte zeitweilig in den Räumen der Akademie der Künste. Dort feierte »The Brig« im November 1964 seine Deutschlandpremiere. Theater ohne Handlung, ohne psychologische Figuren. Statt dessen wird das Publikum mit den Erniedrigungen und der Gewalt im Militäralltag konfrontiert. Der Autor Kenneth Brown hatte damit als Mitglied eines Marine Corps eigene Erfahrungen gemacht.
Auch Piscator arbeitete damals in Berlin. Unter Polizeischutz hatte seine legendäre »Stellvertreter«-Premiere am 18. Februar 1963 in der Freien Volksbühne stattgefunden. Piscator war endlich Intendant in Berlin und konfrontierte die bundesdeutsche Öffentlichkeit mit ihren Versäumnissen während der NS-Zeit. Zwei Jahre später inszenierte er Peter Weiss' »Die Ermittlung«, während das Living Theatre von November 1964 bis Oktober 1965 mit verschiedenen Produktionen an der Akademie der Künste gastierte. Am 17. Oktober 1965, zwei Tage vor Piscators Premiere, waren die Vorstellungen des Living Theatre abgespielt. Piscator hatte sie nicht besucht.

Im Lesesaal des Lincoln Center, wo sich das Theaterarchiv der New York Public Library befindet, ist es still an diesen Tagen Ende Februar. Meinen Arbeitsplatz habe ich rechtzeitig gebucht, der Bibliothekar händigt mir die Schachteln mit dem Material aus. Die erste enthält das Original des »Piscator Notebook«. Mit klopfendem Herzen nehme ich es aus der grauen Pappschachtel, plaziere es vorsichtig auf den Schaumstoffkissen, die ich benutzen soll. Ich schlage es auf: saubere Handschrift, das Deckblatt mit einem gekritzelten Muster liebevoll verziert. »There is no fact of human nature alien to myself«, schreibt sie auf eine Linie, die als Labyrinth durch die kleinen Zeichen führt. Nichts an der menschlichen Natur ist mir fremd. Ich schaue, lese, fotografiere andächtig. Seitenlang hat die Studentin Sätze ihrer Lehrer paraphrasiert. Vor allem von Piscator. »All the action of the world is in this room.« Alles, was in der Welt geschieht, ist in diesem Raum. Und das gilt auch in umgekehrter Richtung. Was im Theaterraum geschieht, wirkt auf das Handeln in der Welt.

In den ersten Kriegstagen schaue ich Nachrichten, wenn ich abends in mein Zimmer in Brooklyn zurückkehre. Als die russischen Truppen am 4. März ein Atomkraftwerk besetzen, bin ich wie gelähmt. Will in der darauffolgenden Nacht im Traum eine Tasche packen. Mein Sturmgepäck, nur bin ich unfähig zu entscheiden, was hineingehört. Am Tage hilft es mir, durch die Straßen zu wandern. »What can we do?« fragt Malina, fragt auch Piscator. Und ich? Was kann ich tun?

Eine Schauspielerin mit jüdisch-ukrainischen Wurzeln erzählt im Café eines Supermarkts, wie Judith Malina einem Geschäftsmann im feinen Zwirn auf dem Times Square vor zwanzig Jahren die Stirn bot. Über zehn Jahre protestierte das Living Theatre dort mit einer Performance gegen die Todesstrafe. »Not in my name.« Meine Gesprächspartnerin ist noch immer begeistert. Alle, mit denen ich spreche, waren mit Malina befreundet, vertrauen mir ihre Anekdoten an, damit ich sie festhalte, sie weitererzähle. Das Manuskript von »Triumph of Time«, diesem letzten Projekt Malinas, bewahre sie in ihrer Wohnung auf, erklärt die Schauspielerin zum Abschied. Falls ich es brauche, es sehen wolle beim nächsten Mal.

Mit Tom Walker, der das Living Theatre seit den siebziger Jahren begleitet, streife ich an einem sonnigen Wintertag durchs East Village. Er zeigt mir die Orte, an denen das Kollektiv (oder Ensemble) gearbeitet und gespielt hat. Trotz der horrenden Mieten, für die in den letzten Jahren das Barvermögen draufging – Judith Malina hatte es aus dem Erlös der Wohnung von Julian Becks Eltern –, mußten sie im Gewühl der Stadt bleiben, »in the belly of the beast«. Er zeigt mir die Räume in der Third Street und der Clinton Street. Der Raum im Keller nennt sich jetzt »Caveat«. Unterwegs sprechen wir über den Krieg. Was, wenn die Ukraine ausstiege aus dem Kräftemessen, wenn Selensky nicht darauf einginge? Das Morden wäre vorbei, Putin würde die Ukraine annektieren. Aber wie würde das weitergehen? Ukrainische Männer, die im Ausland leben, machen sich in diesen Tagen auf den Weg in die Heimat. Und im Restaurant Veselka, wo wir zum Abschied noch eine Suppe essen, dreht ein Kamerateam, die Gesichter der Servicekräfte wirken erschöpft.

Ich blättere in den Notizen, die ich vor meiner Abreise im Archiv der Akademie der Künste in Berlin angefertigt habe, und finde, was ich suche, Piscators Antikriegs-Gedicht »Aktion« von 1915:

> Einer ist tot.
> Die Kugel ging durch Kopf und langen Körper
> Gewehr lag auf dem Unterarm.
> Die jungen Lippen fest gepreßt auf leicht
> gebogener linker Hand.
> Und dicht am Mund ums schmale Handgelenk
> Tickt seine Armbanduhr: die Zeit …
> So viel Minuten sprechen noch von Ewigkeit.

DONNA STONECIPHER

MUSTERSTADT

Gedichte

1. Es war

Als wäre es der sozialistische Traum eines Kulturpalasts, wo alles an Kultur Platz findet in einem Marmorgebäude mitten in der Stadt, wie in einem großen Marmoraktenschrank, in dem man die Kultur zu den Akten legen kann.

Als griffe man die Idee dieses Palastes wieder auf und vererbte sie an Leute, die kommen und zu Königen und Königinnen werden im Aktenschrank-Königreich der Kultur.

Als beträte man den Kulturpalast und spazierte durch endlose gelbe Marmorgänge, die zu Räumen führen, Hörsälen, Kulturbühnen – und fühlte sich selbst, als neugierige Touristenkönigin, zu den Akten gelegt.

Als schriebe man im Traum Gedichte, gesäumt von endlosen gelben Marmorgängen, hin und wieder unterbrochen von den Kristallorgasmen der Lüster, als hätte man das Verlangen, im Stil sozialistischen Barocks zu schreiben.

2. Es war

Als ginge man in seinem Viertel eine Straße entlang, die man schon oft entlanggegangen ist, und bliebe vor einem weitgeöffneten Tor stehen, das normalerweise geschlossen ist.

Als zögerte man einen Moment und ginge dann durch das offene Tor in einen Hof, durch den man in einen anderen Hof blicken kann, durch den man einen weiteren erblickt.

Als ginge man durch jeden der erblickten Höfe und erblickte dabei noch mehr Höfe und durchquerte immer mehr erblickte Höfe, bis man plötzlich den letzten Hof erreicht hätte.

Als starrte man in den letzten Hof, an dessen Wänden rote Blätter wie rote Pailletten flitterten, und zwänge sich zurückzuschauen, um noch einmal einen Blick zu werfen in all die Höfe, die so gezwungenermaßen wieder vor einem liegen.

3. Es war

Als läse man das »Passagen-Werk« und dächte darüber nach, wie großartig es wäre, in der Vergangenheit einkaufen zu gehen – jeder Laden wäre ein Antiquitätengeschäft und man könnte jede Antiquität zum Spottpreis erwerben.

Als läse man das »Passagen-Werk« und dächte darüber nach, wie die Zeit den Wert von Objekten und Menschen steigert oder verringert und wie manche Objekte zu uns kommen wie Gelehrte aus der Vergangenheit, aufgeladen mit Wissen.

Als legte man das »Passagen-Werk« weg, schaltete das Licht aus und läge im Dunkeln, mit wildem Verlangen nach einer Erstausgabe von »Les Fleurs du Mal«, mit wildem Verlangen nach einem echten Atget.

Als läge man im Dunkeln und fragte sich, ob man damals hätte wissen können, was man heute weiß, oder ob man einen Wert erst erkennen kann, wenn die Geschichte ihn erkennt, ob man nur die Intelligenz seiner Epoche nachgeahmt hätte.

4. Es war

Als ginge man vorbei an der braunen Fassade eines besetzten Hauses, das geräumt und entkernt wurde, an der noch immer in großen weißen Buchstaben steht: *Wir bleiben alle.*

Als bliebe man stehen, um die Fassade und ihre klaffenden schwarzen Fensterhöhlen anzuschauen, hinter denen keiner geblieben ist, und versuchte zu entscheiden, ob es gut oder schlecht ist, keine Kamera dabeizuhaben.

Als versuchte man zu entscheiden, ob das Fotografieren eines entkernten besetzten Hauses ethisch oder unethisch wäre, und ob man dann wie Weegee wäre, der eine Leiche fotografiert, oder wie Audubon, der ein totes Blaukehlchen malt.

Als ginge man am entkernten Haus und seinem entkernten Ideal vorbei: Ohne Geld in einer europäischen spätkapitalistischen Hauptstadt des 21. Jahrhunderts zu leben, wissend, daß tausend andere Kameras dieses Foto schießen werden und nicht du.

5. Es war

Als läse man in einem Mathematikbuch vom »Droste-Effekt«, einem mathematischen Ausdruck für infiniten Regreß, und erinnerte sich an die alte Kakaodose von Droste, die man mal besaß und liebte, als man in einer anderen Stadt lebte.

Als läse man, daß der »Droste-Effekt«, ein Begriff der Mathematiker, benannt sei nach den alten roten Droste-Kakaodosen wie derjenigen, die man damals liebte und die man dennoch weggab, als man die andere Stadt verließ.

Als erinnerte man sich, wie die Krankenschwester mit dem Kakaotablett gezeichnet war auf der Dose, die auf einem Tablett stand, darauf eine Krankenschwester mit Tablett, auf dem eine Kakaodose mit Krankenschwester, Tablett und Dose gezeichnet war, und so weiter.

Als wollte man in den infiniten Regreß von Krankenschwestern mit Kakaotabletts eintauchen bis hinab zum Tablett der winzigsten Krankenschwester, um dort die Dose zu finden, die man einst weggab, als man wegging aus der Stadt, die man liebte.

6. Es war

Als läse man in »Ausblick auf eine Architektur« von Le Corbusiers Verehrung der weißen Farbe, der Fensterreihen und Wendeltreppen der Atlantikschiffe: eine »reine, klare, strahlende, zweckmäßige und gesunde Architektur«.

Als verehrte man Le Corbusiers Verehrung der nüchternen Architektur der Atlantikschiffe, während man gedanklich zu einem viktorianischen Innenraum abschweift: Nischen und Geheimtreppen, Traufen, Chinoiserien, Goldbronze.

Als bewunderte man die Wohnmaschine und hielte ihr stand, dem Streben nach tadelloser Ordnung, Gesichter fein säuberlich von Bullaugen eingerahmt, Körper in Tennisweiß, an die Schiffsreling der Vernunft gelehnt.

Als wollte man seine Zweiraumwohnung in eine Le Corbusiersche und eine viktorianische Hälfte aufteilen, einen Raum »zweckmäßig und gesund«, einen Raum krank und verlogen, nirgendwohin als in die eigene grünsamtene Unvernunft segelnd.

7. Es war

Als hörte man von einem Wohngebiet, das »Kosmosviertel« genannt wird, am Stadtrand seiner Wahlheimatstadt, dessen Straßen Namen tragen wie Venus und Sirius.

Als faßte man den Plan, an einem Sonnabend mit der U-Bahn hinaus zum Kosmosviertel zu fahren, und hörte dann, daß die Gegend in den letzten Jahren verwahrlost sei, eine Nachricht, die man mit Entzücken zur Kenntnis nimmt.

Als ergötzte man sich an der Kluft zwischen dem Universum des Optimismus, das den Straßen des Kosmosviertels Namen wie Venus und Sirius gab, und der Verwahrlosung, in die das Viertel wie ein verglühter Komet gefallen ist.

Als wunderte man sich später über die eigene Leichtfertigkeit, Elend auf das Pittoreske zu verkürzen, fragte sich, welch wundersamen Eindruck man denn vom Kosmosviertel erwartet hatte beim Entschlüsseln seiner verschlissenen Semiotik des Eifers.

8. Es war

Als nähme man eines Sonntags ein Taxi, um raus aus der Stadt zum Strand zu fahren mit Freunden, um mit dem Himmel zu verschmelzen, fast ohnmächtig vor Vergnügen im Sand zu liegen wie ein Sanddollar, als besäße man nichts als das nackte Leben.

Als käme man an den Strand, bezahlte den Taxifahrer, lauschte den Wellen und bemerkte die Fülle von Muscheln in gefurchten Reihen, als wären es Berge von Münzen, angespült an den Strand, den Verwahrungsort des Meeres.

Als läge man fast ohnmächtig vor Vergnügen am Strand für eine Stunde oder länger und fände sich selbst in die gefurchten Reihen der Berge von Muscheln eingezeichnet, ihre ausgeprägten Formen, ihre münzenartige Präzision.

Als sammelte man den Rest des Tages Muscheln, um sich erst später, wenn man sie sein Eigen nannte, zu erinnern, daß man am Strand war, um mit dem Himmel zu verschmelzen, ohnmächtig vor Vergnügen im Sand zu liegen wie ein Sanddollar.

9. Es war

Als sähe man ein Grüppchen amerikanischer Touristen in einer europäischen Stadt erschauern, wenn der Fremdenführer Einschußlöcher aus dem Zweiten Weltkrieg zeigt, die am Parlamentsgebäude noch sichtbar sind.

Als nickte die Touristengruppe höflich angesichts der neuen Glasbauten, staune pflichtbewußt über die liebevoll renovierten Museen, an denen sie vorbeikommt, erschauere aber erst vor dem Gebäude, das mit Einschußlöchern übersät ist.

Als bleibe das Grüppchen amerikanischer Touristen stehen und erschauere vor den Löchern, erschauere vor dem unerwartet aufgetauchten Beweis – daß Geschichte wirklich ist.

Als beobachtete man, wie sich einer der Touristen zu einem Einschußloch hinabbeugt und seinen Finger hineinsteckt – während es den anderen Touristen vor Neid den Atem verschlägt, die fühlen wollen, wie wirkliche Schüsse ihre friedlichen Leben erschüttern.

Aus dem amerikanischen Englisch von Lars-Arvid Brischke

ALEXANDER EILERS

RUSSPARTIKEL

Aphorismen

Im Anfang war noch Zukunft.

Die Einsamen beneiden die Verlassenen.

Die erste Enttäuschung reicht fürs ganze Leben.

Wer nur an eines denkt, wirkt zerstreut.

Auch die Kür ist Pflicht.

Zitieren – zwischen fremden Zeilen schreiben.

Keine Menschwerdung ohne Selbstentfremdung.

Was sich plagiieren läßt, ist unoriginell.

Öde der Wortfülle.

Zu sagen, was man will, ist leichter, als zu wollen, was man sagt.

Erst das Licht macht die Dunkelheit bedrohlich.

Modern ist, was keine Zukunft hat.

Nur die Mauer steht auf keiner Seite.

Die Fackel der Aufklärung rußt.

Revolutionen kommen von unten herab.

Einstellungen sind justierbar.

Der Anfang distanziert sich vom Ende.

Transparenz: Schleier der Wahrheit.

Wer ganz verstanden wird, fühlt sich entlarvt.

Undank ist die Rache des Beschämten.

Ein Tor befolgt jeden Rat.

Wovor ist der Fortschritt auf der Flucht?

Der Sklave haßt niemanden mehr als den Diener.

Ohne Theorie wird die Praxis vom Praktischen verdrängt.

Was sich anders sagen läßt, braucht nicht zitiert zu werden.

Stumpfsinn verletzt mehr als Scharfsinn.

Gäbe es mehr Verzweiflung, wäre noch Hoffnung.

Was du gibst, kann dir keiner mehr nehmen.

Menschen, die einen guten Ruf genießen, haben ihn nicht verdient.

Eifersucht ist dem Neider zu persönlich.

Die Menschheit ist bloß ein Teil des Menschen.

Revolutionen kehren – schon dem Wort nach – zum Ausgangspunkt zurück.

Distanzlosigkeit verhindert Nähe.

Was funktioniert, ist ersetzbar.

Lügen werden verbreitet, Wahrheiten erkannt.

Ein Wort, das man buchstabiert, verliert seine Bedeutung.

Der Geizige ist der Asket unter den Habgierigen.

Flexibilität: passive Form des Opportunismus.

Demokratie: Man darf mehr sagen, als man denkt.

Selbstdarsteller versagen vor allem als Schauspieler.

GÜNTER KUNERT

KURZFASSUNG EINES LEBENSLAUFES

Details, die Fülle beiläufigen Beiwerks, gelten als aufgehoben für später: Erinnerungen und Verdrängungen werden eines Tages wiedererweckt, heute noch zu beschweigende Umstände, Begegnungen und Erfahrungen erhalten dann, was ihnen gebührt: öffentliche Kundgabe. Daher beschränke ich mich auf einige Daten, Dreh- und Angelpunkte, von denen her vermutlich auch Licht auf meine Arbeit fällt.

So bin ich zwar Berliner, geboren in der Chausseestraße 29, also dort, wo die Stadt am berlinischsten war, und somit [ist] mein Verhältnis zu dieser in jeder Hinsicht merkwürdigen Ortschaft auch ein ganz besonderes, doch etwas wie »Berlinertum« fehlt mir: Ein Lokalpatriot bin ich nicht.

Mein Gedächtnis kann man nicht das beste nennen; es setzt eigentlich erst ein, nachdem meine Eltern in eine Neubauwohnung des Bezirks Tempelhof gezogen sind: Da ging ich das erste Halbjahr in die Schule, von der kein anderer Eindruck zurückbleibt als der an ein erstes »Kunstwerk«: eine für den Zeichenunterricht verfertigte bunte Plastilin-Plastik: Auf einer unregelmäßig gerundeten, vielleicht handgroßen Fläche und unter einer Palme Tier und Mensch sowie ein Stück Zaun – kein Gesicht aus dieser Zeit, wenig Bildliches sonst. Bald fand ich mich nach diesem »Tempelhofer Zwischenspiel« in der Köpenicker Straße wieder, auch diesmal Nummer 29, im vierten Stock die Wohnung mit zwei Balkons, über deren bauchhohe Trennwand [ich] stets zu klettern pflegte, was mir noch heute oder erst heute, da ich an Höhenangst leide, im Rückblick Übelkeit bereitet. Es handelte sich damals um ein exzentrisches, für andere Leute wahrscheinlich unerträgliches Kind.

In Kreuzberg, zuerst am Engeldamm, besuchte ich die Volksschule, da mir, den bekannten »Nürnberger Gesetzen« zufolge, jede höhere Bildungsanstalt verschlossen war. »Mischling ersten Grades« hieß das Verdikt. Inwieweit es meine psychische und physische Gesundheit beeinflußte, verschließt sich einer heutigen Diagnose, gestattet aber trotzdem Schlußfolgerungen aus dem Umstand, daß ich häufig krank war, ohne wirklich krank zu sein. Regelmäßig stand unter meinen (schlechten) Zeugnissen: Die Leistungen K.s könnten nicht beurteilt werden, da er wieder von dreihundertundsoundsoviel Tagen zweihundertundeinige gefehlt habe: Es scheint, [ich] haßte die Schule, mochte die Mitschüler nicht, saß in meiner Bank meist müde von vorabendlicher Lektüre und projizierte in die flüchtig abgewischte Tafel Landschaften, Gebäude, Gestalten. Die Lehrer, da der Krieg bevorstand oder schon angefangen hatte, waren reaktivierte Steißtrommler, meist jedoch, weil sie aus vordiluvialen Epochen stammten, selten Nazis. Unter der Rubrik »Religion« stand »Dissident«, eine Bezeichnung, die, übersetzt man sie wörtlich als »Andersgläubiger«, lebenslang auf mich zugetroffen haben mag. Mein Glaube (oder was immer man darunter subsumieren mag) deckte sich nie so recht mit dem anderer.

Während meiner wechselnden und immer gleichen Krankheiten lag ich im Bett und las Buch um Buch. Schon früh besaß ich eine Bücherregalwand, an der ich wie eine Spinne herumturnte; ein fürsorglicher und offenkundig antifaschistischer Antiquar versorgte das Kind mit lauter verbotenen Büchern: Meine Mutter fuhr, sobald ich fieberte, nieste, hustete oder sonstige Anzeichen aufwies, die wenigen Haltestellen zu diesem Laden in der Neanderstraße und kehrte mit Paketen beladen zurück. Für meine Lesegier schien die Zäsur des Jahres 1933 nur bedingt zu gelten, denn ich konnte mich, was natürlich Flucht gewesen ist, mittels dieser Literatur in einer Welt außerhalb der realen aufhalten.

Indem das letzte Schuljahr überhaupt ausfiel, wegen Lehrermangel, totaler Kriegsführung, wegen der Luftangriffe und unaufhaltsamer innerstädtischer Zerstörungen, hinderte mich nichts sonst am Lesen. Dann wurde die elterliche Wohnung »ausgebombt«: Nach einem schweren Angriff 1944 erwies sich, als man dem Keller entstieg, das bisherige Domizil als unbewohnbar. In jener Zeit – und darüber habe ich einiges andernorts angemerkt – waren alle anderen näheren und ferneren Familienmitglieder, zumindest die jüdischen, bereits verschickt, abgeholt, »umgesiedelt«, für immer verschwunden. Der Rest, jene drei Personen, zog als Untermieter in die Wohnung von Bekannten in der Elbinger Straße, jetzt Dimitroffstraße. Der nun Vierzehnjährige mußte sich auf dem Arbeitsamt Alexanderplatz einfinden, wo man ihm etwas wie eine Lehrstelle in einem Bekleidungsgeschäft zuwies. Gelernt freilich hat er da kaum was, und darum ging es ja auch gar nicht: »Überstehen ist alles« – so hieß die eigentliche Aufgabe.

Bekanntermaßen kennen Repressalien und Restriktionen keinen Stillstand, und da sie selbstverständlich gegenüber dem »jüdisch versippten« Bevölkerungsteil weiter wucherten, wurde meine Mutter zur Zwangsarbeit in einem Rüstungsbetrieb verpflichtet, mein Vater in ein Arbeitslager der »Organisation Todt« eingezogen, wo er in der Nähe von Weißenfels (Thüringen) Abflußgräben schippen mußte. Die jüdischen Mischlinge ab sechzehn wurden ebenfalls in diesen Lagern interniert; purer Zufall, daß ich unter der Altersgrenze lag, nur der Musterung hatte ich mich zu stellen, wurde militärärztlich untersucht und erhielt den Stempel: Ersatzreserve zwei – wehrunwürdig, und war damit unter die Ausgestoßenen würdig eingereiht.

Als zusätzlicher hilfreicher Umstand erwies sich die zunehmende Zerbombung Berlins. Zum Beispiel wurde ich einmal im Luftschutzkeller verhaftet, weil ich, was ein Geheimpolizist belauschte, einem Nazi gegenüber die Rechtmäßigkeit der alliierten Kriegsführung behauptet hatte, befangen in sträflicher Naivität und unzeitgemäßem Rechtsdenken, um nach der Entwarnung in ein über dem Luftschutzkeller gelegenes Lokal zum Verhör gebracht zu werden. Danach erwartete die Familie das Schlimmste, das jedoch ausblieb. Die Meldung über Defätismus oder »Wehrkraftzersetzung«, in Verbindung mit meiner Herkunft ein besonders strafwürdiges Delikt, hatte wahrscheinlich gar nicht mehr die Zentrale erreicht und den bedrohlichen Apparat in Bewegung gesetzt. Der Zusammenbruch begann sich schon abzuzeichnen.

Der Vater, im Lager erkrankt, erschien wieder in Berlin, als arbeitsunfähig und invalid von einem menschenfreundlichen Arzt entlassen – nun konnte das Ende kommen. Die Fabrik, wo die Mutter (für sie rätselhafte) Glimmerplättchen stanzte, brannte nieder, und zu anderer Arbeit wurde sie nicht mehr befohlen. Nur der Sohn ließ sich hin und wieder zwischen den Luftangriffen in dem Bekleidungsgeschäft blicken, wo die allgemeine funktionelle Paralyse ebenfalls sich durchsetzte. Als die ersten sowjetischen Jagdflieger über Weißensee erschienen, wurde der »Volkssturm« formiert, jenes letzte Aufgebot, an dem teilzuhaben Vater und Sohn glücklicherweise verwehrt blieb.

Kurz nach dem Kriegsende zog man um, in die Christburger Straße, eine heruntergekommene Verbindungsstraße zwischen Prenzlauer Allee und Greifswalder Straße, von wo ich mit der Straßenbahnlinie 72 nach Weißensee zur »Hochschule für angewandte Kunst« gelangte, nachdem diese eröffnet und ich als Student in ihr aufgenommen worden war. Knappe fünf Semester, während welcher ich zu schreiben anhob, hielt ich es aus, bis mein Interesse an Anatomie (bei Prof. Tank, einer Kapazität), an Naturstudien, Aktzeichnen, Plakatentwürfen, Schriftkunde gänzlich erlosch. Eines Tages blieb ich einfach weg.

In der Zeitschrift »Ulenspiegel« fing ich an zu veröffentlichen, machte Schwarzmarktgeschäfte, meist mittelmäßige, und lag meinen Eltern auf der Tasche. Weil ich ein Schriftsteller wurde und außerdem abenteuerlich gesonnen war, nahm ich in den ausgehenden vierziger Jahren am ersten Lehrgang des »Deutschen Schriftstellerverbandes« teil: »Unternehmen Albtraum«, wie man es im nachhinein bezeichnen könnte. Außer ideologischen Hysterikern waren Heiner Müller, Horst Bienek und Erich Loest mit von der »parteilichen« Partie, doch als einer der neo-sozialistischen Dichter mir drohte, daß solche wie ich im Grunde eingesperrt gehörten, zog ich es vor, diesen Lehrgang nicht bis zum Schluß mitzumachen: Diese Lehre war ausreichend.

1950 erschien mein erster Gedichtband »Wegschilder und Mauerinschriften« auf Veranlassung Bechers. Brecht kehrte aus dem Exil zurück, ich fand Kontakt zu ihm, der bis zu Brechts Tod anhielt, den zu Becher hingegen unbeabsichtigt zerstörte. Meistens morgens suchte [ich] in Weißensee B. B. auf, um, ehe der lebende Klassiker in sein Theater fuhr, mit ihm von Gott und der Welt zu schwätzen. B. B. las meine Manuskripte, ich kramte in B. B.s Produktionen, wurde auch als Prüfstein für Textwirkungen benutzt und konnte auf B. B.s Intervention beim »Kulturfonds der DDR« die Zuweisung für den Ankauf einer Schreibmaschine ergattern.

Unterdessen hatte ich geheiratet: Marianne T. aus Heiligensee, eine entfernte Verwandte, denn ihre Tante war die Cousine meiner Mutter; sie tauschte ihre Wohnung in Westberlin gegen eine in Ostberlin, wo wir anfangs eher kärglich lebten, von Glossen und Artikelchen im »Ulenspiegel«, von Hörfolgen und Kriminalhörspielen, von Witzzeichnungen und »Cartoons«, welch letztere, als die Kampagne gegen den »Formalismus« einsetzte, nicht länger gedruckt werden durften.

Alle folgenden historischen Ereignisse durchlebte man als eine Art Beobachter, als menschliches Registriergerät, als Kollektor personalisierter Erfahrungen. Am 17. Juni 1953 zog ich zu Fuß durch ganz Berlin, ein Augenzeuge des Geschehens, während ich beim Ungarn-Aufstand nur durch Zufall vor der Teilnahme bewahrt wurde. Zum Studium der entstalinisierten Kultur-Szenerie sollte ich nach Budapest fliegen und für die Zeitschrift »Sonntag« darüber berichten; den Paß hatte ich in der Tasche, der Flug war gebucht und ok, am nächsten Morgen sollte es losgehen, doch losging eben etwas ganz anderes.

Am 13. August 1961 rollten wir im blechernen Symbol eines gewissen Wohlstandes durchs Brandenburger Tor gen Westen, weil vergessen worden war, die Genehmigungen jenes Personenkreises für ungültig zu erklären, die mit dem Wagen nach Westberlin fahren konnten: hauptsächlich Mediziner und »Kulturschaffende«.

Bald darauf hieß es, nachdem nun die Integrität der DDR gesichert sei, würde sich das sogenannte kulturelle Leben ungehemmt entfalten dürfen, da man »jetzt unter sich« wäre. Doch schon ein Jahr später, auf dem VI. Parteitag, wurde das genaue Gegenteil praktiziert, nämlich Anklage erhoben gegen Stefan Hermlin und Peter Huchel, den gedächtnisschwachen Peter Hacks und mich, was zur Folge hatte, daß ich länger als zwölf Monate keinen Pfennig verdiente, und die Lebenskünstlerin Marianne mit fünfzig Mark (Ost) in der Woche uns nährte und tränkte. Das erste Angebot von einem Verlag bestand dann darin, ein »lustiges Fotobilderbuch mit komischen Texten« zu machen: So entstand die »Lästerliche Leinwand«, kommentierte alte Filmbilder, ähnlich anderen Serien.

Freilich blieb dieses erste Desaster nicht das letzte: Nachdem ich einen Film auf der Grundlage von Bechers Roman »Abschied« geschrieben hatte, verließ der seinerzeit bekannte Kunsthinrichter Walter U. vor Beginn der Vorstellung das Kino, was nicht nur dem Film, sondern auch seinem Urheber schlecht bekam: Nur hatte der sich daran gewöhnt, zeitweilig als Paria behandelt zu werden.

Im Laufe der Jahre entstanden immer wieder Sammelbände mit Gedichten oder Prosastücken, oft genug von der Zensur lädiert, so daß die inkriminierten durch andere Texte ersetzt werden mußten: *einer* der Gründe, warum die Bände in Ost und West derart divergieren.

1967 eine Lebenswende aus Verzweiflung: Wir kauften ein altes Einfamilienhaus, da unsere Wohn- und Lebensumstände in Treptow unerträglich geworden waren, nur konnten wir das Haus nicht beziehen, und es dauerte über fünf Jahre, bis es endlich gelang, unter Aufwendung von Energien, die früher, wie es heißt, zur Gründung großer Reiche genügt hätten. Dann kam 1968 und die Tage vor dem Fernseher, vor dem Radio: ein Abschied für immer von Grundsätzen, die mir mit der »Muttermilch« vermittelt worden waren, denn meine Mutter stand seit 1918 aktiv in der SPD, nach 1945 in der KPD und schließlich SED. Ich selber trat der Partei 1949 bei, ein Linker durch Geburt und Prägung, und wurde in den fünfziger Jahren von der Mitgliedschaft in den Kandidatenstand zurückgestuft, um aufs Neue 1953 regelrechtes Mitglied zu werden. In die Tschechoslowakei jedoch, obwohl ein Jahrzehnt vergangen, bin ich nie mehr gereist, aus Gründen, die offenkundig sind.

Aufgrund mancher Einladungen aus dem KA, dem »kapitalistischen Ausland«, durften wir reisen. 1972 nach Italien, wo ich an den Universitäten von Florenz und Verona meine Gedichte vortrug, im Herbst desselben Jahres in die Vereinigten Staaten, an die University of Texas at Austin, um als *Visiting Associate Professor* Seminare über Lyrik in der DDR abzuhalten: Dies bereits nach dem Versinken Walter U.s im Erinnerungsloch und nach dem VIII. Parteitag, auf dem die Literatur als Literatur rehabilitiert zu werden schien.

Kaum aus den USA zurück, verabfolgte man mir sofort den J.-R.-Becher-Preis, für den ich erst seit zehn Jahren vorgeschlagen war. Auch konnte ich 1975 nach England fliegen, wo ich an der University of Warwick ein paar Monate als *Writer-in-residence* zubrachte, 1976 erneut, aber schon mit Schwierigkeiten, nach Amerika, nach Oklahoma, als Juror eines internationalen Gremiums, das zweijährlich einen Lyrikpreis vergibt, doch das Gesetz der zyklischen Kulturkrise als Ausdruck der Führungskrise blieb – entgegen allen Illusionen und Hoffnungen – nach wie vor wirksam.

Als Reiner K. aus dem Schriftstellerverband ausgeschlossen wurde, schrieb ich der damaligen Präsidentin Anna S. einen Protestbrief – ach, wieviele solcher

Briefe hatte ich schon verfaßt und abgeschickt, ohne jemals eine Antwort, geschweige denn eine Eingangsbestätigung erhalten zu haben. Diesmal wurde mir zu meinem Erstaunen sogleich geantwortet: Anna S. schrieb, sie habe den Ausschluß unterzeichnet, weil der Ausgeschlossene, auf den Militärputsch in Chile angesprochen, gemeint hätte, er wisse davon nicht genug, um Stellung zu beziehen. Postwendend konnte ich ihr mitteilen, daß der Ausgeschlossene mir, als einem der Herausgeber der Anthologie »Chile – Gesang und Bericht«, einige Texte für eben diese Publikation zugesandt habe und diese auch veröffentlicht worden seien und darum Anna S. falsch unterrichtet wäre. Daraufhin nur Schweigen.

Heute wirkt dieser Vorgang wie ein Präludium der Biermann-Affäre, über die genügend geschrieben und veröffentlicht worden ist, so daß ich mir ersparen kann, die weithin bekannten Details zu wiederholen. Als Folge dieser trüben Angelegenheit hatten sich die Parteimitglieder unter den Erstunterzeichnern der Bittschrift zu rechtfertigen, was sie auch taten. Vor der Grundorganisation des Schriftstellerverbandes verlas ich meine Erklärung:

»Auf der Parteiversammlung vom 23.11.76 wurde über den Fall Biermann gesprochen, als wäre es das erste Mal gewesen, daß man über einen unliebsamen Autor geredet hätte. Ich möchte jetzt daran erinnern, wie viele Schriftsteller in vielen Versammlungen mit den bösartigsten Bezeichnungen belegt und damit um ihre Kraft, gar um ihre Heimat gebracht worden sind, ich möchte hier nur den Namen des großen deutschen Dichters Peter Huchel nennen. Aber nicht von Huchel will ich sprechen, auch von Biermann nur bedingt, sondern von mir.

Seit dem noch nicht vergessenen VI. Parteitag, wo man mir Ungeheuerlichkeiten unterstellte, unter anderem in der Presse behauptete, ›Kunert würde seine schmierigen Gewehrkugeln gegen führende Genossen abschießen‹, wobei diese ›Gewehrkugeln‹ Gedichte waren, die inzwischen längst in der DDR erschienen sind, bis zu Diffamierungen aller Art, habe ich ziemlich bittere Erfahrungen in diesem Staat machen müssen, den ich trotz allem für den meinen halte.

Auf der Parteiversammlung am 23.11.76 ist der Vorwurf erhoben worden, die Schriftsteller hätten sich mit ihrer Erklärung an die Weltöffentlichkeit gewandt, statt vertrauensvoll sich doch erst einmal an jene Genossen zu wenden, die gerade die Ausbürgerung beschlossen hatten. Im Laufe der letzten fünfzehn Jahre habe ich eine Reihe von Protesten, Bitten, Erklärungen, Ersuchen an Institutionen und führende Genossen geschickt und in neunzig Prozent aller dieser postalischen Unternehmungen noch nicht einmal eine Empfangsbestätigung erhalten; meine Briefe sind fünfzehn Jahre lang abgeheftet worden.

Mein Motiv, mich gegen die Ausbürgerung Biermanns zu wenden, ist ganz simpel: Grundlage meines eigenen Werkes, und das ist allen bekannt, ist meine konsequente antifaschistische Haltung. Für mich stellt die DDR einen der wirklich antifaschistischen Staaten dar – um so stärker der Schock über eine Maßnahme, die in der Welt das Bild unserer Republik, das immerhin auch ich vermittelt und mitgeprägt habe, verfärben muß. Leider wurde darüber nicht auf der Versammlung gesprochen, was dringend notwendig gewesen wäre; nicht Verständnis für die Besorgnis und schmerzliche Betrübnis der Unterzeichner wurde deutlich, sondern die Unterstellung negativer Absichten. Die Versammlung endete mit einem Schlußwort Roland Bauers, in dem das Wort ›Petöfi-Club‹ fiel, gegen das ich mich schärfstens verwahren muß und das jede weitere Diskussion um die Affäre ausschließt.

Wieso ich durch Roland Bauers Formulierung jede weitere Diskussion für unmöglich halte, möchte ich mit einem persönlichen Beispiel belegen. Am 30.9.1970 bin ich vor die Parteileitung des Schriftstellerverbandes zitiert worden, um wegen eines Gedichtbandes und wegen eines Protestbriefes gegen ein Reiseverbot zur Rechenschaft gezogen zu werden. Während dieser Verhandlung ließ Roland Bauer das Protokoll unterbrechen, um mir wörtlich zu erklären: ›Biermann kann die DDR nicht kaputtmachen, auch Stefan Heym kann die DDR nicht kaputtmachen, und auch Kunert nicht. Aber die DDR kann Kunert kaputtmachen!‹

Mir scheint, das hat weder etwas mit den Normen des Leninschen Parteilebens zu tun noch mit den Normen menschlichen Zusammenlebens überhaupt. Das ist nichts anderes als die Erzeugung von Furcht und Angst. Es gibt moralische Normen, die man nicht verletzen kann, ohne auch Menschen unheilbar zu verletzen. Mich hat die Maßnahme der Ausbürgerung tief getroffen, ich wende mich nach wie vor dagegen, und bin bereit, alle Konsequenzen zu tragen.«

Damit hatte ich das Urteil über mich gefällt; die Streichung aus der Partei war dann nur noch ein formaler Akt. Ein Teil von meiner persönlichen Vergangenheit, von meiner Biographie, wurde mir operativ entfernt. Zugleich reduzierte sich mir Zukunft auf allernächste Künftigkeit: bestenfalls der bevorstehende Tag, die kommende Woche ließen sich noch in ihrem Ablauf, in ihren Implikationen einschätzen. Was fernerhin würde, war nicht abzusehen. Doch dessen war ich ganz zufrieden, denn solchermaßen individualisierte sich in mir ein allgemeinerer Zustand, etwas Symptomatisches, das, sobald es sich literarisch ausdrückte, einer übergreifenden Bedeutung und Zeugenschaft sicher sein durfte. Und außerdem: Ich war aus der Hybris für immer entlassen worden.

20.10.78

JAROSŁAW MIKOŁAJEWSKI

AN DIE FLÜCHTLINGE

Gedichte

GEBET 27. FEBRUAR 2022

herr
verwandle mich in einen flinken engel

nicht damit ich deinen
göttlichen leib preise
oder die beredsamkeit
deiner brennenden dornbüsche

sondern damit ich aufsteige
mit einem einkaufsnetz voll granaten
und einem zweiten
voll medikamenten
wasser und kartoffeln

und sie sanft ablege in kiew
charkiw
an einem sichtbaren ort für die
die danach lechzen

23. MÄRZ 2022

Eine Gruppe von Menschen, die Grabsteine für die an der polnisch-belarussischen Grenze gestorbenen oder verschwundenen Muslime aufstellen will, hat mich gebeten, ein Epitaph zu schreiben. Das ist eine der großartigsten Aufgaben, die ich je bekommen habe. Ich denke immer noch nach. Vorerst habe ich diese Worte gefunden:

Ich suchte nach Glück
und nach Freunden.
Ich fand den Tod
und gastliche Erde.
Möge die Erinnerung an mich
sein wie dieser Stein.

RÜCKKEHR NACH SCHYTOMYR

der kondensstreifen einer rakete am heiteren himmel
riß mich in gedanken mit in die stadt an die ich
ein paar jahrzehnte nicht mehr gedacht hatte

so in der sechsten grundschulklasse
bekamen wir adressen von schülern aus schytomyr
mit der bitte (wirklich es gab keinen zwang)
ihnen von zeit zu zeit briefe zu schreiben

ich erinnere mich nicht an den namen des ordentlichen mädchens
(so stelle ich sie mir vor obwohl wir uns nie begegnet sind)
doch ich erinnere mich an ihre gleichmäßige schrift
und daß ich versuchte ähnlich zu schreiben

in der wohlgestalt ihrer schönen schrift
lagen der wunsch nach einem langen und stillen gespräch

eine kaum faßbare mädchenhaftigkeit
und der geruch von ährenfarbenem haar

ich erinnere mich an die gezackten ränder der marken
auf den briefumschlägen aus altpapier
mit vorgedrucktem adreßfeld

dicke linien für das land und die stadt
eine dünnere für straße und hausnummer

ich weiß nicht warum wir aufhörten uns zu schreiben
ich weiß nur es war vor dem ersten oberschuljahr

ich war vielleicht zwölf oder dreizehn

bis heute habe ich selten an sie gedacht
so selten daß ich sogar ihren namen vergaß

doch heute kehrten schytomyr und das mädchen
und vor allem seine unbegreifliche gleichmäßige schrift
zu mir zurück mit dem kondensstreifen der rakete
die kurz vor schytomyr detonierte

sie kehrten zurück als quälende sorge des herzens
ob dem mädchen von damals nichts geschehen sei
und meinen in einer schmalen schublade verwahrten briefen

LUZIFER

als der der das licht trug
rebellierte
und rücklings zur erde fiel

sah er vor seinen augen
ehe sich voller abscheu
die erde über ihm schloß
die sternenfunkelnde heimat

das paradies entfernte sich von ihm
wie die bucht von den neapolitanern
die der hunger aus dem paradies vertrieb

darin war ein zeichen und eine warnung
vor jeder bindung
und jeder vertreibung
die den ungehorsamen droht
die sich ihrer bestimmung verweigern

niemand von uns lernte diese lektion
denn noch existierte niemand von uns
zwischen himmel und erde

doch selbst wenn wir dagewesen wären
und es gesehen hätten wie der zufällige landmann
den fall des ikarus
hätten wir nicht gelernt das schicksal zu ignorieren
und der freiheit zu entsagen

auf dem weg zur erde fiel luzifer
das licht aus der hand
irgendwo im gestrüpp
liegt es verloren und erhellt
den himmel

vor unseren seine schönheit
bewundernden augen

AN DIE FLÜCHTLINGE

kommt nicht zu uns

der winter hier ist so kalt
wenn wir zur nacht das fenster öffnen
birst auf dem bett der kopfkissenbezug

die schläfe gefriert

die kälte zieht durch die wangen
ins herz
in die füße

am morgen erstarrt unter den füßen
die lava

wir hören auf zu gehen
die erde dreht sich nicht

Aus dem Polnischen von Bernhard Hartmann

TOMASZ RÓŻYCKI

EIN TRANSPORTER MIT AUFSCHRIFT

Über die Gemeinsamkeiten zwischen dem Übersetzen von Gedichten und dem Aufnehmen von Flüchtlingen

1. Bisweilen ist das Gedicht ein Flüchtling, ein Emigrant, den wir unter unserem Dach aufnehmen. Das gilt insbesondere dann, wenn es in einer anderen Sprache geschrieben wurde und wir versuchen, es in unsere Sprache zu übersetzen, ihm in unserer Sprache ein Obdach zu geben. In Griechenland sieht man gelegentlich Transporter mit der Aufschrift »Metafora«. Man transportiert darin Betten, Blumen, Teppiche, den Kühlschrank und Großmutters Schaukelstuhl. Mitunter eine Katze, einen Hund, ein paar Kisten, Kartons mit Fotos. Gelegentlich auch kostbares Glas oder Porzellantassen und Kinderspielzeug. Die Habe eines Lebens. Der Transporter mit der Aufschrift »Metafora«, was hier Umzug oder Transport bedeutet, befördert Güter und Menschen. Von einer Seite auf die andere, von einem Ufer ans andere, bisweilen über eine Grenze, in eine andere Stadt, ein anderes Leben. Das lateinische Wort »translatio« bedeutet letztlich dasselbe: »etwas im Raum bewegen, auf die andere Seite tragen«, etwas über eine Grenze bringen. Ist das Übersetzen, das »Übertragen« eines Gedichts über die Grenze zweier Sprachen dasselbe wie einen Flüchtling aufzunehmen? Ist das Gedicht ein Transporter, der Menschen transportiert, ihre Tiere und die Dinge, mit denen sie sich in ihrem Haus umgeben haben, und der Übersetzer der Fahrer dieses Transporters? Ich habe einmal geschrieben, das Übersetzen eines Gedichts sei wie das Montieren eines Fahrrads aus seinen Einzelteilen. Es ist ein ausländisches Modell, das von seinem Besitzer zusammengebaut und mit Erfolg gefahren wurde. Dir wurden leider nur die Einzelteile geschickt, keine Aufbauanleitung. Du mußt es neu montieren, bevor jemand (der Leser) auf ihm einen Ausflug machen kann. Wenn wir den Vergleich erweitern wollen, können wir sagen, es handle sich um ein Fahrrad mit Korb und Gepäckträger, es ziehe einen Anhänger mit der Aufschrift »Metafora«.

2. Flüchtlinge, Geflohene mußten ihr Zuhause verlassen, oft im allerletzten Moment. Sie saßen eine Woche im Bunker, im Keller, im Dunkeln, unter der Erde, in einem U-Bahnhof in Kiew. Oben fielen Bomben, heulten Sirenen, verbrannten ihre Wohnungen, verbrannte ihr Leben. Man mordete ihre Verwandten und Freunde, sie hörten die Schüsse und Schreie. Sie wurden evakuiert, nach

entsetzlichen Szenen auf dem Bahnhof, mit dem letzten Zug, der tagelang unterwegs war, ohne Licht, damit die russischen Bomber ihn nicht bemerkten, sie wurden regelmäßig beschossen, weshalb sie einen Teil des Weges liegend in den überfüllten, weinenden Waggons verbrachten. Man evakuierte sie unter Beschuß in Fahrzeugen, in Bussen, die trotz der Aufschrift »Kinder« ins Fadenkreuz genommen wurden. Sie flohen zu Fuß über verkohlte, verbrannte Straßen. Wenn du sie unter deinem Dach aufnimmst, schweigen sie oft, finden auf die grundlegendsten Fragen keine Antwort. Es bedarf ungeheurer Empathie, um sich auch nur einen Bruchteil dessen vorzustellen, was sie womöglich empfinden. Doch das ist das Wichtigste: Verstehen, was sie empfinden. Sich für einen Moment in ihre Haut versetzen, in ihren Kopf, mit ihren Augen sehen, mit ihren Ohren hören, erinnern, was sie erinnern. Und nicht anders ist es mit dem Übersetzen von Gedichten: Man muß das Gedicht zuerst selbst spüren, sein Geheimnis begreifen, begreifen, daß da ein Geheimnis ist. Denn jedes Gedicht ist ein Geheimnis, jeder Flüchtling ist ein Geheimnis. Anfangs verstehst du kaum etwas, der Text ist fremd, er will dir sein Mysterium nicht anvertrauen, seinen Schmerz, das, was er über die Grenze retten konnte, das, was er mitnehmen wollte. Du weißt nicht, wie sein Zuhause aussieht, was dort unwiederbringlich zerstört wurde und was in den einen Koffer mit der Aufschrift »Metafora« gepackt werden konnte. Der Flüchtling mußte oft alles hinter sich lassen, nachts mit nichts als den Kleidern am Leib und einem Bündel Sachen aufbrechen, das er tragen konnte, mit einem Kind an der Hand, mit Hund oder Katze. Alles andere ging verloren. Manchmal floh er nackt, entkam wie durch ein Wunder aus der Folterkammer, wo andere gequält wurden, grub sich aus Trümmern frei, kroch unter einem Leichenberg hervor. Du kennst nicht den Inhalt des Koffers, nicht den Verlust, der ebenfalls darin Platz finden mußte, den Verlust, der riesig ist und der, müßte man ihn wie Möbel transportieren, ein Containerschiff füllen würde. Und doch paßt er in diesen einen Koffer, denn die Leere paßt selbst in eine Hosentasche, in eine geballte Faust, unter ein Augenlid.

3. Wenn du einen Flüchtling unter deinem Dach aufnimmst, wenn du ein fremdsprachiges Gedicht in deinem Kopf aufnimmst, dann gibst du ihnen deine Sprache, deine Kleidung, deine Handtücher und dein Bettzeug, sie bewohnen dich wie ein Geist, sprechen durch dich. Du wirst zum Medium, besessen von fremden Gedanken und Wörtern. Das Gedicht, das zu uns kommt, hat nur seine Buchstaben und den Raum zwischen diesen. Sein Autor und seine Leser, der Raum, in dem es bis dahin wirkte, seine Sprache – all das blieb zurück, doch es existiert als in Zeichen und Zwischenräumen kodierte Erinnerung weiter, es bildet den Kontext, den wir hinzudenken müssen, wenn wir unsere Vorstellung

arbeiten lassen. Wir müssen ihn sehen und spüren, wie ein Gespenst oder einen Geist heraufbeschwören. Die Vorstellung vermag scheinbar Totes zum Leben zu erwecken, Verluste zu kompensieren, Leerstellen und Lücken zu füllen. Doch die Vorstellung ist eine Verbindung von Rationalem und Affektivem. Das Rationale bezieht sich auf die wirkliche, aber tote Welt, das Affektive erfüllt diese Welt mit Leben, befruchtet sie, haucht ihr Leben ein. Ein fremdsprachiges Gedicht, das zu einem Leser kommt, der diese Sprache nicht kennt, ist stumm. Erst die Übersetzung gibt ihm die Stimme zurück, erst in der Übersetzung erweist sich das Gedicht als Zeichen, das auf etwas anderes verweist, das eine Welt hervorzubringen vermag. Wie der Flüchtling, der ein Zeichen der verlorenen Heimat ist, ist es ein Zeichen des Verlusts, aber auch der Hoffnung, es ist ein lebendes Wesen, es ist dazu fähig, neu zu erschaffen, was verlorenging, seine Welt neu zu erschaffen. Anfangs ist es wie ein Gespenst – dem Tod entrissen, benommen, apathisch, starr, abwesend. Erst wenn du es berührst, bricht es in Tränen aus oder explodiert vor Wut. Es schaut dich an wie einen Glückspilz, der alles hat: ein Zuhause, Gesundheit, ein Leben, eine geliebte Familie, Arbeit, Geld, ein Land, eine Zukunft und eine Vergangenheit. Der Flüchtling hat etwas hinter sich, woran er nicht glauben will, vor sich etwas, woran er nicht glauben will, und dazwischen vier Sekunden Gegenwart. Vier Sekunden, so lange dauert Neurologen zufolge das Gefühl des »Jetzt«, so lange empfindet unser Bewußtsein die Gegenwart als Gegenwart.

4. Dem, der alles verloren hat, gibst du zu trinken, gibst ihm zu essen (sofern er essen möchte), er kann sich bei dir waschen und ausschlafen (sofern er schlafen kann). Du gibst ihm Kleidung, damit er seine, nach Tod und den Trümmern seines niedergebrannten Hauses riechende, ablegen kann. Er wohnt jetzt in deinem Haus, trägt deine Kleider, lernt die fundamentalen fünf Wörter deiner Sprache, damit ihr euch verständigen könnt. (Welche Wörter sind das? Hunger? Wasser? Licht? Lernt er deinen Namen?) Er betrachtet deine unversehrten, gleichgültigen Dinge ringsum, dein Haus, deine mit ihren Angelegenheiten beschäftigte Stadt. Im Kopf hat er noch immer jenes andere. Das Gedicht ist ähnlich: Es kommt in deinen Kulturraum, lernt die ersten Wörter in deiner Sprache, du weißt nicht, was es denkt, an welche Alpträume oder Offenbarungen es sich erinnert, welche Glücksmomente es im Gedächtnis behalten und über die Grenze transportieren möchte, hinweg über alle Brände und alle Kriege, was es bewahren möchte, was sein größter Schatz ist. Welchen versteckten Schmerz es schmuggelt, welches intime Detail, von dem nie jemand erfährt. Die ersten, in eine Kladde geschmierten Fassungen deiner Übersetzung sind einigermaßen seltsam, deine (neue) Sprache ist unbeholfen, hart, du notierst am Rand eine Handvoll, manchmal ein

Dutzend mögliche Varianten eines Verses. Du weißt, daß du nicht verstehst, daß du hilflos bist und daß das, was du verstehen konntest, die simpelste von allen denkbaren Versionen ist. Banal, beinahe verzweifelt überflüssig. Doch das ist nur der erste Schritt, um dem völligen Schweigen zu entgehen, der völligen Gleichgültigkeit. Nach und nach findest du die richtige Richtung, den Sinn, passendere Worte, aber gleichzeitig weißt du, wieviel verlorenging und die ganze Zeit über verlorengeht. Jede deiner übersetzerischen Entscheidungen bedeutet den Abschied von etwas anderem, das nicht über die Grenze mitgenommen wird. Du entscheidest dich für den Sinn und verlierst die Melodie. Du entscheidest dich für den Reim und verlierst die verborgene Ironie. Du entscheidest dich für die Erhellung des Kontexts und verlierst das Idiomatische der Sprache. Du entscheidest dich für ein Wort und weißt nicht einmal, daß es in der Sprache des Originals auf die Replik eines Schauspielers aus einem bestimmten Film verweist, einen Satz, der üblicherweise Lachsalven auslöst. Doch du hast den Film nicht gesehen, weißt nicht, worin der Witz besteht, du hast nicht gesehen, mit welcher Miene der Schauspieler diesen Satz gesprochen hat. Welche Gefühle sich zwischen diesen Wörtern verbergen. Eine fundamentale Krise der Lesbarkeit, der Interpretation. Anders als der Tourist wollte der Flüchtling seine Heimat nicht verlassen. Der »Ewige Jude« wurde vertrieben, er zieht gegen seinen Willen umher. Das tief in seiner Kultur und seinem Kontext, seiner Sprache und seinem Rhythmus verwurzelte Gedicht wurde nicht mit dem Gedanken an eine Übersetzung geschrieben, darauf beruht seine Wahrhaftigkeit. Die Krise, die während des Übersetzens auftritt, entscheidet über die Wahrhaftigkeit oder das Scheitern der Übersetzung. In einem bestimmten Moment seiner Arbeit wird dem Übersetzer klar, daß er vielleicht vor einer unlösbaren Aufgabe steht, daß er nicht alles wird bewahren können, daß er etwas Wesentliches opfern muß; vielleicht beginnt er sogar am Sinn seiner Unternehmung zu zweifeln. Dieses Bewußtsein ist wichtig, und erst das Überwinden der Krise verleiht dem Ganzen einen Sinn. Es ist eine mühselige Arbeit voller Irrtümer und Mißverständnisse. Ihre Etappen wurden von der Translationswissenschaft beschrieben, sie haben ihre eigene Begrifflichkeit, die viel präziser ist als meine metaphorischen Notizen.

5. Ähnlich wie die fremdsprachigen Gedichte, die wir übersetzen möchten, wissen Flüchtlinge etwas, das wir nicht wissen. Und der vielleicht einzige Weg zu den Quellen dieses Wissens führt (in beiden Fällen) über die Empathie. Wir bleiben andere Menschen, wir werden niemals mit ihnen identisch, werden nicht in ihrem Erleben heimisch, doch wir können unsere Vorstellung nutzen, um Wörter in der richtigen Ordnung auszuwählen, denn wie wir die Wörter auswählen, ist nicht nur Sache unseres Intellekts. Natürlich sind die Ausdrücke »Geisteszustand«

oder »emotionaler Zustand des Übersetzers« keine translationswissenschaftlichen Termini, doch auch das Wort »Vorstellung« ist kein Begriff, dem Wissenschaftler allzu sehr vertrauen, obwohl ohne sie Wissenschaft unmöglich wäre. Natürlich sind die Wörter für die Übersetzung eines Gedichts wichtig, doch sehr viel essentieller sind die Räume zwischen ihnen, ihre Anordnung und wie sie sich gegenseitig betrachten. Diese Fähigkeit – Zeichen zu konfigurieren, die Vorstellung zu organisieren – ist natürlich nicht nur eine Ableitung der wissenschaftlichen Neugier, der analytischen Vorliebe für das Produzieren verbaler Rebusse. Sie erfordert etwas schwer zu Beschreibendes und für das Schreiben und Übersetzen Unverzichtbares. Und ich meine nicht »Mitleid«, denn aus Mitleid entstehen keine guten Übersetzungen (und im Falle der Flüchtlinge führt Mitleid höchstens zur Einrichtung von Übergangslagern, nicht aber dazu, daß der zuständige Minister eine Familie mit Kindern in sein Haus aufnimmt und in seinem Schlafzimmer übernachten läßt). Kurz gesagt geht es mir um eine Art Sympathie, ohne die sowohl Hilfe für Flüchtlinge als auch das Übersetzen von Lyrik bestenfalls Arbeit ist, aber niemals Kunst. Eben deshalb ist ein Polenfreund ein besserer Übersetzer polnischer Lyrik als ein Polenfeind. Früchte tragen wird dieser Affekt (das Wohlwollen) natürlich erst im Zusammenspiel mit dem Intellekt. Schon Kant sagt, Erkenntnis sei nur durch das Zusammenwirken von Verstand und Sinnlichkeit möglich, und nur von der Vorstellung angeregtes Wissen bringt den poetischen Effekt hervor, der auf der Überschreitung des Unüberschreitbaren beruht, auf der Erfindung einer passenden Metapher, auf der Aufnahme eines Flüchtlings und der Akzeptanz seiner Einsamkeit, auf der Anverwandlung und Übertragung (von seinem Tisch auf den eigenen Tisch) eines Gedichts. Es handelt sich also um eine »Wahlverwandtschaft« im Sinne Goethes und um die »Liebe zum Unähnlichen«, weil Verwandtschaft zwar Grenzen überschreitet, aber nicht abschafft. Der Ort »kann (…) nur wenig zu einem ruhigen Leben beitragen«, schreibt Seneca in den »Epistulae morales« (Brief 55, Übersetzung August Pauly): »Das Gemüt ist es, was sich alles verschönern kann.«

6. Anfangs essen manche Flüchtlinge nicht. Zunächst, weil sie nicht können, weil ihnen der Streß den Magen verschließt. Wenn sie dann können, schmeckt ihnen oft unsere merkwürdige, fremde und fade Küche nicht, die Namen der Lebensmittel sagen ihnen nichts oder entsprechen nicht dem, was sie kennen. Was sie zu Hause aßen, wird hier schlecht gewürzt, zu kurz oder zu lange gegart, es taugt nichts. Andere essen wiederum um so mehr, sie essen, was sie bekommen, ob sie es brauchen oder nicht – entweder, weil sie hungern mußten, oder um den Streß »wegzuessen«. Sie leeren den Kühlschrank. Sie versuchen, den entsetzten Körper zu besänftigen. Das Gedicht, das wir übersetzen, ist asketisch,

keines unserer Idiome gibt wieder, was das Original sagt und was es verschweigt, weder den Text noch die Subtexte. Nichts paßt. Die Wörter in unserer Sprache sind merkwürdig, fade, sie passen nicht. Sie sind zu groß. Zu klein. Zu dumm. Zu ernst. Trocken und ohne Geschmack.
Andere Gedichte verlangen unendlich viele Erklärungen, semantische Ergänzungen, als beherbergten sie einen bodenlosen Abgrund, der alle Varianten unserer Übersetzung verschlingt. Wir können zehn oder zwölf Fassungen produzieren, und jede von ihnen ist gut, in jeder findet sich etwas, das der Bedeutung des Originals etwas Wesentliches hinzufügt. Zwölf Übersetzer können dasselbe Gedicht übersetzen, und jede Übersetzung ist auf ihre Weise wertvoll. Dem einen gelingt es, die Metapher wiederzugeben, ein anderer findet das richtige Wort, ein dritter den richtigen Kolloquialismus, und der vierte schafft als einziger eine gereimte Übersetzung. Um nur ein Beispiel zu nennen: Es gibt zahllose Übertragungen der »Odyssee« oder der »Aeneis«, zahllose Übertragungen der »Ilias«. Diese Texte begleiten uns seit Jahrhunderten, sie sind noch immer in einem gewissen Sinne aktuell, wir erzählen noch immer dieselbe Geschichte – in anderen Sprachen, anderen Stilen, mit einer anderen Lexik, in einem etwas anderen Ton. Die Erzählung von der belagerten Stadt, der verlorenen Stadt und der Suche nach einer neuen Heimat oder von einer großen Reise und einer großen Heimkehr nach Jahren des Kriegs und der Irrfahrt hat etwas Fundamentales, Universelles. Die Leser halten das Gedicht am Leben. Das Flüchtlingsgedicht lebt Jahrhunderte, es wandert von Tür zu Tür. Von Griechenland nach Alexandria oder Rom, dann nach Paris, Kiew und London, nach Aachen und Warschau, nach New York und Tokio.

7. Ein Gedicht, das in ein weiteres neues Haus aufgenommen wird, diesmal ins Haus unserer Sprache, ist wie der »Ewige Jude«: Einmal übersetzt, gehört es nirgends mehr hin und niemandem mehr, nicht einmal mehr seinem Autor. Geboren wie so viele seiner Stammesbrüder im Grenzland, am Rande der Landkarte, in der schönen Ukraine seiner Sprache, beginnt es seine Wanderung. Entblößt von fast allem, muß das Gedicht im Chaos des Fremden immer und immer wieder neu seinen Kosmos rekonstruieren, das ist sein einziges Reisegepäck. Wir kennen Fälle, in denen Flüchtlinge ihr Leben retteten, indem sie von einem fremden Land ins andere zogen, so wie die polnischen Juden, die vor den Deutschen erst nach Rumänien flohen, dann nach Frankreich und schließlich über vier weitere Grenzen nach Guatemala, wo während des Zweiten Weltkriegs das Wort »Polacos« Juden bedeutete und das Wort »Judío« Pole und wo allen Unterschieden zum Trotz die Einwohner meinten, es handele sich um ein und dasselbe Volk. Ähnliches geschieht auch in der Lyrik: Auf Gälisch geschriebene Gedichte

werden auf dem Umweg über englische Übersetzungen ins Polnische übertragen, wie auch Czesław Miłosz die Werke chinesischer Dichter oder japanische Haikus aus dem Englischen ins Polnische übertrug. Und, das sei hinzugefügt, es sind großartige Übersetzungen, die beim Überschreiten der Grenze viel verloren, doch in der Zielsprache auch viel gewonnen haben. Afrikanische Schriftsteller und Schriftstellerinnen werden in Europa oft deswegen bekannt, weil ihre Erzählungen ins Französische übersetzt wurden. Die Transporter mit der Aufschrift »Metafora« – sie transportieren dieselben Flüchtlinge, doch in jedem Land stehen auf dem Frachtbrief andere Dinge.

8. Ist nicht die Grenze zwischen Idee und Wort die erste Grenze, die das Gedicht überschreiten muß, das erste verlassene Land, die erste aufgegebene Sprache, die erste Übersetzung? Und auf sie folgt gleich die nächste: die Grenze zwischen Wort und Verschriftlichung. Die (weltweit und auch in Europa) bekannten Vertreter der oralen Dichtung improvisieren ihre Werke ad hoc, sie passen sie jedes Mal der Situation an, wie Homer es zu Beginn des Literaturzeitalters tat. Eine der zahlreichen wertvollen Varianten aufzuschreiben erfordert eine Entscheidung. Ein verschriftlichtes Epos ist das Resultat einer Selektion des Materials, einer Preisgabe des Reichtums unterschiedlicher Standpunkte. Ein endgültig niedergeschriebenes Epos erfüllt in einem grundlegenden Sinne Robert Frosts Definition, der zufolge das Schöne und Lebendige, Veränderliche und Vielseitige, flirrend Dynamische – das heißt: die Poesie – im Prozeß der Übertragung über die Grenze verlorengeht (»Poetry is what gets lost in translation«). Man stelle sich alle Versionen des »Rolandslieds« vor, die uns alternative Stränge der Geschichte erzählen, verschiedene Varianten von »Tristan und Isolde« oder sämtliche Reisen des Odysseus. Hat nicht Platon gesagt, die Erfindung der Schrift sei der Tod der Idee? Und das war ja erst der Anfang, auf die Erfindung der Schrift folgte die Ära des Buchdrucks und auf diese die Ära der neuen Medien; die Transporter mit der Aufschrift »Metafora« werden immer moderner, wenngleich der Mangel, den sie transportieren, immer derselbe ist.

9. Wenn die Flüchtlinge endlich zu sprechen beginnen, zeigen sie uns auf ihrem Smartphone Fotos von Dingen, die nicht mehr existieren: den schönen Park in Charkiw, der bei einem russischen Bombardement in Flammen aufging, das von Raketen zerstörte Schulgebäude in Tschernihiw, die bombardierte Geburtsklinik in Mariupol, die Straßen, durch die sie in Butscha spazierten und in denen später Zivilisten ermordet wurden, die Promenade in Irpin, wo sie sich eines Samstags küßten, eine Kirche, einen Obstgarten, einen Schulhof, auf dem die Aggressoren ein Massengrab aushoben. Das zerstörte Aleppo, das ausgebrannte

Warschau, das bombardierte Beirut. Orte, die nicht mehr existieren. Sie zeigen uns in die Luft gesprengte Häuser, die Wohnungen, Andenken, Bäume, Bänke und Blumen, die sie verloren, auch den Himmel und auch den Fluß, an dem sie so oft lagen. Verhält es sich mit dem Gedicht nicht ähnlich? Zumal wenn es von jemandem geschrieben wurde, der nicht mehr lebt? Ist nicht auch das Gedicht ein kleines Smartphone, mit dem jemand die flüchtigen Momentaufnahmen eines vergangenen, nicht mehr existierenden Lebens speichert? Wie auf einer Speicherkarte sind sie im Gedächtnis des Gedichts aufgezeichnet, in den Wörtern und dem Raum zwischen ihnen, in der Wolke, in der nach unserem Dasein die Erinnerung an uns gespeichert werden wird, im großen NIRGENDWO. Ein kurzer Stromausfall, eine Störung des Internets, ein Systemfehler, ein winziger Defekt, und wir verlieren für immer den Zugang zu diesem Geisterreich.

10. Wenn der Flüchtling ein Telefon hat, klingelt es manchmal. Beim Mittagessen. In der Nacht. Es klingelt, und aus dem Hörer ertönt die gedämpfte Stimme einer Person, die zurückblieb. Der Großmutter, die nicht evakuiert werden konnte, des Bruders, der kämpft, der Mutter, die im Schrebergarten die Hunde versorgt. Man hört Schreie sowie Schüsse und nahe Detonationen. Und man kann nichts tun, der Flüchtling kann nur flehen: »Bitte geh vom Fenster weg, versteck dich!« Oder: »Bitte paß auf dich auf!« Oder Liebesworte sagen, als ob die ein Leben retten könnten. Und in diesen Momenten weißt du, daß Wörter nicht immer zur Rettung beitragen können, daß sie nicht immer ausreichen, um das Wichtigste und Wertvollste zu bewahren. Du weißt, daß du machtlos bist, daß bestimmte Gefühle unvorstellbar sind, manche Gedichte unübersetzbar, daß etwas für immer verlorengeht im Raum zwischen diesen beiden Telefonen, diese Stimme wird nie übersetzt werden, das Geräusch der Schüsse für immer in der Übersetzung verlorengehen.

11. Wer die Gedichte des in sowjetischer Haft ermordeten ukrainischen Dichters Wassyl Stus übersetzt, der versucht Donezk wiederaufzubauen; wer Anna Achmatowas Gedichte übersetzt, der versucht Leningrad wiederaufzubauen; wer die Gedichte Mykola Chwylowyjs übersetzt, des ukrainischen Dichters, der sich als Protest gegen die Vernichtung von Millionen Ukrainern im Holodomor das Leben nahm, der versucht die ausgestorbenen Straßen Charkiws neu zu beleben. Und wer die Gedichte Anna Świrszczyńskas, die als Sanitäterin am Warschauer Aufstand teilnahm, oder des am vierten Aufstandstag von einem deutschen Scharfschützen getöteten Krzysztof Baczyński übersetzt, der versucht das in Schutt und Asche gelegte Warschau wiederaufzubauen. Wer die Gedichte Debora Vogels aus dem Jiddischen übersetzt, trägt dazu bei, daß auf der Ulica Leśna in

Lemberg wieder Kirschbäume blühen. Diese Rekonstruktion, dieser Wiederaufbau geschieht in der Luft, in den Wolken, mit Hilfe so flüchtiger Materialien wie den Wörtern und dem Wind, der zwischen ihnen hindurchweht. Selbst wenn du Ovid übersetzt, baust du das untergegangene Rom wieder auf oder versuchst das Wellenrauschen am Strand von Tomis zu rekonstruieren, wo er seine »Tristia« geschrieben haben soll. Du rekonstruierst den Geruch des Meeres, das Schreien der Möwen, den salzigen Geschmack des Windes, in dem die leichten Klänge der Sprache der Geten und Sarmaten an die marmorne Mauer des geometrischen Metrums von Ovids Latein schlagen. Die Flüchtlinge zeigen Fotos, sofern sie welche retten konnten. Diejenigen, die mit angesengten Kleidern aus Trümmern geborgen wurden, sagen nichts. Sie tragen ihre Bilder unter den Augenlidern. Sie werden am Morgen von Erinnerungen geweckt, die ihr Herz in Schwingung versetzen wie eine Glocke.

12. Warum übersetzen wir Gedichte? Warum nehmen wir Flüchtlinge bei uns auf? Aus einem Reflex der Solidarität, des Mitgefühls, der Brüderlichkeit? Weil wir neugierig sind auf das andere? Weil wir hoffen, etwas Neues und Exotisches in uns selbst zu entdecken, wenn wir ein Gedicht übersetzen? Weil wir beharrlich unser Spiegelbild im Gesicht des anderen suchen? Weil die bloße Existenz des anderen uns herausfordert? Weil jeder andere in Wirklichkeit man selbst ist? Und erst die Begegnung mit dem anderen uns erkennen läßt, wer wir sind, und mitunter auch, daß wir sind? Weil wir angesichts von Unrecht, Leid und Krieg nicht gleichgültig bleiben können? Wenn die Welt gleichgültig ist, schaut sie bloß zu, wie Bomben fallen – auf Warschau, Aleppo, Sarajewo, Mariupol. Wenn die Welt gleichgültig ist, schaut sie bloß zu, wie Kurden oder Afghanen leiden, wie der Jemen oder Eritrea hungern, wie die Vernichtungslager arbeiten. Wenn die Welt gleichgültig ist, bleiben die in fremder Sprache geschriebenen Gedichte sich selbst überlassen und sterben. Niemand will sie aufnehmen, niemanden interessiert, was sie erzählen. Wir übersetzen Lyrik aus demselben Grund, aus dem wir Flüchtlinge aufnehmen: dem Gefühl der Solidarität zwischen uns, zwischen Menschen, aus einem Reflex des Mitgefühls, wenn das fremdsprachige Gedicht zu uns spricht, als wäre es unseres, wenn es etwas Wichtiges sagt, was wir bis dahin nicht selbst ausdrücken konnten, wenn es auf eine Weise spricht, die wir bisher nicht kannten und die uns hilft, mehr zu begreifen, mehr zu empfinden, ein anderer Mensch zu werden, ein kleiner Teil des Menschen zu werden, der es geschrieben hat, eine Gemeinschaft zu werden. Gedichte übersetzen heißt Gemeinschaft stiften. Flüchtlinge in sein Haus aufnehmen bedeutet, eine Gemeinschaft gegen das Böse dieser Welt aufzubauen, gegen Zerfall, Zerstörung und Dunkelheit. Wir nehmen eine Frau mit Kind bei uns auf, sie hat das

Wertvollste überhaupt vor den Bomben gerettet, das Hoffnung für die Zukunft gibt, ein Menschenleben. Das Gedicht, das wir übersetzen, ist wie dieses Kind: Wenn wir verstehen, was es durchgemacht hat, wenn wir verstehen, was am Beginn seines Weges stand, dann sind wir imstande, es weiterzuführen, es vor Vergessen und Gleichgültigkeit zu bewahren.

13. Das Gedicht, das wir übersetzen, wird rasch zu einem Teil von uns. Das ist das Mysterium des Übersetzens, das Geheimnis der Übersetzung: Damit wir ein Gedicht in unserer Sprache wiedergeben können, müssen wir ihm erlauben, in uns zu sein, bei uns zu sein, wir gehen mit ihm einkaufen, zur Arbeit, zur Schule, wir haben es ständig im Kopf, beim Einschlafen, beim Baden, beim Abwaschen, im Auto oder in der Bahn, beim Reparieren eines Stuhls. Wir wiederholen seine zuvor fremden Wörter, die längst unsre eigenen sind, wir kennen es auswendig, es wird zum Bestandteil unserer Träume, wir träumen in ihm. Wenn wir uns das Gedicht nur ausreichend vertraut machen, wenn wir in ihm zu denken beginnen, kommt schließlich das Wort, die Lösung wie von allein. Ist es mit Flüchtlingen nicht ähnlich? Wir gehen mit ihnen aufs Amt, zur Schule, zu Hilfsstellen. Hunderte Male geben wir ihre persönlichen Daten an, wir kennen sie irgendwann auswendig, Vorname, Nachname, Geburtsort und -datum, die Namen der Mutter, des Vaters, der Kinder. Wir wissen, welche Schule der Flüchtling absolvierte. Wir gehen als Begleiter und Übersetzer mit ihm ins Krankenhaus und kennen bald seine intimsten Angelegenheiten, denn der Arzt spricht die fremde Sprache nicht, die Krankheitsgeschichte und die Ängste des Flüchtlings fließen durch unseren Mund. Wir erzählen dem Zahnarzt, was ihm fehlt, wir kaufen Medikamente und informieren ihn über die im Beipackzettel vermerkten Nebenwirkungen. Wenn es nötig ist, nehmen wir ihn nachts in den Arm, wenn es nötig ist, reichen wir ihm ein Taschentuch und wählen die Nummer seiner Mutter. Wir suchen eine Arbeit für ihn, wir suchen einen Spielplatz, gleichaltrige Spielkameraden oder einen Basketballtrainer für die Kinder. Bald ist der Flüchtling ein Teil unseres Körpers. Er ist in uns, bei uns, an unserer Seite. Du sprichst für ihn. Du leihst ihm deine Sprache, deine Stimme.

14. Nach einigen Tagen siehst du schließlich, wie deine Gäste in deinem Bett schlafen, deine – ihnen zu großen – Sachen anziehen, von deinen Tellern essen, dir die Lieblingsgerichte ihrer Kindheit kochen, die ihre Großmutter immer für sie kochte und die sie in sich tragen, in ihrem Geschmacksgedächtnis. Jetzt kannst du davon kosten, obwohl der Geschmack nicht ganz derselbe ist und sie unzufrieden sind, weil sie nirgends denselben Käse finden wie zu Hause, nicht dieselbe Sahne, nicht die Tomaten, nicht den Grieß, und selbst das Salz ist nicht

auf die richtige Weise salzig. Doch das Gericht, das sie kochen, hat für dich einen ungewöhnlichen, interessanten Geschmack, anders und vertraut zugleich. Sie versuchen auch, einstweilen intuitiv, deine Sprache zu sprechen. Es gibt viele Mißverständnisse, aber immer mehr Verstehen und Verständnis füreinander. Die Mißverständnisse provozieren das erste Lachen, endlich könnt ihr Scherze machen. Ja, auch die Flüchtlinge machen Scherze, weil unsere Sprache ihnen manchmal komisch vorkommt. Wir lachen zusammen über unsere gemeinsame Lage. Und wir, die Gedichtübersetzer, kommen endlich hinter den Witz, den wir so lange zu entschlüsseln versuchten. Wir lachen, weil abgesehen von allem anderen das Übersetzen auch großen Spaß macht und es Freude bereitet, wenn wir etwas auf den ersten Blick Unmögliches geschafft haben. Das Gedicht kleidet sich langsam in deine Worte, es wird zum Hausgenossen. Und schließlich sind sie bei uns, wir besorgen ihnen vorläufige Papiere, ihre in einem fremden Alphabet geschriebenen Namen geben ihnen die passende Färbung von Exotik und Fremdheit. Sie sind für kurze Zeit bei uns, bis sie weiterziehen, hinaus in die Welt, auf die Suche nach ihrer vom Feind zerstörten Stadt. Aber in Wirklichkeit bleiben sie Jahre bei uns. Auch das Gedicht ist mitunter ein Flüchtling, den wir bei uns aufnehmen und mit dem wir unser Brot teilen. Das Wesen des Übersetzens wie auch der Flüchtlingshilfe ist der Wunsch zu retten, zu bewahren. Wir transportieren das Gedicht in unserem Fahrzeug – einer Schubkarre, einem Fuhrwerk, einem Transporter – mit der Aufschrift »Metafora«. Das ist die Rettung des Gedichts aus dem Nichtsein: Ein Gedicht, das niemand liest, existiert nicht. Lebt nicht. Ein Gedicht, das einen Leser findet, schlüpft in ihn wie ein Geist in einen neuen Körper, es wohnt eine Zeitlang in ihm, hat in ihm seine Wohnung, wird lebendig. Der Flüchtling überlebt, der Obdachlose findet eine Zuflucht für eine Nacht, für tausend Nächte, für immer in jemandes Gedanken, jemandes Sprache, jemandes Gedächtnis.

15. Es ist der vierunddreißigste Tag des Krieges, uns weckt ein lauter Schrei, gefolgt von Schluchzen. Wir wissen nicht, ob es Iryna war oder Wowa oder jemand bei den Nachbarn unter uns: Waleria, Wassylissa, Matwej oder Walentyna. Das Haus ist voll mit Frauen und Kindern, die aus den brennenden Städten der Ukraine geflohen sind, ihre Haut riecht noch immer nach Rauch. Wir tappen durchs Dunkel, wir würden sie gern einhüllen, zudecken. In der Küche brennt Licht, und erst dort erkenne ich, daß du es warst, die schrie, daß ich es war, der weinte.

Aus dem Polnischen von Bernhard Hartmann

RENATE SCHMIDGALL

PAWEŁ HUELLE. EINE SPURENSUCHE

Paweł Huelle lernte ich im November 1988 während einer längeren Polenreise kennen, die mich nach Breslau, Warschau, Danzig und Sopot führte. (Anders als bei den großen Städten, wo mir der deutsche Name ganz natürlich erscheint, bringe ich es nicht fertig, Zoppot zu schreiben.) Das habe ich in meinen Tagebüchern nachgeschlagen, in den alten, zum Teil in Polen gekauften Heften aus schlechtem kariertem Papier mit hellblauem oder rosa Umschlag. Keine Datei könnte dies wiedergeben: die Struktur des Papiers, meine Handschrift, die ganz anders ist als heute. Nach Sopot (und damit Danzig) fuhr ich in dieser unwirtlichen Jahreszeit nur, um Paweł Huelle zu treffen, und wohnte wie immer bei meinen ältesten Freunden Bolek und Misia, einem Wirtschaftswissenschaftler und einer Innenarchitektin, in einer Hochhaussiedlung am Rande von Sopot.

In Deutschland ist wenig bekannt, daß die westdeutsche und die polnische Gesellschaft sich vor der Wende unter anderem darin unterschieden, daß sich die Mittelschicht in Polen durch ein beachtliches Wissen über die eigene Kultur und die anderer Länder auszeichnete. Mir fiel das vor allem im Bereich der Literatur auf: Ob Ökonomen oder Chemiker, sie kannten ihre Schriftsteller sehr gut und zum Teil auch unsere wesentlich besser als wir. Kurzum: Bevor 1989 der Kapitalismus Einzug hielt, waren die Polen, wie auch die Russen, umfassend gebildet.

Ich hatte auf Empfehlung von Freunden Huelles 1987 erschienenen Debütroman gelesen und war begeistert. Mein Interesse am Übersetzen war schon durch kleinere Texte (vor allem Gedichte) und die Arbeit an der Gombrowicz-Gesamtausgabe bei Hanser geweckt worden. »Weiser Dawidek« wollte ich unbedingt übersetzen. Es war ein starker Wunsch, hervorgerufen durch ein starkes Leseerlebnis.

In meinem Tagebuch von 1988 finden sich einige Hinweise. Ich hatte mich bei Huelle schon von Deutschland aus angekündigt. Beim ersten Telefonat erwischte ich den kleinen Sohn, der mir sagte, Papa sei nicht da und Oma im Bad. In Sopot führte ich dann ein technisch schwieriges Gespräch von einer Telefonzelle in der Siedlung neben dem Supermarkt, denn Bolek und Misia hatten damals keinen Anschluß. Die Münze mußte man im richtigen Moment einwerfen, nicht zu früh und nicht zu spät – so etwas war für mich immer eine Herausforderung. Ein kalter Wind pfiff um mich herum, es war keine geschlossene Kabine wie in Deutschland, meine Hände fühlten sich eisig an. Aber es gelang mir, eine Verbindung zu bekommen, und ein paar Stunden später fuhr ich – mit dem Taxi, das nicht mehr kostete als bei uns eine Busfahrt – nach Wrzeszcz in die Ulica Chrzanowskiego. Dort, im ehemaligen Langfuhr, einem der Vororte von Danzig, wohnte Paweł mit seiner Frau Ania und dem achtjährigen Julek in einem Zimmer der elterlichen Wohnung. Es war das Zimmer zur Straße, zu den Kastanien. Paweł, damals ein schüchterner, aber gesprächiger Mann von 31 Jahren, führte mich durch die umliegenden Straßen, die Karłowicza zum Beispiel, und zeigte mir einen Kanaldeckel mit der deutschen Inschrift: Kanalisation von Danzig. Diese fremdsprachigen Spuren, Erinnerungen an die Vergangenheit seiner Stadt, hatten ihn zum Schriftsteller gemacht. Bei diesen ersten Ausflügen zu den Orten von »Weiser Dawidek« und auf späteren Reisen zeigte er mir die abgerissenen Brücken der ehemaligen Bahnlinie. Und natürlich die Ulica Polanki in Oliwa, den Pelonker Weg, den Hof, in dem Schopenhauer gewohnt hat, und das Haus, in dem Lech Wałęsa damals lebte, der 1990 bis 1995 Präsident war. In der Polanki (Nr. 4) wohnt auch Greta Hoffmann, die Heldin der Erzählung »Der Umzug« (1991) sowie eines seit den neunziger Jahren in Pawełs Phantasie existierenden Romans. »Die schöne Greta« erschien aber nie in der ursprünglich geplanten Form, sondern verwandelte sich in »Śpiewaj ogrody« (›Singe die Gärten‹, ein Rilke-Zitat). In diesem bislang letzten Roman von Huelle sind Greta und ihr Mann Ernst Theodor Hoffmann die Hauptfiguren. Sie wohnen in dem großen Haus in der Polanki, wo nach dem Krieg der Vater des Erzählers einquartiert wird, der aus dem sowjetisch gewordenen Galizien geflohen ist. Huelle bleibt seinen Orten und Figuren offensichtlich treu.

Doch zurück zum November 1988. Paweł bot mir Kaffee an, den ich damals gar nicht trank, aber auch nicht ablehnen wollte, das gehörte sich in Polen vor 1989 nicht. Frau und Sohn wurden für eine Weile ausquartiert, und ich berichtete dem Autor von meiner beglückenden Lektüre des »Dawidek«. Es gab zwar bereits Verhandlungen mit einer Agentur, doch mein Enthusiasmus überzeugte Paweł, und wir vereinbarten, daß ich einen deutschen Verlag suchen würde. Ich wurde fündig, und das historische Jahr 1989 stand für mich im Zeichen meiner ersten großen Übersetzung. Ich hatte damals eine 40-Stunden-Stelle am Deutschen Polen-Institut und konnte nur abends und am Wochenende übersetzen. Es war eine mühselige Arbeit. In dem Wort steckt »Mühe« und »Seligkeit«, und diese Verbindung hat einen hohen Wahrheitsgehalt, auch wenn das etymologisch nicht stichfest ist. Anders als die Übersetzer der Generation Dedecius oder Bereska besaß ich keinen polnischen Hintergrund. Die Sprache hatte ich erst auf der Uni gelernt und mußte viel nachschlagen, damals noch in dicken Wörterbüchern. Dennoch war es eine befriedigende, erfüllende Tätigkeit.

»Weiser Dawidek« erschien im Frühjahr 1990 als Hardcover bei Luchterhand und wurde ein großer Erfolg. Mit Huelle und seinem Roman absolvierte ich meine ersten Autorenlesungen überhaupt. Ich habe noch zwei Exemplare der Erstausgabe, jeweils mit Widmung, von 1990 und 2003.
Fünfzehn Jahre nach unserer ersten Begegnung war aus der Beziehung Autor – Übersetzer längst eine Freundschaft geworden. Auf »Dawidek« folgten zwei Erzählbände (»Schnecken, Pfützen, Regen« und »Silberregen«) sowie ein Band mit Feuilletons, 2003 dann der stilistisch anders gestrickte Roman »Mercedes-Benz«, eine Hommage an Bohumil Hrabal. Auch mit »Mercedes-Benz« war das Autor-Übersetzer-Gespann auf Lesereise durch Deutschland – C.H. Beck stellte dafür eigens einen alten 170er Mercedes, der Typ, den Pawełs Großvater Karol fuhr, auf das Messegelände in Leipzig. Paweł sagte einmal, er habe kein Glück mit den deutschen Verlagen. In der Tat erschienen anfangs maximal zwei Bücher im selben Haus: die ersten beiden bei Luchterhand (mit Lizenzausgaben bei Fischer), dann je eines bei Rospo und Rowohlt Berlin. C.H. Beck machte immerhin drei Bücher: »Mercedes-Benz« (2003), »Castorp« (2005) und »Das letzte Abendmahl« (2009). Danach ist es mir nicht mehr gelungen, einen deutschen Verlag von einer Publikation zu überzeugen, was den allgemeinen Trend der Zurückhaltung bezüglich polnischer Literatur bestätigt.
Auf die oben genannten drei Romane, alles »Nebenprodukte« des nicht geschriebenen Opus magnum oder auch Ausweichmanöver, folgten wieder Erzählungen (2008), der schon erwähnte Roman »Singe die Gärten« (2014) sowie 2020 der Erzählband »Talita« mit dem wunderbaren, hier deutsch abgedruckten Text »Der Schuster«, der in Wrzeszcz Dolny spielt, dem unteren Langfuhr, also in Grass-Land.

Paweł Huelle betonte immer gern, den Stadtteil von Günter Grass trenne vom oberen Langfuhr, wo er selbst wohne, nur die Bahnlinie. Bis in die neunziger Jahre war das untere Langfuhr mit dem früheren Labesweg, wo sich vor hundert Jahren der Kolonialwarenladen des Vaters von Günter Grass befand, jedoch heruntergekommener als das obere Langfuhr/Wrzeszcz, wo der 1957 geborene Huelle aufwuchs. Der Kommunismus war zwar ein Gleichmacher, doch gab es durchaus Schattierungen. Auf den Straßen Wallenroda (Hertastraße), Wajdeloty (Marienstraße) und Aldony (Luisenstraße), die mit der Lelewela (Labesweg) eben das Viereck bilden, das Oskar Matzerath vom Dachboden aus im Blick hatte, liefen entschieden abgerissenere Gestalten umher als auf der anderen Seite der Bahnlinie. Übrigens sind die drei erstgenannten Straßen nach Figuren aus Werken des aus den Kresy, den polnischen Ostgebieten stammenden Nationaldichters Adam Mickiewicz benannt. Möglicherweise wollte man den zahlreichen

Polen, die 1945 aus den an die Sowjetunion gefallenen Kresy, vor allem aus Wilna, nach Danzig kamen, mit diesen Straßennamen eine Art Ersatz für die verlorene Heimat bieten.
Auch in Huelles »Schuster« hat es zwei Männer aus Wilna nach Danzig, ins untere Langfuhr verschlagen: den Schuster Joachim, aus dessen Perspektive die Geschichte erzählt wird, und seinen ersten Kunden, Dr. Szeliga. Zweite Hauptfigur neben Joachim ist die scheinbar lieblos, ohne Anrede und ohne Vornamen benannte Kosterke-Trzebiatowska, eine alte Frau, deren Wege im unteren Wrzeszcz beschrieben werden.
Den Namen Kosterke kennen wir aus »Schnecken, Pfützen, Regen«, der Titelgeschichte des ersten Erzählungsbandes. Herr Kosterke mit dem Holzbein und dem harten deutschen Akzent hatte vor dem Krieg ein Geschäft in der Hubertusburger Allee, und der Vater des Erzählers fragt sich, wo diese Straße sein mag. Doch der Erzähler verrät nicht, daß die Hubertusburger Allee die heutige Chrzanowskiego ist, also die Straße, in der er und sein Vater selbst wohnen, sowie in der Realität auch Huelle. Solcherart sind die kleinen Geheimnisse und »Unausgesprochenheiten« in Huelles Texten. Das Polnische hat dafür ein schönes Wort: *niedopowiedzenie* – das Nicht-zu-Ende-Gesagte, also das Verschwiegene.
In »Der Schuster« werden die Wege der Kosterke-Trzebiatowska aus der Ulica Aldony über den Strießbach-Steg zum Plac Wybickiego (dem früheren Neuen Markt) sowie zur Kirche jenseits der Unterführung beschrieben. Daß es die Herz-Jesu-Kirche ist, in der Günter Grass getauft wurde und später Oskar Matzerath versucht, das Jesuskind zum Trommeln zu bringen, sagt uns der Autor nicht. Auf dem Plac Wybickiego finden wir seit 2002 eine Bank, auf der Oskar als Bronzefigur sitzt, seit 2015 auch dessen Schöpfer, der zu Lebzeiten nicht verewigt werden wollte, und einen Brunnen, in dem Tulla Pokriefke mit einem aufgespannten Regenschirm steht. Die Kosterke-Trzebiatowska kommt auch an Grass' Geburtshaus in der Lelewela 13 vorbei, wo heute eine Tafel mit einem polnischen Zitat aus der »Blechtrommel« an den großen deutschen Autor erinnert. Das alles kann Huelles Figur nicht wissen, doch für den eingeweihten Leser birgt es einen zusätzlichen Reiz.
Daß der Autor diese Bezüge zu seinem großen deutsch-kaschubischen Vorbild nicht kenntlich macht, sondern seine Figuren nur in diesem Setting agieren läßt, fand ich beim ersten Lesen schade. Doch auf den zweiten Blick begriff ich, daß dieses Verschweigen dem Text, sofern man mit Grass vertraut ist, eine zweite Ebene verleiht.

Es sind einerseits die Orte in Huelles Prosa, die dem Leser einen vertrauten Eindruck vermitteln und Kontinuität stiften – Danzig mit seinen Stadtteilen, Straßen,

Hügeln, Wäldern und Gewässern, insbesondere Wrzeszcz mit dem Strießbach und Oliwa (Oliva). Andererseits gibt es auch eine Kontinuität von Figuren: Frau Greta, Herr Kosterke, die Kosterke-Trzebiatowska. Auch der Bratschist Fox, an den sich Joachim in »Der Schuster« erinnert, kommt schon in früheren Texten vor. Bei Kosterke handelt es sich um den gleichen Namen, was eine Verwandtschaft nahelegen könnte.

Für Adam Zagajewski speist sich Dichtung immer aus zwei Quellen. In »Fragte mich jemand« im Band »Poesie für Anfänger« heißt es: »Doch ich bin überzeugt, daß (...) sie, die Dichtung, eine gleichsam doppelte Identität hat – sie ist abhängig von der Erinnerung, aber sie überschreitet auch ständig deren Grenzen, in Versuchung geführt vom Ungewissen, vom Unendlichen, vom Geheimnis.« Das Unerklärliche, über die sinnlich wahrnehmbare Welt Hinausweisende ist auch Huelles Texten eingeschrieben. In Rezensionen und Analysen wird seine Prosa oft dem magischen Realismus zugeordnet. Sie ist voller Geschehnisse, die sich einer Erklärung entziehen und mit den Naturgesetzen nicht kompatibel sind. Auch die Kontinuität der Orte und die erwähnten »Unausgesprochenheiten« wirken magisch, erzeugen ein Geheimnis und verdichten die Textur der Prosa.

Mehr als hundert Jahre nach der von Max Weber konstatierten Entzauberung der Welt finden wir in Paweł Huelle einen weiteren Schriftsteller, der sie nicht hinnehmen will. Seine sinnliche Prosa lebt von einer detaillierten Beschreibung der Außenwelt und natürlich einem narrativen Plot, erschöpft sich jedoch nicht darin. Er schafft einen erzählerischen Raum, in dem sich nicht nur die Schicksale seiner eigenen Protagonisten entfalten, sondern auch Figuren und Orte aus den Werken von Günter Grass und Thomas Mann sowie historische Persönlichkeiten wie Rilke oder Schopenhauer auftauchen, die zuvor den Kosmos seiner Heimatstadt bevölkert haben. So strickt er weiter am Mythos von Danzig.

Seit 1988 haben mich Huelles Erzählungen, Romane und Gedichte begleitet, und ich habe ihn immer wieder getroffen, in Polen wie in Deutschland. Viele Momente und Situationen werden mir immer in Erinnerung bleiben: Meine Tochter hat im Zoo von Oliwa, den Paweł uns zeigte, zum ersten Mal im Leben einen Bären gesehen. Später brachte sie Paweł am Strand von Jelitkowo deutsche Wörter bei. Wir durchstreiften die noch unbebaute Speicherinsel, in deren Ruinen die »Gute Luisa« (aus dem Band »Silberregen«) mit ihrem Vater haust, der im Vollrausch das spärliche Mobiliar zertrümmert, und Oliwa, wo man in der Ferne den Karlsberg sieht. In Wrzeszcz zeigte Paweł mir den Tunnel am Strießbach, in dem Dawidek verschwindet, die Pestalozzischule, die Grass besucht hat, und vieles mehr. Ich könnte die Aufzählung lange fortführen. Mit fast allen Büchern haben wir Lesungen gemacht, zuletzt 2005 mit »Castorp«. Der Held aus dem »Zauberberg« hat vier Semester in Danzig studiert, mehr wird bei Thomas Mann nicht gesagt. Paweł wollte Castorp für diese zwei Jahre ein Leben erfinden. Schon lange vor Entstehung des Romans zeigte er mir in Jelitkowo das imaginäre Schiff, das Castorp Anfang des 20. Jahrhunderts nach Danzig brachte. Und schon in den neunziger Jahren erklärte er mir in der Ulica Polanki, hier habe Greta Hoffmann, die Heldin aus »Der Umzug« und »Singe die Gärten«, mit ihrem Mann, dem Komponisten, gewohnt. Paweł trägt seine Geschichten jahrelang mit sich herum, seine Phantasie ist unerschöpflich, er ist der geborene Erzähler. Man steigt zu ihm ins Auto oder setzt sich mit ihm an den Tisch, und schon geht es los: die abgerissenen Brücken der ehemaligen Bahnlinie, der frühere Flugplatz hinter den Bahngleisen, wo Dawidek und Elka liegen, als der Luftstrom der landenden Iljuschin Elkas rotes Kleid in die Höhe hebt ... Hier war der Laden von Cyrson, hier die Kneipe »Unter den Kastanien«, und dort hat Castorp gewohnt. Die Orte werden mit den Jahren vertraut und die Figuren zu einer großen Familie, mit der man lebt. Sie ist oft verläßlicher als unsere reale. Denn das kann Literatur: Sie schafft uns eine zweite Heimat, wir fühlen uns geborgen und getröstet, auch wenn die entworfene Welt genauso wenig heil ist wie die unsere.

PAWEŁ HUELLE

DER SCHUSTER

Die Jahre flogen dahin wie ein Schnellzug, der durch eine ländliche Bahnstation rast. Joachim sah durch die Fensterscheibe der Werkstatt die Kosterke-Trzebiatowska. Er kannte sie schon seit vielen Jahren. Damals war sie jung und sah ganz passabel aus. Sogar ein bißchen verliebt in sie war er in jener Zeit. Doch jetzt, da sie in einer dunkelroten Schürze leicht gebeugt aus dem Haus mit der Nummer drei kam, in einer Trainingshose und Turnschuhen, mit einer Baskenmütze, die das hochgesteckte graue Haar verdeckte, jetzt, da sie mit dem Besen zum ersten Schwung ausholte, jetzt konnte er sie sich in keiner anderen Gestalt, egal welchen Alters, mehr vorstellen. Die Sache war die: Wie sie jetzt aussah, schien sie schon ewig auszusehen. Als wäre sie so auf die Welt gekommen.

Im Kessel blubberte das Wasser. Joachim hätte ihn ausgeschaltet, wenn ihm nicht eingefallen wäre, daß er die Stoppuhr vergessen hatte. Immer wenn die Kosterke-Trzebiatowska mit ihrer Tour begann, drückte er den angelaufenen Knopf. Er liebte es zu beobachten, wie sie den asphaltierten Bürgersteig fegte, der sich in der Hitze hier und da wölbte und ordentliche Hubbel bildete. Der Winter dagegen hinterließ Löcher. In der Regel wurden sie erst geflickt, wenn sich ein Fußgänger die Knochen gebrochen hatte. Dann lamentierte die Ostseezeitung und stellte kühn die Frage, womit die Stadtteilverwaltung eigentlich beschäftigt sei. Doch jetzt war es Frühling geworden. Nach dem milden Winter gab es keine Löcher. Die Kosterke-Trzebiatowska stellte immer wieder den Besen ab und bückte sich, um eine Kippe aufzuspießen. Ausnahmen machte sie nicht – jedes durchnäßte Fitzelchen mußte sie sich, wie beim Pilzesammeln, ansehen, um es dann in den Eimer zu werfen. Wenn eine Kippe etwas länger war, wanderte sie in die Schürzentasche. Auch dabei schaute Joachim gern zu. Also stellte er jetzt schnell die Stoppuhr an und räumte den Kessel weg. Bevor der Kaffee zu duften begann, holte er das zur Hälfte vollgeschriebene Heft hervor. Er trug alle Ergebnisse der Kosterke-Trzebiatowska sorgfältig ein, seit Jahren. Wie viele solcher Hefte hatte er schon? Das wußte er nicht mehr. Der Stapel wuchs von Jahr zu Jahr, doch obwohl er sich schon lange vorgenommen hatte, sie zu zählen, kam es nie dazu. Ein Teil war schon vergilbt – wie die Hefte von Schülern, die sich manchmal an unverhofften Orten wiederfinden: im Werkzeugkasten, in der Kommode oder der Kredenz.

Durch das breite Fenster der Werkstatt, die früher ein Geschäft war, konnte Joachim die Kosterke-Trzebiatowska nur zwei, drei Minuten lang sehen. Von der Nummer drei bewegte sie sich in ihrem Tempo auf den Steg über den Strießbach zu. Dort verlor er sie aus den Augen, doch kannte er ihre Route genau. Wenn sie am Plac Wybickiego angekommen war und ihre Arbeit beendet hatte, ging sie aufrecht zurück, müde, mit Eimer, Besen und Spieß wie mit einer Ausrüstung, die für die nächste Schlacht nicht mehr nötig ist. Sie kehrte nur ihre Straßenseite. Diejenige, auf der sich Joachims halblebiger – eigentlich schon eher toter – Betrieb befand, ignorierte sie schlicht und einfach. Nur an Sonn- und Feiertagen gab es keinen Grund, die Stoppuhr anzuschalten. Ganz in Schwarz, ob Sommer oder Winter, schlug sie dann mit ihrem ebenfalls schwarzen, abgewetzten Lacktäschchen die andere Richtung ein, zur Ecke der Ulica Wajdeloty. Auch diesen Weg kannte er gut. Sie mußte ein Stück geradeaus und dann links abbiegen zur Unterführung, über die dröhnend die Züge fuhren. Wenn sie die Eisenkonstruktion passiert hatte, war es nicht mehr weit bis zur Kirche. Joachim besuchte die Messe nie, auch den Priester empfing er nicht zur Weihnachtszeit, aber ein paar Mal war er der Kosterke-Trzebiatowska gefolgt, um sie in dem gotischen Innenraum zu beobachten, der mit goldenen Verzierungen, Bildern und Heiligenfiguren aus Gips angefüllt war. Sie setzte sich immer in die vorletzte Bank, nahm den Rosenkranz aus der Tasche, berührte die einzelnen Perlen und vertiefte sich, als würde sie der Ablauf der Liturgie gar nichts angehen, in ihr Gebet, ohne dabei die Lippen zu bewegen. Sogar als die Gläubigen das Vaterunser sprachen oder ihre Stimmen sich zu einem Lied vereinigten. Erst bei der Elevation, beim Erheben des Kelches und der Hostie, wenn die Glöckchen der Ministranten erklangen und der Weihrauch sich im Altarraum verteilte, steckte sie den Rosenkranz wieder in ihr Täschchen, um wie alle anderen niederzuknien, und wie viele von ihnen ging sie zum Altar, um den Leib Christi zu empfangen. In ihrem Gesicht, das blaß und fast steinern wirkte, konnte er keinerlei Gefühle lesen. Rasch verließ sie die Kirche, vielleicht um in der Konditorei unter dem Pfeiler nicht so lang in der Sonntagsschlange zu stehen.

Die Stoppuhr tickte. Gerhard Richter und Söhne. Leipzig. Sie war der einzige Gegenstand, der nach all den Jahren von den früheren Besitzern der Werkstatt geblieben war. Die Kosterke-Trzebiatowska mußte jetzt etwa bei der Nummer 5 angekommen sein. Ihr Tempo verlangsamte sich mit jedem Jahr. Unterdessen erinnerte sich Joachim an die Zeit, als er mit dem Rucksack zu der Adresse im Stadtteil Langfuhr aufgebrochen war, die die Kommission ihm zugewiesen hatte. Personenzüge fuhren damals noch nicht. Hinter der Unterführung war er schon fast am Ziel. Erstaunt betrachtete er die Häuser. Anders als in der Innenstadt hatten die Granaten und Bomben sie nicht in Schutt und Asche gelegt. An den Vorderfronten sah er Flachreliefs mit Pflanzenmotiven oder Fratzenköpfe. Manche Gebäude waren von Türmchen gekrönt, aber nicht unbedingt nur zur Verzierung, denn unter den Spitzen befanden sich oft kleine Fenster, die vielleicht zu einer Dachstube gehörten. Manche Häuser hatten Balkone mit halbrunden schmiedeeisernen Geländern. Die Hertastraße war fast leer. Hier und da waren hinter den Fensterscheiben Vorhänge zugezogen. An zwei kleinen Läden, an denen er vorbeikam, sah er heruntergelassene Gitter, die den Eingang versperrten. Es fiel ihm schwer, sich anhand des deutschen Stadtplans zu orientieren. Doch schließlich fand er die Luisenstraße, die der Angestellte der Kommission mit einem Kopierstift angestrichen hatte. Er bog ein und war an Ort und Stelle. Links von der braungestrichenen Tür befand sich ein hohes Fenster mit einem Rundbogen. Rechts – das leere Schaufenster. Er sah das Schild »Hutmacherei«, verstand jedoch nicht so recht, was es bedeutete. Erst drinnen begriff er, daß es sich um eine Schneiderei und eine Werkstatt für Damenhüte handelte. Unter dem Nähfuß einer Singer-Maschine steckte – als wäre sie soeben angehalten worden – ein Stückchen Flanell. Auf einem langen Tisch lagen fertige und unfertig gebliebene Hüte, Militärmützen mit Adlern, auch Offiziersmützen, Scheren, Hutstumpen, Messer und lackierte Mützenschirme. All das betrachtete von der Wand aus Adolf Hitler. Bevor Joachim den Ölfarbendruck in dem soliden Rahmen abnahm, schaute er noch in die Hinterräume. Die zwei Zimmerchen mit Kochnische ließen nicht gerade auf einen wohlhabenden Eigentümer schließen. Doch am meisten interessierte ihn der Blick aus dem Fenster. Zwischen den Häuserwänden floß, in ein steinernes Bett gefaßt, ein Bach. Höchstens drei Meter breit, seicht, wenn auch lebhaft. Darüber sah er den Bogen eines kleinen Stegs mit Geländer. Er verband die durch das Wasser getrennten Gärtchen. Joachim trank seinen Kaffee aus. Fürs Frühstück war es noch nicht Zeit. Das Brötchen mit Quark konnte warten. Er betrachtete die Stoppuhr. Ein seltsames Gerät, denn es war ja nicht nur für schnelle Läufe gedacht. Der erste Zeiger sollte wohl die Sekunden bei Sprints messen. Der zweite die Minuten bei einem Staffellauf. Der dritte – die Stunden. Um letzteren in Gang zu setzen, mußte man das Gerät lange aufziehen, wie eine Armbanduhr. Alle drei Gänge waren synchronisiert. Denn ein Vortrag konnte ja zum Beispiel eine Stunde, zwei Minuten und fünfzehn Sekunden dauern. Am unteren Gehäuse war ein Satz eingraviert: *Si vis vitam, para mortem*. Er wußte damals lange nicht, was das bedeutete. Bis er die Werkstatt eröffnete. Sein erster Kunde, Doktor Szeliga aus der Nummer 13, der braune Halbschuhe mit Sohlenverstärkung bestellte, erklärte ihm, es handle sich um einen lateinischen Spruch: »Wenn du das Leben ertragen willst, bereite dich auf den Tod vor.« Der Doktor wunderte sich, denn aus dem Gymnasium in der Ulica Dominikańska, der Dominikanerstraße, gleich neben der Heilig-Geist-Kirche, kannte er eine andere

Version: *Si vis pacem, para bellum.* Was hieß: »Wenn du Frieden willst, bereite dich auf Krieg vor.« Und woher kam – in der Werkstatt eines Hutmachers – so eine Stoppuhr? Vielleicht war der Mann namens Waschke, dessen Papiere noch in einer Schublade der Kommode lagen, Schiedsrichter gewesen? Das ließ sich natürlich nicht mehr feststellen. Doch bei einem dünnen Tee, den Joachim mit dem Primus-Kocher zubereitete, redeten die beiden über Wilna. Der Doktor erzählte von der Heilig-Geist-Kirche, in der für alle Schüler des Mickiewicz-Gymnasiums das Schuljahr begann. Dort fand auch die Osterbeichte statt, die unbedingt zu absolvieren war. Seine Praxis hatte der Doktor in der Ulica Gdańska, der Danziger Straße gehabt. Joachims vom Vater geerbte Werkstatt war auf der Ulica Niemiecka, der Deutschen Straße gewesen, an der Ecke der Ulica Klaczki und der Jatkowa. Und jetzt, nach dem Krieg, arbeitete der Doktor weiterhin als Arzt, und Joachim arbeitete weiterhin als Schuster, beide hatte es aus Wilna nach Danzig, in dieselbe Straße verschlagen, die ihren deutschen Namen eingebüßt hatte und jetzt Ulica Aldony hieß. War das nicht irgendwie komisch? Joachim nahm keinen Groschen von Doktor Szeliga. Der erste Kunde war der erste Kunde, er sollte Glück bringen. Tja, selbst wenn sie sich vor dem Krieg in seiner Wilnaer Werkstatt getroffen hätten, was sehr unwahrscheinlich war, denn ein Arzt mit Privatpraxis schickte in solchen Angelegenheiten sicher ein Dienstmädchen, aber selbst wenn der Doktor persönlich in Joachims Werkstatt gekommen wäre, um die Schuhe abzuholen, hätten sie sicher kein Schwätzchen gehalten – worüber auch? Höchstens zwei, drei Sätze über die Sohlen und die Qualität des Leders. Hier aber waren sie einander ebenbürtig, und ihre frühere Stadt verband sie – die schönste Stadt der Welt. Joachim wurde bewußt, daß er sich, seit er unter den Ziehharmonikaklängen der Roten Armee aus dem Güterzug gestiegen war, zum ersten Mal an das Rauschen der Wilejka erinnerte, die durch Zarzecze floß, an den Hügel in Antokol, an die Dampfer im Hafen, die goldenen Kuppeln der barocken Kirchen. Sein Herz schlug heftiger, er war den Tränen nahe. Denn normalerweise vermied er Erinnerungen.

Doch wo war jetzt die Kosterke-Trzebiatowska? Vielleicht gerade bei der Nummer 13, wo Doktor Szeliga gewohnt hatte und dann gestorben war? Doch dafür war es wohl noch zu früh. Eher bei der Nummer 11, wo die Opernsängerin Zofia Janukowska jeden Vormittag in Begleitung ihrer Tochter Tonleitern und Arien übte. Eine gute Kundin. Pumps, Stöckelschuhe, Halbschuhe für den Herbst, Stiefel – manchmal hatte sie zwei Paar auf einmal bestellt und nie über den Preis gestritten. Durch die Janukowska waren Leute aus der besseren Gesellschaft zu ihm gekommen. Der Direktor der Werft, ein Schauspieler des Theaters, der Chef der VVB, der Vereinigung Volkseigener Betriebe. Einmal sogar der Major eines Graudenzer Vorkriegsregiments. Der wollte Reitstiefel und kam gar nicht aus

dem Staunen heraus, daß es in Danzig noch einen Schuster gab, der den militärischen Schick von früher draufhatte.
Wieder mußte er an die Kosterke-Trzebiatowska denken. An die von früher, die in der nahegelegenen Brauerei arbeitete. Die Zeiger der Stoppuhr rückten gleichmäßig vorwärts, doch die Zeit in seinem Gedächtnis tickte anders. In Schichten, die sich als Schatten oder Licht, doch ohne Ordnung, übereinanderlegten. Frühere Dinge und Ereignisse konnten aus banalem Anlaß oder auch ganz ohne Ursache an die Oberfläche schweben, und was vor einem Jahr passiert war, konnte sich ganz unten befinden, auf dem Grund des tiefen Brunnens. Acht Minuten Kehren waren schon vergangen. Nach seinen Erfahrungswerten mußte die Kosterke-Trzebiatowska jetzt zwischen Nummer 19 und 21 sein. Dort, wo Samuel Lipszyc seine Werkstatt hatte, der beste Herrenschneider der Stadt.
Joachim machte sich an sein Frühstück. Zwei Brötchen mit Margarine, Quark und eine Salzgurke. Mit Sicherheit hatte er die Kosterke-Trzebiatowska gesehen, nachdem das Türmchen in der Ulica Wajdeloty seine Aufmerksamkeit erregt hatte. Damals waren noch Deutsche da, wenn auch nicht in allen Häusern. Sie mußten ihre Wohnungen mit den einquartierten Polen teilen. An Kämpfe oder Szenen konnte er sich nicht erinnern, aber daß er die Werkstatt und zwei kleine Zimmer ohne die vorherigen Mieter erhalten hatte, war doch ein glücklicher Zufall. Hier und da zeigten sich die Deutschen auf der Straße. Jeder mußte ja Brot und Milch kaufen. Aber wenn sie die Neuankömmlinge sahen, sprachen sie leiser oder verstummten. Ja, damals hatte er zwei Frauen gesehen, vielleicht Mutter und Tochter. Der Frühling spülte den Schnee von den fernen Brentauer Hügeln, und der Strießbach, der sonst immer ruhig zwischen den Häusern floß, wurde plötzlich reißend und unberechenbar. Grau und trüb dahinströmend, führte er Stengel, Zweige und Holzgegenstände mit. Von Stunde zu Stunde stieg sein Pegel, die Keller in der Ulica Aldony und der Ulica Grażyny waren schon überschwemmt, jeden Moment würde er die Parterres erreichen. Es goß wie aus Kübeln. Der Abend brach an. Die Frauen zögerten, ob sie über den Steg gehen sollten, das Wasser schrubbte schon die Straße, sie riefen einander etwas zu. Joachim kam mit zwei Paar Gummistiefeln aus der Werkstatt. In gebrochenem Deutsch und mit Gesten wollte er ihnen klarmachen, er könne ihnen die Stiefel borgen, er wolle kein Geld dafür, doch die Frauen gingen nicht über den Steg, sie drehten sich um und verschwanden. Da sah er es. Im Türmchen eines Hauses in der Ulica Waideloty brannte Licht. Schwach, undeutlich im strömenden Regen, aber ganz bestimmt Licht. Seine Augen täuschten ihn nicht. Er war sich sicher, denn seit er hier wohnte, blieben alle Fenster dieses Hauses nachts dunkel. Die Tür auf der Straßenseite war mit Stäben und einem soliden Vorhängeschloß versperrt, und es hing ein Schild da, auf dem stand: »Das Betreten des Hauses

und das Besetzen von Wohnungen wird mit einer Geld- oder Gefängnisstrafe geahndet. Nationaler Rat der Stadt.« Man erzählte sich dazu Verschiedenes. Daß das Gebäude vom Iwan beschlagnahmt werden würde. Oder von Mitarbeitern des Sicherheitsdienstes. Oder auch, daß die hölzernen Decken vom Einsturz bedroht seien. Seit diesem Tag ging Joachim nachts hinaus und beobachtete das Türmchen. Es wuchs aus dem Dach wie der Schornstein eines Dampfers, doch nicht in der Mitte, sondern an der Seite. Viereckig, mit kleinen Fensterchen, gekrönt von einer hohen Spitze. Joachim wartete geduldig. Das Licht erschien nicht wieder. War er während des Hochwassers einer Täuschung erlegen? Er fragte sich, warum die Deutschen solche Türmchen gebaut hatten. Sie waren doch unpraktisch, denn er wußte inzwischen, daß es keine Dachstuben gab. Und zur Beobachtung des Himmels dienten sie auch nicht. Anfang Mai, als er vor seiner Werkstatt stand und sich eine Zigarette ansteckte, erschien das Licht für ein paar Sekunden und erlosch dann wieder. Wie bei einem Leuchtturm. Er beschloß, der Sache auf den Grund zu gehen. Von hinten näherte er sich dem leeren Haus. Die Tür auf der Gartenseite hatte keine Stäbe und kein bedrohliches Schild. Doch als er vorsichtig die Klinke drückte, gab sie nicht nach. Er ging in seine Wohnung zurück, bog im Schraubstock eine Ahle zu einem einfachen Dietrich zurecht und ging wieder, mit einer Taschenlampe ausgestattet, zu der Hintertür. Im Parterre roch es nach vermoderten Dielen und faulen Kartoffeln aus dem Keller. Behutsam, damit die Treppe nicht knarrte, stieg er hinauf. Mit der Lampe leuchtete er auf die Wohnungstüren, eigentlich mehr auf die Namensschildchen. Wolf, Hoppe, Glinsky, Meyer, Hofmann, Zelonka, Stroch, Elgenmayer, sie alle waren schon mit der ersten Aussiedlungswelle verschwunden, an der Front umgekommen, oder sie vegetierten in einem sowjetischen Lager vor sich hin. Er dachte ohne Genugtuung daran, aber auch ohne Mitleid. Was befand sich wohl in den Wohnungen? Es gab nur zwei auf jedem Stockwerk, also mußten sie groß sein, alle mit Bad. Klaviere, Speisezimmermöbel, Anrichten, Ehebetten, Nachttischchen, Kronleuchter, Bücherregale, Teppiche, Speisekammern, Badewannen, Blumenständer, Stiche, Bilder. Die Tür zur Dachkammer war offen. Die verstaubte, verschimmelte Bettwäsche, die dort hing, hatte keine Mangel mehr erlebt. Er fand eine zweiseitige Leiter. Gegen die Klappe zum Türmchen mußte er von unten fest drücken, dann ging sie krachend auf.

Joachim schaute auf die Stoppuhr. Die Kosterke-Trzebiatowska war sicher noch nicht am Plac Wybickiego angekommen, den Häuser aus den dreißiger Jahren umstanden. Sie hatten keine Verzierungen oder Türmchen wie die in der Ulica Lelewela, der Grażyny oder der Wajdeloty. Er goß ein wenig Milch in den Tee. Schon immer liebte er den Moment, wenn sich die zwei Farben mischen und plötzlich eine dritte ergeben. Seltsam, er konnte sich nicht an den Farbton der

Hemden seines Fußballklubs Elektrit erinnern. Sie waren braun, aber braun wie was? Herbstblätter? Das Furnier am Kasten des Radioapparats? Mit Sicherheit waren die Hemden von Śmigły Wilno braun wie Cognac. 1933 oder auch 1935 machten sie die Mannschaft aus Siedlce fertig. Nach diesem Spiel wechselte Joachim zu Elektrit Wilno. Im Śmigły-Klub gab es viele Militärs. Einen Schuster, Sohn und Enkel eines Schusters, betrachteten sie von oben herab. Elektrit trainierte und spielte auf dem Hügel, auf der Góra Bouffałowa, Śmigły in der Ulica Werkowska, jenseits des Flusses Wilia. Jetzt, da er zum weiß-nicht-wievielten Mal die Geschwindigkeit der Kosterke-Trzebiatowska maß, verschwammen bestimmte Ereignisse seines Lebens miteinander. Klar war, daß er Kunden zu verlieren begann, nachdem man ihn aufgrund seines Alters nicht in den Danziger Klub Gedania hatte aufnehmen wollen, obwohl er damals noch gar nicht so alt war. Ein Fehlschlag zieht den nächsten nach sich. Langsam, aber unwiderruflich kam die Zeit der industriell gefertigten Schuhe. Die Leute kauften sie, weil sie billiger waren, selbst wenn sie dafür lange anstehen mußten. Und er konnte nicht ständig mit dem Preis runtergehen. Also blieben nur die Reparaturen: Absätze, Sohlen, abgenutzte Schäfte. Der letzte Kunde, der ein Paar Schuhe bestellt hatte, war Herr Fox gewesen, ein Bratschist des Sinfonieorchesters. Joachim trat aus seiner Werkstatt heraus. Die Kosterke-Trzebiatowska bewegte sich ungewöhnlich langsam. Sie hatte etwa drei Viertel der Straße geschafft. Er konnte sie ruhig aus den Augen lassen, die Stoppuhr ging zuverlässig. In der Konditorei unter dem Pfeiler kaufte er zwei Hefeschnecken. Auf dem Rückweg hielt er bei dem Haus mit dem Türmchen an. Plötzlich waren da wieder die Staubwolken und der Geruch nach Taubendreck, als hätte er die Klappe unter der Dachstube gerade eben geöffnet. In einem provisorischen Bett unter einer Decke ohne Überzug lag damals eine Frau. Als er ihr gegenübertrat, verdeckte sie das Gesicht mit dem Kissen.

Er sprach sanft zu ihr, mit gedämpfter Stimme. Als er endlich ihren Mund, die Augen, die Wangen und die Stirn erblickte, kam er aus dem Staunen kaum heraus. Sie sah Regina so ähnlich, als wäre sie ihre jüngere Schwester. Als er die ersten polnischen Worte vernahm, hörte er sofort den harten deutschen Akzent. Sie hielt ihn für einen Milizionär oder etwas ähnliches und hatte Angst vor Verhaftung. Doch statt dazu etwas zu sagen, stellte er ihr ein paar Fragen und wunderte sich selbst, wie praktisch er plötzlich denken konnte. Wie sie etwas zu essen bekam. Wie sie hier auf die Toilette gehen konnte. Über das Essen wollte sie nicht reden. Was die anderen Bedürfnisse betraf, so ging sie nachts in die Wohnung im obersten Stockwerk hinunter. Dort gab es im Badezimmer ein Klo und fließendes Wasser. Als er vorschlug, ihr zweimal die Woche Essen zu bringen, zögerte sie und schüttelte schließlich den Kopf. Er sagte, er gehöre nicht zu den Leuten, die andere anzeigen. Ein paar schlaflose Nächte lang dachte er

an Regina. Vor allem an ihre gemeinsamen Ausflüge und Spaziergänge in Wilna. Auf den Berg der Drei Kreuze, nach Antokol. Auch an ihre Besuche in der Werkstatt am Ende der Deutschen Straße. Oder in Zarzecze, wo er eine Tante hatte.
Er konnte der Versuchung nicht widerstehen: In der Nacht packte er ein Stück Käse, Brot, eine Konservendose und eine Flasche mit Tee in den Rucksack und ging von der Hinterseite in das leere Haus. Als er der Frau die Sachen hinlegte, hätte er gern mit ihr geredet, aber sie wollte nicht. Die Klappe war offen, schon setzte er den Fuß auf die Treppe, da hörte er von unten Schritte. In dem dunklen Quadrat erschien die Kosterke-Trzebiatowska aus der Nummer 3, gegenüber seiner Werkstatt. Er kannte sie nur vom Sehen. Sie schauten einander mißtrauisch an, wie Verschwörer zweier verschiedener Organisationen. Die Kosterke-Trzebiatowska lud ihren Proviant und drei Gläser Kompott ab. Die kleine Wegstrecke zurück gingen sie schweigend nebeneinander. Sie sagten sich nicht einmal auf Wiedersehen.
Joachim, in der Hand die kleine Plastiktüte mit den zwei Hefeschnecken, schaute noch einmal zu dem Türmchen hoch. Die mit Blech verkleidete Spitze war schon lange grün angelaufen. Die zwei kleinen Fenster waren mit Brettern vernagelt. Von den Häuserwänden, die seit 1945 nicht renoviert worden waren, fiel der Putz und entblößte den Backstein. Die Flechten an den Eingängen und Dachrinnen waren dunkelgrün. Das verschlammte Bett des Strießbachs verdeckte nur dürftig den Müll: einen Kinderwagen ohne Verdeck, einen vom Wasser verbogenen Stuhl, einen löchrigen Zuber, eine halbe Liege mit herausgezogenen Federn. Höchste Zeit, die Werkstatt zu schließen und anderswohin zu ziehen, dachte er. Aber wie sollte er das anstellen? Ein Jahr nach dem Krieg hatte man ihm eine Eigentumsbestätigung geschickt, für die er viel Geld hingelegt hatte. Den Rest sollte er binnen zehn Jahren in Raten bezahlen. Das Dokument erwies sich als wertloser Fetzen Papier. Alles wurde verstaatlicht, sogar kleine Lädchen. Das Geld bekam er nie zurück. Seit jener Zeit war er nur ein Handwerker, der eine Werkstatt gemietet hatte. Jedes Jahr wurde die Miete erhöht. Ein Wunder, daß sie ihn hier wohnen ließen. Als er die Werkstatt betrat, warf er einen Blick zum anderen Ende der Straße. Die Kosterke-Trzebiatowska war verschwunden, als hätte es sie nie gegeben. Aber er regte sich nicht auf: Manchmal ging sie ins Lebensmittelgeschäft am Platz, um Milch zu kaufen. Dann zog er die Einkaufszeit ab, indem er die Stoppuhr anhielt. Doch dazu mußte er auf der Straße warten, bis sie wieder in die Ulica Aldony einbog. Darauf verzichtete er jetzt. Er würde höchstens fünf, sechs Minuten vom allgemeinen Ergebnis abziehen. In der verstaubten Werkstatt, wo es immer noch nach Leder und Klebstoff roch, stellte er wahllos ein Paar Leisten und Halbschuhe um, die nie jemand abgeholt hatte. Die Hefeschnecken waren für den Abend. Das Mittagessen war schon

vorbereitet: Bratkartoffeln und Sauermilch. Wieder dachte er an sie, die Nachbarin aus der Nummer 3. Nachdem man sie in der Brauerei aus unbekannten Gründen entlassen hatte, wurde sie Straßenkehrerin. Damals kehrte sie beide Straßenseiten. Jetzt, in Rente, nur noch eine. Joachim ging in das Zimmerchen, in dem er schlief. Über dem Bett hingen zwei Fotografien – von seinem Vater und seiner Mutter. Als die Gendarmen sie unter Gebrüll aus der Deutschen Straße in Wilna vertrieben, schaffte er es nicht, das Foto von Regina auf der Kommode mitzunehmen. Er bedauerte das sehr, als er mit dem Vater nach Zarzecze zu Tante Helena ging. Seine Mutter hatte er gar nicht gekannt, sie war gestorben, als er zwei Jahre alt war. Und Regina? An sie durfte er nicht denken. Die ganze Zeit war er nicht imstande gewesen, an seine Verlobte zu denken. Die Deutsche Straße, zwischen dem kleinen und dem großen Ghetto gelegen, glich damals oft einem Fluß. Durch sie wurden die Juden getrieben. Zunächst ließ man die reichen jüdischen Besitzer der bessergehenden Geschäfte dieser Straße verschwinden. Die Geschäfte wurden von Deutschen und Litauern besetzt. Vater hatte sich getäuscht in der Annahme, sie würden sie in ihrer Werkstatt in Ruhe lassen. Das taten sie nicht. Auch für Polen war in der Deutschen Straße kein Platz. Joachim seufzte, strich über die Kissen und die Bettdecke. Bei Tante Helena wohnten sie bis zum Ende des Krieges und übten verschiedene Tätigkeiten aus.

Er erinnerte sich, wie der letzte Teil der ausgesiedelten Deutschen durch die Ulica Wajdeloty marschierte. Mit Bündeln, Leiterwagen hinter sich herziehend. Sie gingen zum Bahnhof von Langfuhr, das jetzt Wrzeszcz hieß. Die Gaffer auf den Bürgersteigen und an den offenen Fenstern riefen ihnen häufig die Namen der deutschen Konzentrationslager nach. An jenem Tag traf er auf dem Steg über den Strießbach die Kosterke-Trzebiatowska. Die beiden wußten schon, daß sie in der Nacht in das Haus mit dem Türmchen gehen würden. Doch die Frau war nicht da. Da waren nur die Bettdecke, das Kissen, ein Teller, ein Becher und ein paar Lumpen. Joachim fragte sich laut, ob sie nicht vielleicht mit den Deutschen gegangen war. Das wußte die Kosterke-Trzebiatowska nicht, aber sie wußte etwas anderes. Damals ging er zum ersten Mal mit in ihre kleine Wohnung, ein Zimmer mit Küche im zweiten Stock. Sie brühte einen Getreidekaffee auf und servierte dazu Kekse. Es gab ein Gruppenfoto von der ersten Kommunion, aufgenommen an der Kirche hinter den Bahngleisen. Links neben der Kosterke-Trzebiatowska stand ein Mädchen mit Zopf. Gudrun, ihre beste Freundin, mit der sie während der gesamten Schulzeit durch dick und dünn gegangen war, schon Jahre vor dem Krieg. Sie verstand seinen fragenden Blick, als er die Fotografie betrachtete. Ihre Stimme wurde heiser, als sie in einfachen, kurzen Sätzen berichtete, wie die Russen nach Wrzeszcz gekommen waren. In diesem Viertel ließen sie ihrer Wut freien Lauf. Sie zündeten zwar keine Häuser an, auch fielen keine Granaten mehr. Aber mit den

Frauen war es wie überall. Sie spürten sie in den Kellern auf, in Verstecken, Kammern, Werkstätten. Gudrun war zur falschen Zeit am falschen Ort. Sie ging über den Bürgersteig. Hinter ihr bremste ein Geländewagen. Drei Männer sprangen heraus. In einer leeren Wohnung im Parterre taten sie, was sie tun mußten. Als sie wieder auf die Straße trafen, schnallten sie ihre Militärgürtel zu. Doch Gudrun verließ das Haus nicht mehr. Die Kosterke-Trzebiatowska beobachtete all das durch das Fenster der Dachstube gegenüber. Ihre Freundin war in das Türmchen geflüchtet. Sie war einfach nicht imstande zu glauben, daß die Russen aus den Straßen verschwunden waren. In ihrem Gehirn war etwas umgeschaltet worden, wie an einer Ampel. Joachim fragte nicht, woher Gudrun Polnisch konnte, wenn auch viel schlechter als ihre Schulfreundin. Er erzählte auch nichts über die Litauer, die Polen, Deutschen und Juden in der Stadt, die er für immer verlassen hatte.

All das war lange her. Joachim warf die feingehackte Zwiebel in die Pfanne, und als sie leicht gebräunt war, gab er die gekochten und in Scheiben geschnittenen Kartoffeln dazu. Was für einen Sinn hatte sein Leben? Hatte überhaupt irgend etwas Sinn? Er lief schon lange in alten Schuhen herum. Er, der so viele Pumps für elegante Damen gemacht hatte. So viele gute Herrenschuhe. Er beschloß, daß er gleich jetzt, während die Kosterke-Trzebiatowska auf dem Rückweg vom Plac Wybickiego war, vielleicht sogar müde auf dem Bürgersteig stehenblieb, um ihr Werk zu begutachten, daß er sich gleich jetzt, noch bevor sie den Strießbach überquerte und er die Stoppuhr ausschaltete, an die Arbeit machen würde. Das Mittagessen rührte er nicht an. Leisten, Draht und Ahle fand er ohne Problem. In seinem kleinen Lager war noch ein Stück hellbraunes Leder, ganz passabel, er mußte nur die Wanne holen und die Lösung vorbereiten, um es weicher zu machen. Das ging schnell. Schwieriger war es mit der Form. Seit Jahren nur mit Reparaturen beschäftigt, war er aus der Übung gekommen. Und er konnte nicht entscheiden, ob es Halbschuhe oder Stiefel werden sollten. Jetzt erinnerte er sich, daß er am Tag der Verschleppung seiner Verlobten gerade Mokassins für Professor Antkiewicz fertigstellte. Da platzte die Mahoniowa in die Werkstatt. Ihre Hände zitterten, als sie rief, Regina sei unnötigerweise durch die Deutsche Straße gegangen. Durch sie und keine andere. Die Männer der Litauischen Schützenunion trieben eine Kolonne Juden durch die Straße. Ihre Uniformen, die Mützen mit den Totenköpfen, die rotbraunen Hemden, die schwarzen Krawatten umschwirrten die Marschierenden wie ein Schwarm schlammbrauner Mücken. Am Schluß der Kolonne gingen deutsche Gendarmen und ein paar SS-Leute. Und einer von ihnen sah Regina. Er schrie, sie sei Jüdin, und stieß sie in den Pulk der Eskortierten. Vergeblich stritt sie es ab, vergeblich zeigte sie ihren litauischen Ausweis, aus dem klar hervorging, daß sie katholisch war. Vergeblich nahm sie das kleine Kreuz vom Hals und diskutierte mit dem SS-Mann.

Sie bekam einen Schlag mit dem Kolben und stürzte auf die Straße. Zwei der litauischen Schützen hoben sie auf, und die Sache war entschieden. Wenn sie die Juden wenigstens im kleinen oder großen Ghetto eingesperrt hätten. Dann hätte für Regina noch die Chance bestanden, in der Nähe der Ulica Szklana, der Ulica Gaona, der Klaczki, der Rudnicka oder der Jatkowa ein paar Tage zu überleben. Sie war schließlich Armenierin, keine Jüdin. Man hätte mit einem der hochrangigen litauischen Kunden reden und vielleicht etwas bewirken können. Doch die Kolonne der Juden wurde nach Ponary getrieben. Alle in der Stadt wußten, was die Litauische Schützenunion mit ihnen machte. Regina hatte höchstens noch drei oder vier Stunden zu leben. Weinend wiederholte die Mahoniowa, Regina sei zur falschen Zeit am falschen Ort gewesen. Einige Wochen später, als man Joachim und seinen Vater aus der Werkstatt vertrieb, als sie innerhalb von zehn Minuten ihre Sachen packen mußten, in Chaos und Panik, nahm Joachim das Foto von Regina nicht mit. Er bedauerte es von Anfang an. Auch als er sich von seinem Vater und Tante Helena verabschiedete, die mit dem nächsten Transport nach Polen kommen sollten, aber nie eingetroffen waren.

Er entschied sich nun doch für Halbschuhe. Schließlich konnte er sich für den herbstlichen Regen später ein neues Paar Schaftstiefel machen. Halbschuhe hatte er sich zuletzt gemacht, als er noch zum Tanz ins Kulturhaus von Kuźniczki ging. Wie lange war das her? Genau wußte er es nicht mehr. Vielleicht war das in der Zeit, als sie die Kosterke-Trzebiatowska aus der Brauerei entließen? Einmal hatte er sie zum Tanz aufgefordert. Aber sie schaute ihn an, als wollte sie sagen, er gehöre ja wohl nicht zu den Heiratswilligen. Im Grunde hatte sie recht. Joachim blieb Regina treu, obwohl er sie nicht lange gekannt hatte. Er hatte sich geschworen, sich nie wieder auf eine Beziehung einzulassen. Und er hatte aufgehört, in die Kirche zu gehen. Auf den Tanzabenden schmuste er natürlich mit der einen oder anderen, manchmal lud er auch eine zu sich ein, aber nie dieselbe. Die Form war noch nicht fertig, doch er mußte schon überlegen, wie die Schuhspitzen aussehen sollten und wie viele Löcher er für die Schnürsenkel haben wollte. Noch einmal erinnerte er sich an Gudrun aus dem Türmchen. Wenn sie Regina auch sehr ähnlich sah, war sie wohl keine Armenierin. Aber wer konnte das schon wissen? Allein die Kosterke-Trzebiatowska. Plötzlich wurde ihm klar, daß er sie übersehen konnte, wenn er wie jetzt mit dem Rücken zum Schaufenster arbeitete. Dann wäre die heutige Messung wertlos. Er ging zur anderen Seite des Tisches. Draußen fuhr ein Radfahrer vorbei. Dann kam eine Frau, die einen Kinderwagen schob. Wie Gudrun Regina glich, dachte er, so glich er Gudrun in seinem Verhalten. Er verbrachte all die Jahre in derselben Straße, in seinem eigenen Zeitturm gefangen. Alles hatte einen Doppelgänger, aber die Doppelgänger waren nicht identisch, so wenig wie zwei Paar maßgefertigte Schuhe. Die Deutschen wurden nicht nach Ponary getrieben. Sie fuhren mit Güterzügen, wie auch die aus Wilna vertriebenen Polen. Joachim seufzte. Zum ersten Mal spürte er tiefe Wehmut. Hatte er sein Leben vergeudet? Wenn er geheiratet und Kinder gehabt hätte – vielleicht wäre dann alles anders, alles besser gelaufen. Jedenfalls wäre sein Leben nicht so eintönig gewesen. Nicht mal einen Fernseher hatte er sich gekauft. Der alte Radioapparat, der Pionier, konnte nur noch ein Programm empfangen, Warschau I. Zu allem Überfluß rauschte und knisterte er. Wenn es regnete oder stürmte, war nichts zu hören. Er beschloß, daß die Schuhe vorn halbrund, nicht spitzig werden sollten. Und für die Schnürsenkel sollte es jeweils vier Löcher geben. Plötzlich sah er die Kosterke-Trzebiatowska. Sie ging über den Strießbach-Steg und verschwand in der Tür der Nummer drei. Er schaltete die Stoppuhr aus, trug das Ergebnis aber – über den Leisten gebeugt – nicht in sein Heft ein. Er bemerkte nicht einmal, wie sie wenige Minuten später in die Werkstatt kam. Statt der weinroten Schürze trug sie jetzt eine gelbe Bluse und einen kastanienbraunen Rock. An den bloßen Füßen alte, abgenutzte Sandalen. Aus einer Tasche nahm sie eine Flasche selbstangesetzten Likör und stellte sie auf den Tisch.

»Meine Schuhe für die Kirche fallen schon auseinander«, sagte sie. »Es hat gar keinen Sinn mehr, sie zu reparieren. Ich hab' mir überlegt, ob Sie mir nicht ein Paar neue machen könnten? Solche wie die alten finde ich heute nirgends mehr.«

»Aber natürlich«, erwiderte Joachim. »Setzen Sie sich, ich nehme gleich Maß.«

Sie zog die rechte Sandale aus. Während er auf einem Karton den Umriß abnahm und dann die Höhe des Spanns maß, fügte sie hinzu:

»Ich kann Ihnen die Schuhe nicht bezahlen. Deshalb hab' ich den Likör mitgebracht. Und ich backe Ihnen einen Kuchen. Jeden Sonntag.«

Joachim nickte und holte zwei verstaubte Gläschen. Über der Spüle wusch er sie, trocknete sie ab und stellte sie auf den Tisch. Er setzte sich seiner Nachbarin gegenüber. Beide tranken einen winzigen Schluck, so daß ihre Lippen kaum feucht wurden.

»Sagen Sie, warum kehren Sie denn unsere Straße? Man weiß ja, daß Sie keinen Groschen dafür bekommen.« Joachim schob die Stoppuhr unter die Zeitung.

»Wenn Sie mir erklären, wozu Sie meine Zeit messen. Man weiß ja, daß das keinen Sinn hat.«

Schweigend saßen sie da. Jeder in seine Gedanken vertieft. Über die Stadt flog zum ersten Mal keine Propellermaschine, sondern ein Düsenflugzeug. Unter dem Steg floß der Strießbach. Joachim lächelte die Kosterke-Trzebiatowska an. Die Kosterke-Trzebiatowska lächelte Joachim an. Die Zeit verging immer langsamer, als sollten sie für immer hier sitzen.

Aus dem Polnischen von Renate Schmidgall

GUNNAR MÜLLER-WALDECK

VOM HEIDBERGHAUS NACH SANSIBAR

Ernst Barlachs Leben und Werk als literarisches Sujet

Das Ende des »Dritten Reiches« war auch das abrupte Ende einer Wertewelt, besser einer Scheinwelt an Werten, die freilich in den Köpfen des über elf Jahre »völkisch und volkhaft« erzogenen deutschen Volkes – oder nüchterner ausgedrückt – der Bevölkerung, soweit sie überhaupt für Kunstfragen erreichbar war, weiterwirkte. Die von Breker, Thorak, Ziegler und anderen vertretenen Kunstauffassungen sowie ihr Bild vom deutschen Menschen hatten für viele »Kunstfreunde« die gleiche Evidenz besessen wie die propagandistische Anprangerung der »entarteten« modernen Kunst – eine Sicht, gegen die im von der Entwicklung der modernen Kunst isolierten Deutschen Reich höchstens noch eine geheime Minderheit abweichende Ansichten zu setzen vermochte. »Entartete Kunst« war zum Schlagwort geworden, und das hatte seine Wirkung getan. Der Bannstrahl hatte sie alle getroffen, von Dix und Kandinsky über Lehmbruck, Beckmann, Hofer, Nolde bis zu Schlemmer und Corinth – um nur eine winzige Auswahl prominenter Namen zu nennen, Maler, die von Hitler »die armseligen, verworrenen Pinsler« genannt wurden. Ein Bildhauer, zu dem Alfred Rosenberg immerhin noch angemerkt hatte, er beherrsche »sein Material virtuos« und seiner Schnitzkunst werde »niemand Monumentalität absprechen« – nämlich Ernst Barlach –, wurde von ihm ohne Umstände auch zu den »Entarteten« gerechnet, denn die seinem Werk eingeschriebene »erdversklavte Massigkeit« und die Gestaltung von »kleinen halbidiotisch dreinschauende(n) Mixovariationen undefinierter Menschensorten« hätten durchaus nichts mit dem großdeutschen Kunstverständnis zu schaffen. Der mecklenburgische »Reichsstatthalter« Hildebrandt behauptete: »Der deutsche Mensch kennt nicht den Bauern als einen faul auf die Erde gestreckten Menschen, sondern als den harten, selbstbewußten Mann, der gewillt ist, alle Schwierigkeiten zu überwinden, der mit brutaler Faust, mit dem Schwert in der Hand sich den Weg bahnt.« Barlachs Denkmale, Plastiken und Skulpturen wurden aus Kirchen und dem öffentlichen Raum entfernt, der berühmte »Schwebende« im Güstrower Dom mußte weichen. Aktionen, die nicht selten mit Billigung der Gemeindekirchenräte stattfanden – besonders natürlich, wenn es sich um »Deutsche Christen« handelte. Die Welt hatte sich bis 1945 gründlich verändert. Nach dem Krieg hieß das, zu den vor kurzem noch Geächteten ein neues Verhältnis zu finden. Man hatte vielleicht nicht viel dazugelernt, wohl aber verstanden, was erwartet wurde, und stellte sich rasch darauf ein. In den Westzonen gewann Barlach, zumal in Kirchen, relativ schnell an Zuspruch, und die entfernten Kunstwerke wurden wiederaufgestellt. Auch der »Schwebende« kam als Nachguß nach Köln und später als Bronzereplik auch wieder zur Güstrower Domgemeinde. Barlachs »Modernität« war für den kleinbürgerlich-konservativen Kunstgeschmack nicht ganz so erschreckend und schockierend wie die anderer Geächteter, die experimenteller und abstrakt verfuhren. Es scheint sogar, als habe sich eine gewisse (bis heute anhaltende) Barlach-Mode im kirchlichen Kunstgewerbe ausgebreitet und Krippen- wie Heiligenschnitzer zu entsprechenden Anklängen an seine Formabstraktionen animiert. Auch in der SBZ und frühen DDR scheint Barlachs Bildkunst mittels Reproduktionen in erster Linie über die Kirchen ins allgemeine Bewußtsein gedrungen zu sein. Zugleich begann in Ost und West die Literatur sich seiner anzunehmen – im Bewußtsein, die Archetypen menschlichen Geworfenseins und menschlicher Sinnsuche hier gültig formuliert zu finden. Sein Werk empfahl sich als Modell zur »Bewältigung« der Vergangenheit, konnte es doch die Sehnsucht nach neuen existentiellen Mythen befriedigen – ähnlich wie Wolfgang Borcherts Heimkehrerdrama »Draußen vor der Tür«, mit dem es die Wurzeln im Expressionismus teilt. Auch mit den damals aktuellen existentialistischen Fragestellungen waren beide Œuvres kompatibel. Und nicht zuletzt schien durch beider tragische Lebenswege jeweils eine besonders beeindruckende Einheit von Künstlerschicksal und Werk gegeben. Im folgenden soll anhand ausgewählter Texte – ohne jeden Anspruch auf Vollständigkeit – der bald nach 1945 einsetzende literarische Umgang mit Barlach und seinem Werk umrissen werden.

Zwischen 1948 und 1950 entsteht zu zwölf Arbeiten des Güstrower Meisters der Gedichtkranz »Sonette um sein Werk« von Rudolf Gahlbeck (1895–1972). Über die 1936 gefertigte Bronze »Flötenbläser« dichtet der Schweriner Kunsterzieher, der auch als Autor von Opernlibretti, Komponist und Instrumentalist wirkte:

Das sind die Lieder, die kein Hirn erklügelt!
Die Erde selber ist's, die sie ersinnt,
von einem Wehen insgeheim umflügelt,
das nächtens von den Sternen niederrinnt –

Er wird zum Echo uferloser Weite,
die hin sich spinnt durch Gräser, Rohr und Ried.
Kein Morgen ist, kein Gestern und kein Heute.
Die Zeit ertrank in seinem Hirtenlied,

Wie Weidenrinde deckt der Mantel ihn,
indes die Füße in dem Mutterreich

der Erde wurzeln. Und im Abendglühn
wird selbst er spielend einer Flöte gleich,
darauf der Wind, ins Ewige verschlungen,
das Namenlose je und je gesungen!

Die Hand des versierten Sonettdichters ist spürbar und wohl auch der kunstpädagogische Ansatz, der sich insbesondere in der »optischen Auslotung« des Kunstwerks äußert. Die »erlesene« Bild- und Formensprache ist freilich dem Ort und der Zeit ihrer Entstehung geschuldet. Sie gehört nicht ins Umfeld der herausfordernd und programmatisch schlichten »Trümmerliteratur«, welche die Lyrik der Gruppe 47 bestimmt; Gahlbeck lebt und wirkt im Osten, und dies in einer Zeit, als der Kalte Krieg beginnt. Eher schon zeigen sich Übereinstimmungen mit Johannes R. Bechers Sonetten und einem traditionellen Formenkanon, der dem damaligen Durchschnittsverständnis von Lyrik entsprach. Selbst die im »Tausendjährigen Reich« beliebte und seitdem anrüchige Alliteration wird gebraucht (»Rohr und Ried«, in anderen Gedichten »Weib – Wahn«, »fühlen – fassen«, »Brünne – brechen«), und einige Wortkombinationen (»von einem Wehen insgeheim umflügelt«, etc.) grenzen bedenklich an Kitsch.

Das historische Verdienst, dem verfemten Barlach im Bewußtsein eines breiten und weitgehend unberatenen Leserkreises wieder eine Heimstatt verschafft zu haben, ist Gahlbeck nicht zu nehmen, aus heutiger Sicht läßt sich jedoch das kunstgewerbliche Moment nicht ignorieren. Hinzu kommt ein Mißverhältnis zwischen der Wirkung der Gedichte und jener der Barlachschen Originalwerke, deren Leidenschaftlichkeit und Dynamik in Monumentalität münden, dies aber mit spannungsvoller Stille und Bändigung der Form verbinden. Otto Pankok hat es so beschrieben: »Leicht ist es, eine Figur Barlachs zu überblicken (…), doch mit diesem optischen Abtasten ist das Leben des Werkes (…) durchaus nicht erschöpft. Wir merken bald, daß da etwas in uns ›weiterarbeitet‹ und uns keine Ruhe läßt, auch wenn wir den Blick längst abgewandt haben«. Gahlbecks Gedichte künden eher vom ambitiösen Versuch, Barlach in Worte zu übersetzen, mit ihm poetisch Schritt zu halten, seine Werke mit literarischen Mitteln zu »wiederholen«. Sie gönnen ihnen nicht die stumm-beredte Wirkung, sind insgesamt zu wortreich, schaffen dem Leser und Betrachter also keine Freiräume. Das Unsagbare wird zwar klangvoll ausgesprochen, aber gerade dadurch Barlach unähnlich: gefällig, angenehm, dekorativ-flach.

Als Gahlbeck seine Bildbeschreibungen dichtete, gab es in Ostdeutschland noch eine vergleichsweise große Offenheit gegenüber den Formexperimenten bildender Künstler. Die in den dreißiger Jahren mit zunehmender Verbissenheit geführte Expressionismus-Debatte unter den Linken war nämlich abgebrochen und erst Ende der vierziger Jahre nach sowjetischem Vorbild unter dem Terminus »Formalismusdebatte« in der DDR wieder angefacht worden. Dann allerdings wurde sie 1952 auf dem 5. Plenum des ZK von der SED zu einer vordringlichen Aufgabe stilisiert. Dort erfolgte der berüchtigte (und offiziell totgeschwiegene) Zwischenruf Ulbrichts, es habe schon vor 1933 Entartete gegeben. Zunächst aber waren Künstler wie Otto Dix oder Ernst Barlach willkommene Verbündete im Kampf gegen Faschismus, Militarismus und Krieg, wie es formelhaft hieß. Erst die kulturpolitische Steuerung um 1950 engte den Freiraum bildender Künstler ein. Als Ende 1951 die Ostberliner Akademie der Künste eine große Barlach-Ausstellung ausrichtete, blieben Attacken seitens der Partei nicht aus. Eine besondere Angriffsfläche bot die scheinbare soziale Standpunktlosigkeit von Barlachs plebejischen Gestalten, die in der Tat nicht einmal ansatzweise Ähnlichkeit hatten mit den pathetischen Lobpreisungen von Revolutionären und heroischen Arbeitern, wie sie die als vorbildhaft empfohlene Sowjetkunst auf den Schild gehoben hatte. Kurz zuvor hatte der Korrespondent »-tian« der »Lausitzer Rundschau« (das ist Erwin Strittmater) noch heiter-belustigt von der Fahndung einiger »Fans« und Fachleute nach einer verschollenen Klinkerreplik der berühmten Barlachschen Bettlerfigur in Spremberg berichtet, die beschädigt in einem Abstellschuppen lagerte. Nach der Restaurierung feierte sie gleichsam ihre Auferstehung, wurde aber gerade dadurch auch zu einem neuen »Fall«, denn schnell merkte man: Sie war weder für eines der üblichen Antifa-Denkmäler zu gebrauchen, noch konnte man sie einfach als »Portallöwen« vor dem Museum plazieren, ja, nicht einmal als soziale Anklage schien sie einsetzbar (gegen wen auch in der jungen DDR?). Instinktiv hatte man begriffen, daß dieser Bettler Armut, Demut, Hoffnung philosophisch-religiös ins Gleichnishafte erhebt. Die Pressekritik der Barlach-Ausstellung kommt im Grunde zur gleichen Feststellung. Auch daß man den Begriff der Menschenwürde immer nur im Zusammenhang mit Heroismus und Widerstand sowie einer vordergründigen Klassenkampftheorie zu denken vermochte, oder besser: zu akzeptieren bereit war, sorgte für eine insgesamt kritische Bilanz.

Es ist das Verdienst Bertolt Brechts, sich noch vor der Zuspitzung der sogenannten Formalismusdebatte Mitte 1952 mit einer Reihe von Betrachtungen (»Notizen zur Barlach-Ausstellung«) in die Diskussion eingebracht und nachdrücklich für Barlach Position bezogen zu haben. Dieser Umstand verhinderte wohl, daß dieser erneut in den Fokus dogmatischer Kulturpolitik geriet. Im Gegenteil: 1953 wurde der Künstler mit der Einrichtung einer (staatlichen!) Barlach-Gedenkstätte in der Güstrower Gertrudenkapelle ins kulturelle Erbe eingereiht. Bündig hatte Brecht erklärt: »Ich halte Barlach für einen der größten Bildhauer, die wir Deutschen gehabt haben«, und begründete das so: »Der Wurf, die Bedeutung der Aussage, das handwerkliche Ingenium, Schönheit ohne Beschönigung, Größe ohne Gerecktheit, Harmonie ohne Glätte, Lebenskraft ohne Brutalität machen Barlachs Plastiken zu Meisterwerken.« Zugleich merkte er an, »mir mißfällt auch der ungeduldige und eifernde Ton einiger Äußerungen«, um diplomatisch fortzufahren, »aber Barlachs Werk ist noch nie für ein so großes Forum diskutiert worden«. Erwartungsgemäß besteht Brechts Verfahren nicht im emotionalen Nachvollzug des Geschauten, sondern im Herausstellen dessen, was er den sozialen Gestus nennt. So schreibt er über die »Bettlerin mit Schale«(1906): »Eine mächtige Person mit hartem Selbstbewußtsein, von der kein Dank für milde Gaben zu erwarten ist. Sie scheint gefeit gegen die heuchlerische Überredung durch eine korrupte Gesellschaft, daß man mit Fleiß und Sichnützlichmachen etwas erreichen könne.« Geschickt räumt er ein, sie gehöre nicht zu jenen, die schon damals der Gesellschaft den Kampf ansagten, wie etwa die Wlassowa in Maxim Gorkis Drama »Die Mutter«. Immer wieder sucht er Denk- und Interpretationsimpulse zu geben: »Ich kann mir einen Arbeiter vorstellen, der die Alte Barlachs mit dem Ellbogen anstößt: Herrsche! Du hast alles, was dazu gehört.« Und über die »Lachende Alte« (1937) schreibt er: »Auch die hätten die Goebbels und Rosenberg mit wenig Freude lachen sehen, denke ich.« Listig fordert er immer wieder die Vertreter einer borniert-engen Auffassung vom Sozialistischen Realismus heraus und betont: »Alle diese Plastiken scheinen mir das Merkmal des Realismus zu haben: sie haben viel Wesentliches und nichts Überflüssiges. Idee, wirkliche Vorbilder und Material bestimmen die beglückende Form.« Seine »Lesarten« der Figuren münden häufig in die »gesellschaftliche Ergiebigkeit« für den DDR-Betrachter: »Wenn ein Traktorist von heute diese herrlichen Darstellungen armer Menschen dennoch mit Gewinn zu betrachten vermag, so deshalb, weil der Künstler seiner so lange unterdrückten Klasse in einer vertierten Welt geradezu das Monopol der Menschlichkeit verlieh.«

Brechts Barlach-Notizen sind einerseits Dokumente seines Engagements gegen dogmatische Verengungen, andererseits Miniaturen und Impressionen mit Eigenwert, in denen er auf zuweilen erfrischend irdische Weise Figuren beschreibt, für die sich – gelegentlich zu Barlachs eigenem Mißmut – eine abgehoben-symbolische Betrachtungsweise durchgesetzt hatte. So lesen wir über den »Singenden Mann« (1928): » kühn, in freier Haltung, deutlich arbeitend an seinem Gesang. Er singt allein, hat aber anscheinend Zuhörer. Barlachs Humor will es, daß er ein wenig eitel ist, aber nicht mehr, als sich mit der Ausübung von Kunst verträgt.« Selbst der Engel des Güstrower Ehrenmals (1927) wird mit einer Art heiter-naivem Surrealismus beschrieben: »Er hat das Gesicht der unvergeßlichen Käthe Kollwitz. Solche Engel gefallen mir. Und obwohl man weder einen Engel noch einen Mann je hat fliegen sehen, so ist doch das Fliegen glorios dargestellt.« Die doppelte Intention von Brechts Barlach-Notizen macht es dem heutigen, zumal dem jüngeren Leser nicht leicht, denn ohne Vorwissen ist ihr pragmatisch-rechtfertigender Grundzug kaum nachvollziehbar. Zu absurd und irrational müssen ihm die damaligen Einwände gegen Barlach erscheinen. Insofern mag seine Defensivhaltung heute ins Leere laufen – seine Kurzinterpretationen hingegen haben der Zeit standgehalten und nichts an Frische und Lesbarkeit eingebüßt.

1957 erscheint mit Alfred Anderschs Roman »Sansibar oder der letzte Grund« der wohl prominenteste literarische Text zu Barlach. Er ist nicht zuletzt durch Lesebücher, durch schulische wie universitäre Beschäftigung damit in den Kanon der neueren deutschen Literatur erhoben worden. Andersch wählt den Badeort Rerik an der Ostsee zum Schauplatz seines Buches. Auf eindringliche Weise und ohne Barlach zu nennen wird das Schicksal seiner Holzplastik »Lesender Klosterschüler« mit dem von fünf Menschen in der Nazizeit verbunden. Es ist der Vorabend der Beschlagnahmung der Skulptur als angeblich »entarteter« Bildschmuck der Ortskirche. Andersch läßt die fünf Gestalten in inneren Monologen sprechen, nur in einem Punkt treffen sie sich, und der führt letztlich zu ihrer Begegnung in der Realität: »Man mußte weg.« Der Pfarrer möchte seine Plastik – Symbol der Geistigkeit, der Kunst und Wissenschaft und für ihn auch seines fast verlorenen Glaubens – übers Meer nach Schweden retten. Der Kutterbesitzer, ein letzter Genosse der illegalen KPD am Ort, will immer wieder »weg können«, nämlich zum Fischen vor der dänischen Küste (und sich und seine geistig behinderte Frau daheim nicht durch eine Schmuggelfahrt gefährden müssen). Sein Schiffsjunge hingegen träumt von unerreichbaren fernen Ländern und Abenteuern und nennt seinen Traum »Sansibar«. Eine junge Jüdin hofft, über den unbedeutenden und wenig bewachten Hafen zu entkommen, und ein eigens angereister KPD-Abgesandter, der der ideologischen Zwänge müde ist, hat einen Auftrag zu überbringen. Resigniert muß er zur Kenntnis nehmen, daß die Partei in dem Nest ihre Basis verloren hat.

Man lernt sich in karg skizzierten Szenen eher flüchtig kennen, die eigentlichen Einblicke in die Denkräume sind den inneren Monologen vorbehalten und damit nur für den Leser bestimmt. Der Kutterführer überwindet seine anfängliche Ablehnung und erklärt sich bereit, die Plastik außer Landes zu schmuggeln, auch die Jüdin nimmt er nach einigem Zögern mit. Zu beidem hat ihn der gewandte KPD-Funktionär Gregor überredet: sein vielleicht letzter Sieg, ideologiefern und aus reiner Menschlichkeit. Er hat sich, wie auch die anderen Gestalten des Romans, von alten Glaubenssätzen und Vorurteilen befreit. Möglicherweise wird auch er eines Tages entkommen. Der Pfarrer fällt am Ende des Romans wütenden Gestapo-Leuten zum Opfer, der Schiffsjunge gibt seine Fluchtgedanken auf – vielleicht, weil er mit der Rettung von Mensch und Plastik das ersehnte Abenteuer bekommen und zudem erfahren hat, daß das größte Erlebnis im Einsatz für andere liegen kann.

Der doppelsinnige Untertitel »Der letzte Grund« mag sich auf den letzten haltgebenden Boden unter den Füßen beziehen, aber auch auf die letzte, nicht formulierbare Begründung für die Handlungen jeder Figur im Roman. Auf den ersten Blick scheint es bloß einen äußerlichen Barlach-Bezug zu geben, doch bei näherer Betrachtung offenbart sich ein dichtes und untergründiges Netz an Verbindungen. Die Skulptur wird förmlich zum Katalysator, der Bewußtseinsänderungen in Gang setzt. So etwa bei Gregor, der nach des Pfarrers Entschluß als erster eingeweiht wird und dessen Beitrag zur Rettung des Kunstwerks nach der Parteidoktrin wohl nur als grob fahrlässige Gefährdung der »großen Sache« gelten kann.

»Das sind ja wir, dachte Gregor. – Er beugte sich herab zu dem jungen Mann, der, kaum einen halben Meter groß, auf seinem niedrigen Sockel saß, und sah ihm ins Gesicht. Genauso sind wir in der Lenin-Akademie gesessen und genauso haben wir gelesen, gelesen, gelesen (...) aber dann merkte er auf einmal, daß der junge Mann ganz anders war. Er war gar nicht versunken. Er war nicht einmal an die Lektüre hingegeben. Was tat er eigentlich? Er las ganz einfach. Er las aufmerksam. Er las genau. Er las sogar in höchster Konzentration. Aber er las kritisch. Er sah aus, als wisse er in jedem Moment, was er da lese. Seine Arme hingen herab, aber sie schienen bereit, jeden Augenblick einen Finger auf den Text zu führen, der zeigen würde: das ist nicht wahr. Das glaube ich nicht. (...) Kann man das: ein junger Mönch sein und sich nicht von den Texten überwältigen lassen? Die Kutte nehmen, und trotzdem frei bleiben? Nach den Regeln leben, ohne den Geist zu binden?«

Hier kommt Andersch Brecht verblüffend nahe, der in seinen Barlach-Notizen ebenfalls einen Leser beschreibt (»Buchleser«, 1936): »Ein sitzender Mann vorgebeugt, in schweren Händen ein Buch haltend. Er liest neugierig, zuversichtlich, kritisch. Er sucht deutlich Lösungen dringender Probleme im Buch. Goebbels hätte ihn wohl eine Intelligenzbestie genannt.« Daß Andersch diesen Text kannte, ist nicht belegt, daß er als ehemaliger Kommunist und Funktionär Brechts Weg in der DDR aufmerksam beobachtete, hingegen sehr wahrscheinlich. Aufschlußreich ist, daß alle Figuren – insbesondere Gregor – in hohem Maße die von Brecht gepriesene Kunst der Beobachtung beherrschen. Nie versucht Andersch so etwas wie eine Gesamtwürdigung des »Lesenden Klosterschülers«: Jeder der Beteiligten vermag die Figur nur soweit zu deuten, wie seine Lebenserfahrungen es ihm erlauben. Kunstpädagogik findet hier nicht statt.

Der Pfarrer Helander ist bei Andersch ein einbeiniger Invalide, der – mit seinem Gott zerfallen – auf ein Zeichen wartet. Als er sich in seiner letzten Nacht mit der Krücke hochzieht, steht in dieser Gestalt plötzlich auch der auf seine Krücke gestützte Bettler Barlachs vor uns. Von Helanders Erschießungstod heißt es: »Er wandte sich um und blickte auf die Wand, und während er die Schrift las, spürte er kaum, wie das Feuer in ihn eindrang, er dachte nur, ich bin lebendig, als die kleinen heißen Feuer in ihm brannten. Sie trafen ihn überall.« Die letzte von ihm getroffene, sinngebende Entscheidung stellt die Kommunikation mit seinem Gott wieder her.

Ist Anderschs »Sansibar« ein Stück verspäteter Bewältigungsprosa und somit von 1957 aus gesehen ein rückgewandter Text? Der sonst so scharfzüngige Arno Schmidt pries den Roman und sah darin eine Herausforderung für die Wohlstandsgesellschaft: »trommeln wir doch nicht auf unserer Brüste, sondern schlagen wir daran! – Auch bei uns ist wieder die KPD verboten. Auch bei uns werden schon wieder jüdische Friedhöfe geschändet. Auch bei uns geht allenthalben wieder uniformiertes Fleisch um. Auch uns gilt – man sei doch ehrlich, Barlach oder der Expressionismus längst wieder als ›entartete Kunst‹.«

Man könnte die (von Andersch erfundene) Rettung der Barlach-Plastik nach Schweden leicht für Zufall halten und in ihrer symbolisch-utopischen Bedeutung unterschätzen. »Aber wohin heute?« fragte Schmidt sarkastisch. Das von der Sozialdemokratie geprägte neutrale Schweden war (wie Skandinavien überhaupt) ein Ideal für jene, die das restaurative Adenauer-Deutschland beklommen machte. Damals ging der junge Hans Magnus Enzensberger nach Norwegen, der Lyriker Manfred Peter Hein nach Finnland, und der Schwedenemigrant Peter Weiss beschloß entgültig, nicht nach Deutschland zurückzukehren. Pfarrer Helander (ein offenbar schwedischer Name, in dem mit »hela«, nebenbei bemerkt, das Wort »heilen« steckt) möchte der Skulptur wohl auch in einem höheren Sinne eine sichere geistige Heimstatt verschaffen. Schweden war ein Stück sozialer Utopie, wurde idealisiert, mußte sich seiner Vergangenheit nicht schämen. Problematisches, wie etwa die in Intellektuellenkreisen einst durchaus vorhandenen Sympathien für NS-Deutschland, wurde ausgeblendet. Andersch jedenfalls wirkt daran mit, Schweden als Gegenentwurf und Sehnsuchtsort hochzuhalten. Während Rerik geistige Enge und Provinz verkörpert (die Nationalsozialisten hatten dem damaligen Alt Gaarz den Namen einer sagenhaften Wikingerstadt übertragen), steht Schweden für Weite, Sicherheit, Freiheit und natürlich auch für ein humanistisches Wertgefüge.

Unter dem Titel »Das schlimme Jahr« (ab 1977 in der Neuausgabe »Barlach in Güstrow«) erschien 1963 eine Barlach-Novelle von Franz Fühmann, die sich auf den 21. August 1937 konzentriert und damit jenen Tag in den Mittelpunkt rückt, an dem man Barlachs »Schwebenden« aus dem Güstrower Dom entfernte. Fühmann gestaltet eine Künstlerkrise, ausgelöst durch die Konfrontation mit der Macht, die entschlossen ist, ihn mundtot zu machen und entscheidende Teile seines Œuvres zu vernichten. Bei Fühmann fährt der kranke Barlach auf die Nachricht, man habe seinen »Domengel« entfernt, per Taxi zur Stätte der Schmach, wird unterwegs absurderweise als »Jude« angefeindet, erlebt im Dom unerkannt und angewidert eine Eheschließung »Deutscher Christen« mit und zieht sich mit Suizidabsichten aufs Land zurück, wo er einen Herzanfall erleidet. Er wird von einem Hirten aufgefunden, der ihn, als es ihm besser geht, mit einem Ackerwagen in die Stadt bringen läßt. Schließlich gelangt Barlach zurück in sein Atelierhaus am Heidberg. Auf dem letzten Wegstück gerät er noch in das Kriegsspiel einer HJ-Gruppe. Wohl registriert er, daß der Mob einen Stein durch die Scheiben geworfen hat, ist aber nach den Erlebnissen des Tages wieder gefestigt und entschließt sich weiterzuarbeiten.

Die Lektüre der für die DDR-Literatur wichtigen Erzählung läßt Leistungen und Grenzen dieser Arbeit deutlich hervortreten. Die Auseinandersetzung mit Barlach förderte, so Carla Niemann, Fühmanns »Überwindung linearen Denkens und didaktischer Gestaltung«. In der Tat steht der Text merklich am Übergang. Zunächst fällt ein gewisses Pathos auf. Wo Andersch sich eher karg und gleichsam von außen an Barlachs Werk herantastet, es durch subjektive Brechungen ins Bild bringt und damit vieles dem Leser anheimstellt, wählt Fühmann die Innensicht des Künstlers, spricht vieles direkt aus (auch unter Nutzung nicht gekennzeichneter Barlach-Zitate) und versieht den Tag der Handlung mit einer kompakten und dichten, bisweilen überfütterten Dramaturgie. Als die Hausgenossen fragen: »Willst Du nicht essen?« endet die Erzählung mit den Worten: »Barlach, die linke Hand auf die Brust gepreßt, schüttelte den Kopf. –›Ich muß arbeiten‹ sagte er.« Ein anderer berühmter Schluß drängt sich als Bezug auf: »Nicht grübeln! Arbeiten, Begrenzen, Ausschalten, Gestalten, fertig werden«, heißt es in der Schiller-Skizze »Schwere Stunde« von Thomas Mann. Dieser klassische Text einer Künstlerkrise scheint für Fühmann eine Art Modell gewesen zu sein.

Ob die Erzählung als Gleichnis für die Verhältnisse in der DDR gelesen werden kann, scheint eher fraglich. Zum Dissidenten entwickelte sich Fühmann erst in den sechziger und siebziger Jahren, und die Dramaturgie des Textes offenbart einen didaktischen und idealistischen politischen Impetus. Dem verfemten Barlach wächst beständig Sympathie von »denen da unten« zu, die plattdeutsche

Trostworte für ihn finden, wie der Taxifahrer (»Lat man, Meister, lat man, dat is all so'n Takeltüg!«). Es ist, als stützten jene erdverbundenen Gestalten, die er gezeichnet, in Holz geschnitten oder in Stein gehauen hatte, nun ihn selbst – als werde Barlach gewissermaßen durch die (absichtsvoll unterstellte) »Volksverbundenheit« seines Werks gehalten und getragen.

Der Text ist eine von vielen Abrechnungen mit Fühmanns eigener früher Nazibegeisterung. In dieser wurzelt der Zorn auf die braunen Mächtigen, zudem gestaltet Fühmann hier – vielleicht zum letzten Mal – auf beschwörende Weise ex negativo die Utopie einer andersgearteten Gesellschaft. Auf einem solchen Traum möchte er damals noch bestehen, ja fast verzweifelt daran festhalten. So muß der freundliche Kutscher, der Barlach umsonst transportiert, überlegen, »was er ihm noch an Gutem und Tröstlichem auf den Weg geben« könne. Die Lösung: »Schließlich erhellte ein verstehendes Lächeln seine verkerbten Züge, er steckte die Peitsche in die Zwinge, hob die Rechte vor die Brust und ballte sie, dem verblüfften, ja fassungslosen Barlach da unten zublinzelnd, heimlich zur Faust, dem Gruß, den er bei Aufmärschen Güstrower Kommunisten schon oftmals hatte beobachten können.« Man kann sich des Eindrucks nicht erwehren, als habe Fühmann nicht nur Barlach zum Klassiker der DDR erheben, sondern mit List auch die Partei auf Barlachs Erbe festlegen wollen. Ein vertracktes Plädoyer für die Moderne? Im selben Jahr schreibt Fühmann dem Kulturminister »Ich verkenne nicht, welche großen Anstrengungen wir gemacht haben, um verschiedene Autoren, die dogmatisch als Reaktionäre festgelegt waren, dem Feind zu entreißen, wie etwa Kleist oder E. T. A. Hoffmann. Aber warum überlassen wir ihm Autoren wie etwa Kafka und die bedeutenden Expressionisten?« Barlach mußte für ein »fürstenerzieherisches« Unternehmen, wie es die Erzählung war, ideal erscheinen: Obgleich von der Kulturpolitik nicht eben geliebt, wurde Barlach immerhin als »Antifa-Künstler« vereinnahmt. Daß Fühmanns feinsinnige und strategisch kluge Formulierungen im Brief an den Minister ins Leere liefen, gehörte zum bitteren Abschied von seiner politischen Illusion. In wachsendem Maße mußte er zur Kenntnis nehmen, wie sich der Gegensatz von Macht und Geist auch unter gewandelten gesellschaftlichen Verhältnissen in erschreckend simpler Weise reproduzierte.

Zuletzt noch ein Barlach-Gedicht von Johannes Bobrowski, entstanden am 7. August 1963, im selben Jahr also wie der Fühmann-Text.

BARLACH IN GÜSTROW

Steine
den vielfachen Bogen
verschließt
mit Eisenadern
die Tür. An der Schwelle
die Erde
mit wenig Gras und Wegerich.
Ich steh,
den Stock an mich gezogen.
Das ist nichts:
umhergehn, andere Wege.
Wer das war,
der ins verschlossene Grün
tönerne Vogel setzte,
hab ich vergessen.
Er saß an der Weide,
mit Rauchfahnen ungesichtig
geht dieser Tag.
Rauch.
Dort der Bogen.
Licht stürzt die Dächer herab,
Der Kiesel unter dem Schuh,
abends, der Kiesel, abends
der Kiesel gefangen.

Diese intime Studie verschließt sich jedem, der nicht das Barlach-Foto von 1934 kennt, das ihn vor der verfallenen Gertrudenkapelle in Güstrow zeigt: Man sieht den Eingang der verschlossenen Kapelle, die dreifache Bogenbildung des Portals – ein Rundbogen, darüber zwei Spitzbögen. Aufwendig geschmiedete Eisenbänder halten das verschlossene Türblatt. Davor steht der Künstler, in der rechten Hand den Stock, über die linke Schulter Plaid oder Mantel geworfen, den Blick seitwärts aus dem Bild gerichtet, zwischen den Füßen ein Stein. Er liebte diese Kapelle. »Das wäre wohl eine Situation für einen Bildhauer von meiner Beschaffenheit, meinen Arbeiten fehlt eben doch der sakrale Raum«, merkte er in jenen Jahren einmal an. Der elegische Grundzug des Gedichts ist unüberhörbar. Die Kapelle bleibt ihm auf dem Bild nicht nur verschlossen, sie wird nach ihrer Restaurierung 1934–38 gar als Nazi-Ahnenhalle »geweiht«, und

ironischerweise finanziert Barlach dieses Unternehmen unfreiwillig mit. Seine Skulptur »Dorfgeiger«, die er 1931 der Stadt schenkte, verschleudert diese 1936 für 350 Mark und investiert die Summe in die »Ahnenhalle«.
All dies weiß Barlach noch nicht, als das Foto entsteht – doch die Botschaft, daß nicht nur ein ungesichtiger Tag, sondern eine ungesichtige Zeit der Finsternis bevorsteht, hat der Künstler längst empfangen. Im seinem Brief an den Reichsstatthalter Hildebrandt vom 6. März 1934 heißt es: »Ich werde auf meinem Platz aushalten, wie es auch kommen möge.« Natürlich weiß Bobrowski vom Ende Barlachs, benennt aber nur unbedeutend scheinende Details und setzt einen sensiblen Leser voraus, dem nichts erläutert und beschrieben werden muß. Es ist ein Trauergedicht, ein Nachruf.
»Wie ein Stein, ins Wasser geworfen, zieht Barlachs Werk Kreise in der Literatur«, wurde einmal gesagt. Im Rückblick wird deutlich, daß dies vor allem in jener Zeit geschah, als nach dem Nationalsozialismus in beiden deutschen Staaten vorschnell und energisch auf neue Gewißheiten gepocht wurde. Im Westen war dies das Wirtschaftswunder, im Osten die politische und kulturpolitische Orientierung auf »die neue Zeit«, den »neuen Menschen«.

UMSCHAU

RENATUS DECKERT: »VIELLEICHT WISSEN SIE GAR NICHT, WAS LIEBE IST«

Ein unbekannter Brief Ernst Barlachs aus dem Dresdner Sommer 1892

Sich ein Herz fassen, sein Herz in beide Hände nehmen, seinem Herzen Luft machen … Es gibt etliche Wendungen dieser Art, und jede einzelne scheint auf diesen Briefschreiber zuzutreffen. Offenbar hat er nichts zu verlieren – schon gar keine Zeit.

»Sehr geehrtes Fräulein! Sie haben mich heute Abend wieder abgewiesen u. zwar mit dem Anschein des Widerwillens und der Entrüstung. Wenn ich Ihnen nun sage, daß ich Sie liebe, so wissen Sie, wie mir zu Mute sein muß; oder vielleicht auch nicht, vielleicht wissen Sie gar nicht, was Liebe ist.«

Nach diesem Brief dürfte die Adressatin zumindest eine Ahnung haben. Nicht nur, daß ihr der Liebende seinen »närrischen« Zustand auf neun Seiten vor Augen führt. Er zieht auch alle Register, um sie von der Ernsthaftigkeit seiner Absichten zu überzeugen: »Ich sprach Ihnen von Liebe; es steht Ihnen frei, was ich schreibe für Lüge, mich selbst für einen Schelm zu halten; vielleicht hängt diese Meinung zusammen mit dem Vorurteil, das im Allgemeinen gegen Künstler verbreitet ist. Dann sei, wie es will – ich liebe Sie!«

Stolz schwingt in diesen Worten mit – und ein geradezu lutherischer Trotz. *Hier stehe ich, ich kann nicht anders.* So könnte es auch der Briefschreiber sagen. Daß er schlechte Karten hat, weiß er selbst. Und so macht er aus der Not eine Tugend und hält dem Ruch des Unsoliden seine eigene Aufrichtigkeit entgegen.

Immerhin, als Mann vom Fach darf er damit rechnen, daß man ihm glaubt, wenn er erklärt: »Kein prächtiges Kunstwerk kann das Herz mehr rühren als der lebende Ausdruck Ihres Gesichts; da ist tote Form, die den augenblicklichen Ausdruck ewig festhält, hier ist Herzlichkeit und Innigkeit in wechselndem Spiel; selbst die wonnigen kurz angebundenen Worte, die Sie mir gegeben, haben mir süß im Ohr geklungen und mit bebendem Herzen habe ich erwogen, was ein freundliches Wort mir sein würde.«

Ja, das ist nicht frei von Phrasen; und doch ist es einer der berührendsten Liebesbriefe der deutschen Literatur. Seit Goethes Werther hat keiner mehr so geschwärmt und geschmachtet.

Den Briefschreiber kann man getrost der Literatur zuschlagen. Auch wenn Ernst Barlach heute weniger durch seine Dramen und seine Prosa bekannt ist als durch sein bildhauerisches Werk. Wer einmal im Güstrower Dom vor dem »Schwebenden« gestanden hat, wird diesen Anblick nie vergessen. Und sein »Flüchtling« steht wie kein anderes Kunstwerk für die Weltenbrände unserer Zeit.

Aber das kam erst später. An jenem 30. Juli 1892, an dem sich der Zweiundzwanzigjährige an das »sehr geehrte Fräulein« wendet, ist er noch auf der Suche nach seinem künstlerischen Ausdruck. So sehr es ihn immer wieder drängt zu zeichnen und zu skizzieren, so selbstverständlich versucht er sich an Novellen und Gedichten.

Seit einem Jahr lebt er »in dem von den modernen Künstlern so gründlich verachteten, ja gehaßten Dresden«, und zwar »ganz vergnügt«, wie er an seinen Freund Friedrich Düsel schreibt. Die Stadt inspiriert ihn, die Zeichenmappe füllt sich, die Schublade quillt über von Manuskripten. Nur die Kunstakademie, die er als Meisterschüler von Robert Diez besucht, engt ihn »nach jeder Richtung hin ein«.

Langeweile hat er nicht. Sogar der Weg an der Elbe entlang nach Dresden und Loschwitz sei interessant und romantisch, »besonders beim hellen Mondschein, wenn die langen, tief gesunkenen Kähne mit gespenstischer Geräuschlosigkeit vorbei treiben, und man nur das leise Gurgeln in den Wassern vernimmt; dazu hat man Gelegenheit, über die Wandelbarkeit alles Irdischen nachzudenken, da man seinen eigenen Schatten in runkelrübenähnlicher Verkürzung stets vor sich hat, hell u. klar vom Mondlicht auf das weiße Sandsteinpflaster gemalt«.

Ob es in einer solchen Mondnacht war, als Barlach seinen Brief schrieb? Genaugenommen sind es sogar zwei Briefe. An das erste Schreiben angefügt ist eine Nachschrift vom 3. August, in der er gesteht: »Ich habe die Gelegenheit, Ihnen den Brief zu geben, weder gesucht noch gefunden.« Womöglich erschien ihm das Geschriebene zu forsch. Vor allem die Aufforderung: »Wenn Sie mir etwas zu sagen haben, so trifft ein Brief mich – innerhalb dieser nächsten 2 Wochen –: Zirkusstraße, Ateliergebäude II links – Barlach.«

Will der Briefschreiber noch ein wenig von der Erfüllung seiner Wünsche träumen? In dem Stoßseufzer, mit dem die Nachschrift endet, klingt schon eine leise Verzweiflung an: »Warum sind Sie so, wie Sie sind – ich muß Sie dafür lieben, es ist meine Natur, ich kann doch nicht unnatürlich sein, selbst nicht Ihretwegen!«

Wie sie ist, die Angebetete, dazu findet sich kein Wort. Ein »Gesicht von einem so reinen, herzenswarmen Ausdruck, wie es einem Glücksprinz alle Jubeljahre einmal begegnet, wie ich es in meinem ganzen Leben nicht angetroffen« – damit kann man kein Porträt in Auftrag geben. Auch wo Barlach ihr begegnete, wird nicht erwähnt.

Wer sie war, das immerhin ist bekannt. Die heutigen Besitzer des Briefes, ein Dresdner Ehepaar, waren mit der Tochter der Adressatin befreundet. Das »sehr geehrte Fräulein« war demnach die Striesener Gärtnerstochter Margaretha Wilhelmine Zabel (1872–1956).

Laut Dresdner Adreßbuch befand sich die Blumen- und Pflanzenhandlung Zabel in der Geisingstraße 26. Barlach wohnte zur selben Zeit gut einen Kilometer entfernt bei seiner Mutter in der Reißigerstraße 34. Es liegt also nahe, daß man sich in Striesen begegnete.

Mit dem Brief ist die Perspektive der Adressatin überliefert: Mehrere Male sei ihr auf der Straße ein Herr in einem weiten schwarzen Mantel mit einem Hut begegnet. Etwas unheimlich sei er ihr gewesen, dieser Mensch. Er habe versucht sie anzusprechen, aber sie habe es nicht zugelassen. Eines Tages steckte er ihr einen Brief zu.

Was daran Dichtung ist und was Wahrheit, ist schwer zu entscheiden. Der Mantel paßt nicht recht zur Jahreszeit; und der etwas kolportagehafte Eindruck des Unheimlichen könnte dem Briefschreiber erst im nachhinein zugewachsen sein, als er sich als einer der großen Künstler seiner Zeit entpuppte.

Sicher ist nur eins: Folgen hatte die Liebeserklärung keine. Wenige Jahre später heiratete die junge Frau Friedrich Paul Steinert (1868–1913), der laut Adreßbuch als Bureau-Assistent bei den Königlich Sächsischen Staatseisenbahnen in Plauen tätig war, das 1903 nach Dresden eingemeindet wurde. Mit ihm hatte sie zwei Kinder, die unverheiratet blieben und 1980 bzw. 1996 starben.

Daß sie den Brief aufhob, läßt darauf schließen, daß er Eindruck gemacht hat. Sicher fühlte sie sich geschmeichelt. Aber daß sie

ihre Entscheidung später bereut hätte – nein, das sei nicht der Fall gewesen, wissen die heutigen Besitzer des Briefes.
Und Barlach? Wie lang hat er dem »sehr geehrten Fräulein« nachgetrauert? Oder war er auf eine Enttäuschung gefaßt? In seinem Brief scheint das glücklose Ende schon eingerechnet: »Wissen Sie, was es heißt, nur von denen freundlich angesehen u. entgegenkommend behandelt zu werden, die man herzlich verachtet, während die, nach deren Wohlwollen u. deren Gunst man strebt, nur Kälte u. Verachtung für mich haben; es ist das mein bitterer Fluch u. die Erfahrung mit Ihnen erfüllt ihn.«
Ob diese Erfahrung eine Spur in seinem Werk hinterlassen hat, ist eine andere Frage. Die Besitzer des Briefes, die dessen Adressatin noch gekannt haben, hätten da eine Vermutung. Die Skulptur »Die Krautpflückerin«, mit der Barlach 1895 sein Studium an der Akademie abschloß, weise einige Ähnlichkeit mit der Striesener Gärtnerstochter auf.
Barlach schreibt in seiner Autobiographie »Ein selbsterzähltes Leben«, er habe die niedergebeugte Gestalt in Friedrichroda gesehen. Aber was heißt das schon? Über den »Schwebenden« sagte er einmal, daß ihm das Gesicht von Käthe Kollwitz »hineingekommen« sei, »ohne daß ich es mir vorgenommen hatte«. Warum sollte ihm bei der »Krautpflückerin« nicht etwas ähnliches passiert sein?
Doch eine Fotografie von Margaretha Wilhelmine Zabel gibt es nicht, und so bleibt das eine schöne Spekulation.
Die Geschichte könnte damit zu Ende sein, wären nicht vor drei Jahren alle 2215 bekannten Briefe Ernst Barlachs in einer vierbändigen Ausgabe bei Suhrkamp erschienen. Der Dresdner Liebesbrief fehlt darin. Da Barlach ihn aber gegenüber Friedrich Düsel erwähnt, ist er als »unbekannt« und »nicht ermittelt« im Anhang aufgeführt.
Am 13. Januar 1893 berichtet er dem Freund von einem Ladenmädchen, dem er im vorigen Sommer 7 Uhr morgens auf dem Weg zur Akademie (»die ich nun mit staunenswerter Pünktlichkeit besuchte«) regelmäßig begegnet sei: »Schlank war sie u. von rosiger Frische; ich in möglichst wirkungsvollem Aufzuge, dabei von indianischer Beharrlichkeit u. List im Aufspüren u. Wachehalten. (...) Sie hatte einen weißen Hut, den ich unter hundert andern weißen Hüten im Menschengewühle entdeckte u. die Augen unter dem Hutrand verstrickten mich von Tag zu Tag mehr, erbarmungslos, rettungslos.«
Das erste und einzige »in seiner fürchterlichen, erschreckenden Glückseligkeit gierig gekostete Aug' in Aug'« während eines Gewitters in einem überfüllten Pferdebahnwagen läßt seine Erwartungen ins Unermeßliche steigen: »Kann mans einem Menschen übelnehmen, daß er hofft, wenn ihm volle bis ins Innerste dringende, selten abgewandte Blicke gewährt werden; wenn die Lippen sich langsam öffnen u. schließen, eine unwillkürliche, beredte, stumme Sprache redend?«
Als er die junge Frau angesprochen habe, sei sie »sehr zurückhaltend, sehr indigniert« gewesen, »aber wenn ich den rechten Ton traf, darauf eingehend, streitlustig«. Seine Bitten, »morgends den (näheren) Weg durch den ›großen Garten‹ zu machen, fanden kaum Gehör, entschiedene Zurückweisung; das Alles gefiel mir mehr, als daß es mich entmutigte.«
Schließlich schrieb er »in einer heißen Nacht einen langen, langen Brief«. Sie könne ihn aber nicht jetzt gleich lesen, habe sie in schroffem Ton gesagt, »zugleich streckte sie die Hand aus, ihn zu nehmen«. Eine Antwort erhielt er nicht, und »als ich mir die Antwort holte – teilte sie mir mit, daß sie verlobt war oder sich verloben wolle!«
Im Herbst begegnete Barlach ihr wieder; es kam zu einer letzten Unterredung: »Sie war

freundlich u. sprach teilnehmend, aber das half mir nichts, obgleich ich Bedeutendes im Theatralischen leistete.«
Kennt man die Zeilen, mit denen er der Gärtnerstochter so ungeschützt und rückhaltlos seine Liebe gesteht, fällt es schwer, ihm den launigen Ton abzunehmen. In welchem der beiden Schreiben mehr Theatralik steckt? Wer weiß, »was Liebe ist«, kann es sich denken.
Dem, was wir über Barlach wissen, fügt der bisher unbekannte Brief nichts grundlegend Neues hinzu. Doch das Selbstporträt des Künstlers als junger Mann, der sich rettungslos in der Liebe verstrickt, ergänzt das hergebrachte Bild des Außenseiters, Mystikers, Asketen um eine reizvolle Facette.
Und eins ist klar: Wenn wir das nächste Mal in Dresden sind und bei Mondschein nach unserem runkelrübenartigen Schatten Ausschau halten, werden wir den beharrlich Wache haltenden Indianer vor Augen haben, der sich Seite um Seite vom Herzen schreibt, »was drin sitzt, es kommt mir doch sonst zwischen alles, was ich wahrnehme, der Gedanke an Sie«.

MARTIN RECTOR: DIE ORDNUNG, DER TEXT UND DER KÖRPER

Laudatio auf Kurt Drawert

1. Und dann, es dürfte irgendwann im Laufe des Jahre 2017 gewesen sein, erhält der Schriftsteller Kurt Drawert eine Einladung zu einem Stipendium: ein halbes Jahr kostenfreies Wohnen, zuzüglich 1500 Euro monatlich. Attraktiv, ohne Frage. Drawert kann das ermessen; er kennt sich aus. Er hat seit 1990 schon ein halbes Dutzend solcher Förderstipendien genossen, darunter das des Landes Niedersachsen in Worpswede, aber auch, besonders begehrt, das der Villa Massimo in Rom. Dennoch muß ihn diese Einladung elektrisiert haben: Der Absender ist die ostsächsische Sparkasse Dresden, sie hat ihn zum Dresdner Stadtschreiber gewählt. Das ist nicht nur ehrenvoll, das Amt hatten vor ihm zum Beispiel die Kollegen Wulf Kirsten, Heinz Czechowski und Uwe Kolbe – das berührt ihn auch ganz persönlich. Denn Dresden, das ist nicht irgendein Ort, das ist der Ort, an dem er wurde, der er ist, an dem er werden mußte, der er wurde.

2. Aber der Reihe nach: Geboren wurde Kurt Drawert 1956 in Hennigsdorf bei Berlin als ältester von drei Söhnen eines, wie er später schrieb, »hochbeamteten Vaters«, eines Kriminalpolizisten notabene. Doch schon 1967, als Drawert elf Jahre alt war, zog die Familie um – und zwar nach Dresden. Dort verbrachte er die nächsten siebzehn Jahre. Es waren überaus harte Jahre, geprägt von einem unversöhnlichen Konflikt mit dem Vater, der ihm als Personifikation des DDR-Staates gegenübertrat, eines Gesellschaftssystems, in das sich zu integrieren er sich von früher Jugend an kompromißlos weigerte.
Die Folgen waren weitreichend: Verweis von der Oberschule, statt dessen Ausbildung zum Facharbeiter für Elektronik. Mit achtzehn weg von zu Hause, eigene Wohnung und erste Heirat, viel zu früh, wie er später bekannte. Nachgeholtes Abitur auf der Abendschule, kein Zugang zum Universitätsstudium, ein lebenslanges Trauma, dafür Hilfsarbeitertätigkeiten, Abtauchen ins alternative Milieu der Subkultur, besessene Abendlektüren in der Sächsischen Landesbibliothek, erste Schreibversuche.

Dann der erste große Erfolg: 1982 Zulassung zum Studium am berühmten Leipziger Literaturinstitut. 1984 kehrt er Dresden endgültig den Rücken und zieht nach Leipzig, etabliert sich als freier Schriftsteller. Und nun geht alles ganz schnell. 1987 erscheint sein erster Gedichtband mit dem sprechenden, an Günter Eichs berühmtes Gedicht anknüpfenden Titel »Zweite Inventur« im Ostberliner Aufbau-Verlag. Und noch 1989 kommt sein zweiter Gedichtband »Privateigentum« heraus, bereits bei Suhrkamp in Frankfurt am Main.

In der Folge verläßt Drawert 1993 Leipzig und siedelt in den Westen über, zunächst nach Osterholz-Scharmbeck bei Bremen, dann, 1996, nach Darmstadt, wo er bis heute lebt und das »Zentrum für junge Literatur« leitet, eine Schreibschule für angehende Autoren. Inzwischen hat er weitere Gedichtbände veröffentlicht, meist in einem melancholisch-lakonischen Ton, übrigens auch mit Referenzen an den verehrten Karl Krolow, der in Hannover geboren wurde und später bis zu seinem Tode 1999 in Darmstadt lebte, wo Drawert ihn noch kennenlernte.

Gleich nach der Wende hatte er für seine Gedichte den Leonce-und-Lena-Preis und den Meraner Lyrikpreis erhalten. Mehr Aufsehen erregte Drawert aber wohl mit dem knappen Dutzend seiner eigenwilligen Prosabände, teils autobiographisch gefärbte Essays, teils Erzählungen und Romane. Dafür erhielt er unter anderem den Uwe-Johnson-Preis (als erster übrigens), aber auch den renommierten Ingeborg-Bachmann-Preis und später, man mag es kaum glauben, den Robert-Gernhardt-Preis.

3. Dann aber erreicht Drawert eines Tages, wie gesagt, das Angebot, als Stadtschreiber nach Dresden zurückzukehren, nach 34 Jahren. Er nimmt die Einladung an, und er hat darüber das Buch geschrieben, für das er mit dem »Walter Kempowski-Preis für autobiographische Literatur« geehrt wird. Es erschien im Münchner Verlag C. H. Beck und trägt den Titel »Dresden. Die zweite Zeit«. Untertitel »Roman« – aber das ist bekanntlich in der Verlagsbranche längst ein dehnbarer Begriff geworden. »Dresden. Die zweite Zeit« ist eher ein typisches Drawert-Prosabuch, das sich den herkömmlichen Gattungsbegriffen verweigert.

Es umfaßt knapp dreihundert Seiten und gliedert sich, bebildert mit fünfzehn Schwarzweißfotografien des Autors und seiner zweiten Frau Ute Döring, in dreiunddreißig Kapitel. Die aber sind weder chronologisch geordnet noch inhaltlich als lineare Erzählung gereiht. Sie springen meist von einer Begebenheit zur nächsten Episode, Beobachtung, Erfahrung oder Erinnerung und weiten sich dann oft zu essayartigen Reflexionen. Vor allem aber: Das Buch fängt nicht bei Null an, es knüpft wie in einem zweiten Anlauf an vieles an, was Drawert in früheren Prosaarbeiten bereits angerissen hat, etwa im Sammelband »Haus ohne Menschen« (1993) und im Essayband »Was gewesen sein wird« (2015). Der wichtigste Prätext von »Dresden. Die zweite Zeit« aber ist das Buch, in dem er mit jener ersten Dresdner Zeit – man muß schon sagen – abrechnete.

Ich meine den bereits 1992 in der edition suhrkamp erschienenen Band »Spiegelland. Ein deutscher Monolog«. Ein Buch, mit dem Drawert Furore machte, nicht nur im Feuilleton, auch in seiner Familie. Kein Wunder, bedenkt man nur die Schlüsselszene: Immer schon hatte sich der Großvater als Widerstandskämpfer und Antifaschist gefeiert und feiern lassen, ein vorbildlicher DDR-Bürger eben. Da entdeckt eines Tages der jugendliche Kurt Drawert in einem Karton mit Familienpapieren ein Foto, das diesen Großvater in Wehrmachtsuniform im Kreise seiner blonden Familie zeigt, auf der Rückseite von eigener Hand beschriftet:

»Für Führer, Volk und Vaterland – Weihnachten 1941«. Danach glaubt der Enkel an gar nichts mehr. Aber das Entscheidende kommt erst: Sein Vater verbietet ihm unter Androhung von Gewalt, diese Entdeckung zur Sprache zu bringen und zu verbreiten. Das ist der irreparable Bruch. Aber erst in »Spiegelland«, geschrieben nach dem Ende der DDR, kann Drawert die Geschichte von Anfang an erzählen. Und erst in »Dresden. Die zweite Zeit« berichtet er von ihrem Fortgang.

Der Vater nämlich, provoziert und unversöhnlich, verfaßt eine wütende Gegendarstellung. Und als der Sohn nicht reagierte, besuchte er ihn 1995 in Rom und stellte ihn zur Rede. Aber da hatten sich beide nichts mehr zu sagen und schwiegen sich stundenlang an. Das ist beklemmend zu lesen. In der Niederschrift von »Dresden. Die zweite Zeit«, vier oder fünf Jahre nach dem Tod des Vaters, resümiert Drawert: »Ich weiß nicht, welchen Kampf wir miteinander führten, aber es war kein nur privater, familiärer, ödipaler Konflikt – es war ein Zerwürfnis, das dem System innewohnte und unsere Körper zu Systemkörpern machte. Unsere ganze Familie war eine Systemfamilie, so habe ich es immer empfunden und empfinde es noch heute, und allein deshalb sehe ich einen Sinn, von ihr zu erzählen.«

Drawert spricht hier von »Körpern« und »Systemkörpern«. Das mag beim ersten Hören irritieren, verweist aber auf eine zentrale Terminologie und Denkfigur seiner Selbstverständigung, um nicht zu sagen: seiner Selbstanalyse. Denn da ihm das Universitätsstudium verwehrt wurde, vergrub er sich desto intensiver in ein Selbststudium; was ihn interessierte, was er brauchte, war die moderne Psychologie, Psychoanalyse und Sprachphilosophie. In »Dresden. Die zweite Zeit« fallen immer wieder die entsprechenden Schlagworte und ihre Autoren: nicht nur Sigmund Freud, auch Juri Lotman, Julia Kristeva – und vor allem Jacques Lacan, den Drawert auch im Motto des Buches zitiert.

Diesem Selbststudium entnimmt Drawert das wissenschaftliche Instrumentarium, auch die Terminologie, um sich selbst zu verstehen. Besonders sinnfällig berichtet er davon im Essay »Der Text und der Körper«. Ausgangspunkt ist wieder ein Schlüsselerlebnis im Konflikt mit dem Vater. Der bestraft ihn wegen irgendeiner Unbotmäßigkeit, indem er ihn in den Keller einsperrt, allein mit den Mäusen, wie er sich erinnert: »Das Kind, das ich war, wollte die Welt des Sprechens, die es zu betreten hatte, wieder verlassen. Es spürte, vielleicht gerade rechtzeitig noch, wie es über die Worte dem Einfluß des Vaters ausgeliefert war und seinen noch wachsenden Körper an dessen Befugnis verlor. Und immer, sobald das Kind diese Ordnung verließ, wurde es in die Dunkelheit zu den Mäusen gebracht, wo es sich seinen Unsinn gründlich zu überlegen hatte. (...) so verließ das Kind (...) die Ordnung der herrschenden Sprache und begann, sie mit einer eigenen Ordnung zu besetzen. Einer Ordnung, die den Text an den Körper heranbrachte und ihn repräsentieren wollte und die später, und nur so konnte es sich in der Welt des Sprechens behaupten, Dichtung werden sollte.«

Jetzt verstehen wir Drawerts Metaphorik: Der Text, das ist der Text des Vaters, die fertige Parole, das behauptete Wissen, das herrschende System, der Zwang zur Integration in die DDR-Gesellschaft. Der Körper, das ist die ursprüngliche, natürliche Identität, die sich schon rein vegetativ gegen die Überfremdung durch den Text verweigert, und der deshalb ausgegrenzt wird. Dieser exkommunizierte Körper aber, das ist die Pointe, ergreift gerade die erzwungene Isolation als Chance, um sich eine eigene, vom väterlichen Text unberührte Sprache zu erschaffen – und diese Sprache ist die Dichtung.

Das Dichten, das literarische Schreiben ist für Drawert ein beständiger und beständig notwendiger Selbstbefreiungskampf, ein unaufhörliches Ringen um die Versöhnung von Körper und Sprache. Das merkt man, scheint mir, seinen Texten an, das erklärt seinen Sprachduktus – von »Stil« zu reden wäre unpassend. Denn Drawerts Texte sind irgendwie immer unfertig, sie sind nicht Produkt, sondern Prozeß. Daher die oft anfangslosen und endlosen, atemlosen, immer wieder neu ansetzenden, suchenden und ausprobierenden Wörter und Sätze. Drawerts Texte verweigern den als trügerisch beargwöhnten, abrundenden Abschluß. Sie sollen die Spuren des Kampfes tragen, der sie sind.

Oder, sagen wir es zum Abschluß mit Drawerts eigenen Sätzen: »Ich habe, wenn ich geschrieben habe, immer aus Verzweiflung geschrieben, und wenn ich einmal nicht geschrieben habe, dann war ich auch nicht verzweifelt.«

CLAUDIA SCHMÖLDERS: HEINRICH BLÜCHERS FREUND ALCOPLEY

Nachrichten von Grete Wehmeyer

1. Im Juni 1977 erschien ein deutsches Buch über den Komponisten Edgar Varèse (1883–1965), eine der erstaunlichsten Figuren der neueren Musikgeschichte: umstrittener Klangkünstler aus New York, lange ansässig in Paris und inzwischen auch im deutschsprachigen Raum anerkannt. Zu danken war diese Karriere der Kölner Musikologin Grete Wehmeyer. Sie hatte Varèse – mit Bedacht – auf dem Höhepunkt des RAF-Terrors auf den Tisch der deutschen Ideengeschichte gelegt; und als Terroristen hatte man Varèse wohl schon beim ersten Berliner Auftritt 1932 empfunden. Im Börsenkurier hieß es damals: »Eindreiviertel Stunden lang ertrug das Publikum den Lärm. Beim kakophonen Durcheinander der ›Arcana‹ von Varèse verlor es die Geduld. Der Skandal ging los. Es war begreiflich. Kein Ohr hält diese Musik auf die Dauer aus. Sie hat mit Musik nichts zu tun. Sie schockiert nicht und amüsiert nicht. Sie ist einfach sinnlos.«

Adorno hatte den Revoluzzer indes schon 1930 in Paris bewundert, der spätere Papst der deutschen Musikkritik, Hans Heinz Stuckenschmidt, analysierte einige seiner Werke als »futuristisch« und »bruitistisch«; doch Friedrich Herzfelde erwähnte 1955 in seiner beliebten Musikgeschichte nur noch »Ionisation« (»das kühnste und berühmteste«). Unmittelbar nach Varèses Tod schien er beinahe vergessen, wie von Ulrich Dibelius in seiner 1966 erschienenen »Modernen Musik 1945–1965«.

Doch Stuckenschmidts Einschätzung wurde kanonisch. Ihr folgte, ein Jahr nach Wehmeyers Buch, auch die Zeitschrift »Musik-Konzepte No. 6«. Das Motto stammte vom Komponisten: »Ich wurde eine Art teuflischer Parsifal, nicht auf der Suche nach dem heiligen Gral, sondern nach der Bombe, die das musikalische Universum sprengen könnte, um alle Klänge durch die Trümmer hereinzulassen, die man – bis heute – Geräusche genannt hat.« Das Zitat bestätigte Wehmeyers Beitrag zum »deutschen Herbst«, auch wenn ihr Buch von der musikavantgardistischen Zunft grausam verrissen wurde.

Dabei ließ diese sich ihrerseits Zeit mit Varèse. Erst 1991 bot ein akademisches Symposion ein Panorama an Deutungen, erst 2009 sprach man bei den Salzburger

Festspielen vom »Kontinent Varèse«. »Arcana« erklang nun unter Riccardo Muti. Es handele sich, schrieb die »Neue Musikzeitung« damals, »um eine Ausdrucksmusik par excellence, die in ihrem aktionistischen Gestus äußerst persönlich« anmute. »Varèse litt zur Zeit der Komposition (1927) sehr stark unter Depressionen und Krankheiten. Das Komponieren besaß insofern zugleich die Funktion einer Selbstheilung.« Genauso hatte Grete Wehmeyer den Komponisten in ihrem Buch dargestellt, als gepeinigt von Klaustrophobie: »Sie prägt die meisten seiner musikalischen Prozesse«, schrieb sie und nannte seine Klanggestalten »Ausbruchsgesten aus dem, was er für ein Klaustrum hält«. 1977: Gab es damals rund um die RAF nicht wilde Diskussionen über Isolationshaft?

Dabei erschien Wehmeyers Buch in den »Studien zur Musikgeschichte des 19. Jahrhunderts« des Bosse Verlags. Einige Rezensenten bemerkten es hämisch: Kein einziges Lautwerk Varèses war vor 1900 komponiert worden, was er bis 1919 erschaffen hatte, verbrannte in einem Berliner Lagerhaus. Wollte Wehmeyer diesen musikalischen Choleriker als Romantiker darstellen? Ihr Buch verstand sie als »Zubringer zu Varèse«. Sie wolle sich nicht mit Analysen abmühen, wie sie der Komponist immer abgelehnt habe, sondern »aufgeklebte Urteile« ablösen, und stammten sie auch von Stuckenschmidt. Dazu ermuntern konnten sie womöglich die seltsamen Illustrationen des Buches. »Ein grafisches Synonym für Varèses musikalische Prozesse«, endete das Vorwort, »sind die zur Besprechung jedes Werkes mitlaufenden Zeichnungen von Alcopley. Beim Zuhören im Konzertsaal entstanden, sind sie eine zeichnerische Interpretation der Musik. Sie bieten, wenn man die Musik mithört, während man sie betrachtet, eine wertvolle Möglichkeit, sich Varèse zu nähern.«

Synästhetische Wahrnehmung hatte Wehmeyer schon in ihrem allseits gelobten Buch über Erik Satie (1974) erörtert. Doch was sie jetzt zeigte, verärgerte offenbar jeden. Der breitformatige Band enthielt dünne, ungegenständliche Strichzeichnungen, am Seitenrand durchgehend als fortlaufende Marginalie angeordnet. Nichts, aber auch gar nichts ließ an akustische Dynamik denken, geschweige denn an eine »Bombe«. Allenfalls prähistorische Felsritzungen mochte man assoziieren.

Der junge Jürg Stenzl fand die Gebilde »ästhetisch belanglos und jedwelchem Hören Varèsescher Musik durch ihre Simplizität in keiner Weise angemessen. Sie verteuern bloß dieses teure Buch zusätzlich.« Der anonyme Rezensent der FAZ sprach ebenfalls 1978 bösartig von »Zeichnungen, die ein angeblich bekannter, jedenfalls mit Varèse bekannter und von diesem geschätzter Maler und Biologe unter dem Pseudonym Alcopley angefertigt hat. (...) Der Skeptiker wird sie als Perzeptionshilfe für völlig unbrauchbar ansehen, der Kunstkritiker dürfte sie als synästhetische Krakel bezeichnen.«

2. Wer aber war der derart gescholtene Künstler, wo und wie hatte Grete Wehmeyer ihn gefunden, warum hatte sie ihn in ihr Buch aufgenommen? Unbekannt war er keineswegs. Nach Zusendung der Fahnen schickte er Wehmeyer eine lange Liste von erwünschten Empfängern, darunter Henri Michaux, Mary McCarthy, Sonia Delaunay, Anita Warburg, das Ehepaar Dubuffet und andere. Ob sie das Buch je erhielten, ist unbekannt; die späteren Rezensenten waren jedenfalls nicht dabei. Alcopleys Leben war anders verlaufen als ihres.

Alfred Lewin Copley (1910–1992) stammte aus Dresden, war dort Mediziner geworden und 1935 vor den Nazis nach Basel geflohen. Dort widmete er sich der Physik und erstmals auch der Kunst. 1937 emigrierte er nach New York, wo er 1948 mit anderen Künstlern den Eighth Street Club gründete. »Abstrakte Expressionisten« gehörten dazu, wie Jackson Pollock und Willem de Kooning, aber eben auch der Komponist Edgar Varèse. Der Kommunistenjäger McCarthy brachte Copley und Varèse dann wieder in Paris zusammen. Für Copleys Doppelbegabung als Künstler und Biologe zentral wurde dort die »Groupe Espace« von Frank Manila, einem exzentrischen Raketenforscher, der schon 1945 die USA aus Protest gegen die Einstellung Wernher von Brauns verlassen hatte und wie Copley zum Künstler wurde. Manila gründete schließlich einen »Club der Doppelbegabungen« – und später am MIT auch eine der wichtigsten amerikanischen Zeitschriften für Kunst und Wissenschaft namens »Leonardo«; Alcopley (so der *nom de plume*) lieferte substantielle Beiträge. »Drawings as Structures and Non-Structures« hieß 1968 der erste Text, der von seiner eigenen Kunst der Zeichnung handelte.

Leicht hätte er also 1977 für Wehmeyers Buch eine kurze Erläuterung seiner Kunstform liefern können – er tat es aber nicht. Sie zitierte aus einem Interview: »Ich bin weder Musiker noch Musikwissenschaftler, sondern ein Musikliebhaber. Ich hörte oft Musik von Varèse … All seine Werke riefen in mir immer eine starke emotionale Reaktion hervor, die in ihrer nahezu automatischen Unmittelbarkeit, wie ich glaube, in diesen gezeichneten Aufnahmen sichtbar wird.« *Écriture automatique* würde ein Literaturkenner das wohl nennen, und Wehmeyer als promovierte Germanistin dachte vielleicht daran. Auch erinnerte sie an den berühmten Philips-Pavillon der Weltausstellung 1958 in Brüssel mit dem bahnbrechenden Lautexperiment von Varèse, das Alcopley später zeichnete: nicht weit weg vom »Action Painting« eines Jackson Pollock, den die Kunstgeschichte heute mit dem europäischen »Informel« zusammendenkt. Und hierhin gehört wohl auch der Mediziner Alfred L. Copley als Künstler. 1977 verzeichnete er mehr als zwei Dutzend Einzelausstellungen seit 1949, in Paris, New York, den Niederlanden, in Japan und Deutschland, dazu zahlreiche Gruppenausstellungen; und als »action painter« der besonderen Art hatte er nicht nur Musiker zeichnend begleitet, sondern auch Dichter und Denker, besonders Heidegger.

Leicht hätte man als Betrachter der mehr als 250 Alcopley-Zeichnungen in Wehmeyers Buch zur frühen Fluxus-Bewegung kommen können, etwa zur Galerie Parnaß in Wuppertal. Kein Geringerer als Karl Jaspers lieferte dieser einen Text dazu. Das Literaturarchiv Marbach verwahrt 46 Blätter seiner Korrespondenz mit Alcopley von 1963 bis 1967. Dieser berichtete darin ausführlich über sich selbst, aber auch über Jaspers' Freunde Heinrich Blücher und Hannah Arendt. Als Arztfreund der beiden feierte er öfter mit ihnen Silvester, kümmerte sich aber vor allem um Blücher, den er in einem der Briefe an Jaspers regelrecht vorstellt. Er hatte ihn 1950 in seinem Künstlerclub in New York kennengelernt und später sogar zu einer längeren Eloge auf seine Zeichnungen veranlaßt. Es war eine der wenigen, wenn nicht die einzige gedruckte philosophische Äußerung Blüchers, und sie erschien – wohl von Hannah Arendt redigiert – 1964 im Katalog der Byron Gallery NY.

»Alcopley's Zeichnungen hatten einen merkwürdig unmittelbaren Erfolg in Japan«, hieß es hier. »Was aber nicht überrascht, scheinen sie doch auf den ersten Blick nah verwandt mit chinesischer und japanischer Kalligraphie. (…) Alcopley konfrontiert uns mit einer Art ›buchstabenloser‹ Schrift, welche in ihrer Schreibbewegung, also mit der schieren Bewegung der Hand, eine kontinuierliche Linie von Zeichen erfindet. Die Zeichen selber haben keine Bedeutung außer jener der Bewegung – im Schreiben als solchem. Und da diese Bewegung eingebettet wird in die Bewegung der Elemente, ist es, als ob sich das Universum hier selbst in einer Art kosmischer Stenographie entblößt.« (Deutsch von C.S.)

Den vollständigen Text sandte Alcopley am 18. September 1967 an Karl Jaspers, nach einem letzten Besuch in Basel. Am nächsten Tag folgte noch eine Zeichnung, datiert »Paris 1953« und unterschrieben mit »ein Freund von Hannah und Heinrich«. Diese Zeichnung traf ins Herz von Blüchers Text. Eine, wenn nicht *die* Urszene von Alcopleys Bildprogramm wird darin von Blücher zart angedeutet: Tropfen unter dem Mikroskop, das Lebenselement wimmelnd von winzigen Stäbchen und Klümpchen.

3. Diese Assoziation konnte kaum überraschen, schließlich hatte sich der Biologe Alcopley schon 1948 als Erfinder der »Biorheology« in die Medizingeschichte eingeschrieben. Hätte man sich 1977 für den Künstler in Wehmeyers Buch interessiert, hätte man wohl auch seine erste Ausstellung 1957 in München bei der Galerie van Loo bedacht. Der Kunstkritiker Franz Roh meinte damals: »Erstaunlich, welches variable Leben er solchen Hieroglyphen einzuhauchen weiß, die in schmalen Bändern horizontal oder vertikal verlaufen. Da gibt es Verkettungen von Klein- und Großformen, Flechtwerk, harte Verknotungen, die sich dann wieder lösen, Gelenke, aus denen Stengelchen sprießen, die plötzlich splittern, kleine Kettenreaktionen auslösen oder sich wieder zu amöbenartigen Formen zusammenziehen. Hierin gilt er international als Meister.«

Aber konnten solche Gebilde wirklich beim Anhören von Varèse entstanden sein? Gewiß nicht. Aber sie bilden die Vorgeschichte. Die von Franz Roh beschriebenen briefmarkengroßen Zeichnungen hatte Alcopley zuerst 1948 in New York als »Assemblage of minimal drawings« vorgestellt. Auf einer 90 × 60 cm großen Leinwand installierte er sie in Reihen mit je sechs Bildern und folgte damit einer ganz anderen asiatischen Inspiration als der kalligraphischen. Das Blatt muß vielmehr wie eine Imitation der Hexagramme aus dem I Ging gewirkt haben. Der gerade Strich, durchgehend oder unterbrochen, ist bekanntlich der visuelle Baustein des Schafgarbenorakels; die sechsfache Komposition sein Bildprogramm. John Cage hat es lebenslang aleatorisch genutzt. Auch Alcopleys Varèse-Zeichnungen in Wehmeyers Buch sind von den Schafgarben inspiriert: Gerade und durchbrochene Linien übersäen Alcopleys Marginalien, die sich wie Filmstreifen neben dem Text ausnehmen. Wer will, kann die Linien als Flugspuren von Vögeln deuten, im Schwarm verwirbelt, im Sturz vereinzelt. Oft sind sie durchgestrichen, oft aber auch abgelöst durch zarteste Vogelspuren auf der Erde, im Schnee. »Kosmische Stenographie«: besser als Blücher konnte man das nicht beschreiben.

HEINRICH BLÜCHER: ALCOPLEYS ZEICHNUNGEN

Alcopleys Zeichnungen hatten einen merkwürdig unmittelbaren Erfolg in Japan. Was nicht überrascht, scheinen sie doch auf den ersten Blick mit chinesischer und japanischer Kalligraphie nah verwandt zu sein. Und doch unterscheidet sich das Werk des westlichen Künstlers Alcopley von allem, was je in Ostasien entstand.

In Japan wie in China gehören Schreiben und Malen zusammen. Schreiben ist selbst eine Art Malen und also Kunst. Aber darauf kommt es nicht an. Wichtig ist das völlig andere Raumgefühl. Der Raum, den wir als etwas verstehen, das alle Objekte und Wesen enthält, ist für asiatische Künstler ein Akteur, eine große Mutter, die alles, was ist, gebären und erschaffen kann, ohne selbst sichtbar zu sein, das heißt, visuell gesprochen, sie ist die Leere, die selbst unsichtbar ist, aber alles durchdringt.

Der Raum ist in Alcopleys Werk auf dynamische Weise erfüllt von elementaren Prozessen, von Strahlungen beziehungsweise Wellen oder Strömungen von Wasser oder Luft. In diese flüssige Substanz sind wiederum Bewegungen von Organismen eingeschrieben, die in diesem Raum existieren und von ihm am Leben gehalten werden. Diese Zeichnungen sind natürlich nicht realistisch, sie zeigen weder Ozean noch Fluß noch Luft noch Himmel oder, in diesem Fall, wirkliche Organismen – solche, die wir mit bloßem Auge, oder solche, die wir unter dem Mikroskop sehen. Es sind reine Bewegungszeichnungen, die Bewegungen der elementaren Raumprozesse werden in Wechselwirkung mit biologischen Regungen gezeigt – als würden wir in einer figürlichen Zeichnung ein Tier verbunden mit dem Wind sehen, durch den es läuft oder fliegt. Wenn eine elementare Bewegung als solche sichtbar gemacht wird, deutet das eine Unendlichkeit einzelner konkreter Regungen an, seien es solche des Wassers, des Windes oder der Luft. Werden umgekehrt biologische Regungen inmitten der elementaren Bewegung sichtbar gemacht, weist das auf eine Unendlichkeit möglicher organischer Formen hin. Die Grundanschauung des Künstlers verdankt sich dann vermutlich der internationalen modernen Wissenschaft – ein bewegter Ozean an Raum wimmelnd vor Leben.

Es ist gleichsam diese Handschrift des Lebens, eingeschrieben in den lebendigen Raum von Alcopleys Werk, die von vielen

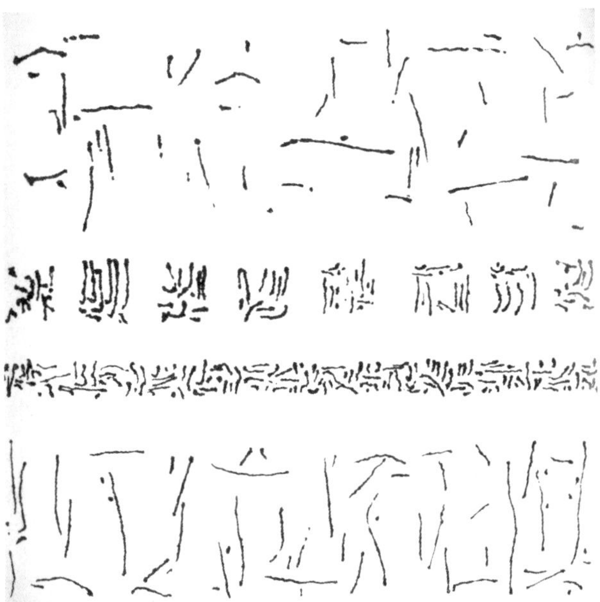

Alcopley 1957

seiner Bewunderer und besonders von seinen japanischen Freunden für Kalligraphie gehalten wurde. Das Mißverständnis ist um so nachvollziehbarer, als Kalligraphie von vielen modernen Künstlern verwendet wurde – Kandinsky, Klee, Miró und andere –, wenn auch vollkommen anders. In all diesen Fällen wird immer noch eine bestimmte Bedeutung der Buchstaben oder Hieroglyphen suggeriert.
Alcopley hingegen konfrontiert uns mit einer Art »buchstabenloser« Schrift, welche in ihrer Schreibbewegung, also mit der schieren Bewegung der Hand, eine kontinuierliche Linie von Zeichen erfindet. Die Zeichen selber haben keine Bedeutung außer jener der Bewegung – dem Schreiben als solchen. Und da diese Bewegung eingebettet ist in die Bewegung der Elemente, ist es, als ob sich das Universum hier in einer Art kosmischer Stenographie selbst entblößt.

New York City, Januar 1964 h. b.

Aus dem Englischen von Claudia Schmölders

MARIE LUISE KNOTT: ÜBER BEFANGENHEITEN

In den letzten Jahren stand viel bislang kaum Hinterfragtes auf dem Prüfstand. Auch Hannah Arendt ist in die Kritik geraten. Einige Stimmen kritisierten ihre Ausführungen zum Kolonialismus in »Elemente und Ursprünge totaler Herrschaft«. Schließlich waren die Indigenen auch in Afrika keineswegs geschichtslos. Andere Stimmen fragten, wie es sein könne, daß die jüdische Denkerin, die Diskriminierung und Verfolgung am eigenen Leibe erfahren hatte, 1959 in ihrem Essay »Reflections on Little Rock« die gesetzlich erzwungene Integration von schwarzen Schülern mit dem Argument ablehnte, dies sei »um keinen Deut besser als die gesetzlich erzwungene Rassentrennung«. Arendt, kritisierte beispielsweise die Soziologin Kathryn T. Gines, habe sich den Kopf »weißer Mütter« zerbrochen, während sie schwarzen Müttern bloße Aufstiegswünsche für ihre Kinder unterstellte.
In vielen der Kritiken schwingt gleichwohl Trauer, bisweilen auch Verletztheit mit. Die Lage sei »schmerzlich einfach«, liest man bei Priya Basil, Arendt sei trotz ihrer großartigen Theorien nun mal »rassistisch«. Verstärkt wurden die jüngsten Auseinandersetzungen durch das Auftauchen eines Briefes an den Schriftsteller Ralph Waldo Ellison, in dem Arendt erklärte, daß sie beim Schreiben ihres Essays die nackte Gewalt der Diskriminierung und die körperliche Angst der Schwarzen nicht begriffen habe. Was genau wollte sie damit sagen?
Ich bin keine Spezialistin für amerikanische Geschichte. Doch da ich selbst den umstrittenen Little-Rock-Text 1986 erstmals auf Deutsch veröffentlicht hatte, fühlte ich mich in gewisser Weise doppelt in die Pflicht genommen – durch die scharfe Kritik an Arendt und meine eigene einstige Herausgeberschaft. So verfaßte ich einen längeren Essay, der sich den Hintergründen und vor allem den Folgen des Textes und des Briefes noch einmal widmete. Dabei weiß ich, daß ich nichts weiß – und schon gar nicht weiß ich, wie es sich anfühlte, 1957 als schwarze Jugendliche umgeben von »Lyncht sie«-Rufen eine bis dahin »reinweiße« Schule zu betreten. Oder 1962 als erster schwarzer Student über einen weißen Unicampus zu laufen. Oder – wie Arendt – 1920 in Königsberg als Jüdin Beschimpfungen ausgesetzt zu sein.
Wie gerne wüßte man, um sich den verschiedenen Positionen offen nähern zu

können, ein Mittel, das gegen beide Verführungen immunisiert – gegen den Impuls der Verteidigung wie gegen den des Angriffs, die beide verhindern, daß man sich Arendts Stimme, den Stimmen ihrer Kritikerinnen und Kritiker und vor allem der Sache selbst vorurteilsfrei zuwendet. So sehr jeder Essay eine Entdeckungsreise ins Unbekannte sein will: Wir alle tragen unsere Geschichte und unsere Geschichten in uns; man ist nie ganz frei. Es gibt keine Immunisierung. Und so sehr wir uns wünschen, beim Schreiben eine gesteigerte Aufmerksamkeit für die eigenen und fremden Befangenheiten zu entwickeln – man merkt, wie schwer man sich tut, sich all jenen Aspekten in Arendts Werk auszusetzen, die gedanklich ungemütlich sind. Es ist zum Verzweifeln.

Unter den vielen kontroversen Fragen findet sich die, ob Arendt in ihrem Little-Rock-Essay tatsächlich, wie es der Rassismusvorwurf nahelegt, die Schwarzen als Schwarze abgewertet hat. War das N-Wort, das auch Ellison und James Baldwin damals (allerdings im Unterschied zu Arendt durchaus kritisch) verwandten und für das sie heute angegriffen wird, Ausdruck ihrer rassistischen Grundhaltung? Oder vielleicht – auch – ein sprachliches Überbleibsel? Schließlich wäscht sich die Sprache ältere Ausdrücke, die der Wirklichkeit nicht mehr angemessen sind, nicht immer rechtzeitig aus.

Je länger ich mich in die Fragen hineinlas, desto deutlicher wurde, daß die Auseinandersetzung mit der ganzen Angelegenheit tatsächlich »schmerzlich« komplex ist und gerade, was als »einfach« angesehen wird, das Nachdenken nur weiter verkompliziert. Gibt es in Arendts Werk tatsächlich, wie ihr vorgeworfen wird, keine »bleibenden Spuren« von schwarzen oder indigenen Sichtweisen?

Mit jedem Begriff, der nicht befragt wird, erhält sich in der Sprache auch das dazugehörige Denken, wie man an der Prägung »negro problem« – »Schwarzenproblem« – erkennen kann. Auch Arendt verwandte sie damals. Unhinterfragt, wie es aussieht. In der Zeit der Bürgerrechtsbewegung war der Begriff in vieler Munde. Baldwin war nicht der einzige, der ihn kritisierte: Die Schwarzen seien weder Engel noch Teufel, sondern Einzelwesen, betonte er 1964 in einem Interview mit François Bondy. Jedes Reden vom »Schwarzenproblem« subsumiere Menschen aufgrund von Hautfarben unter monolithische Begriffe und zerstöre die Vielfalt der Lebenswirklichkeiten und Hoffnungen, einzig um einer Abstraktion willen. Auf einer anderen Ebene argumentierte Arendt ähnlich wie Baldwin, ohne jedoch den Begriff selbst anzuzweifeln. Tatsächlich war das, was damals das »Schwarzenproblem« hieß, ihrem Urteil nach weniger das Problem der Schwarzen oder gar das der Weißen mit den Schwarzen. Das Problem, das sie sah, hatten, oder richtiger, hätten die Weißen eigentlich mit sich selbst haben müssen, wenn es politisch mit rechten Dingen zugegangen wäre. Über hundert Jahre hatte der Staat den Schwarzen im Süden des Landes die ihnen verfassungsmäßig zugesicherte rechtliche Gleichheit verwehrt: Die Bürgerrechte, das Wahlrecht und das Recht zu heiraten, wen man will, waren in Arendts Augen Menschenrechte. Und Rechte gewähren Freiheit. Doch die (weißen) Liberalen engagierten sich lieber dafür, daß schwarze Schüler weiße Schulen besuchten, statt sich laut und deutlich für die Abschaffung der Heiratsgesetze und deren oft brutale Folge, die Lynchjustiz, einzusetzen.

Bei Ellison, Baldwin und vielen anderen hatte Arendt damals erfahren können, was es heißt, »ohne Anerkennung und ohne realen Status zu leben«. Daß jeder Schwarze jeden Tag sein Menschsein einem Feuer menschlicher Grausamkeit entreißen mußte, das ihn zu vernichten trachtete – für dieses enormes Leid hatte der Text »Little Rock« kein Wort übrig, wie er auch mit keiner Silbe erwähnte, welche Hoffnungen die Schwarzen mit dem erzwungenen Schulbesuch für die Zukunft ihrer Kinder verbanden. Schwieg Arendt aus »Gefühlskälte« oder aus anderen Gründen? Glaubte sie etwa, man müsse, um in der Sache politisch klar zu denken, sich die Gefühle verbieten, die ihren »liberalen Freunden« den Kopf vernebelten?

Ein anderer Punkt, der viel Kritik ausgelöst hat, betrifft Arendts Trennung zwischen Politischem und Sozialem und ihre scheinbare »Mißachtung des Sozialen«. Es ist uns als Bürgerinnen und Bürgern europäischer Staaten selbstverständlich, daß Sozialpolitik ein wesentlicher Bestandteil politischen Denkens und Handelns ist, und so neigen Arendts Verteidiger oft genug dazu, die Mißachtung des Sozialen und die Vernachlässigung des institutionellen Rassismus in ihrem Denken zu übergehen, statt sich damit auseinanderzusetzen. Wir sind mit der Vorstellung aufgewachsen, daß Sozialpolitik dazu da ist, strukturelle Diskriminierungen und Ungerechtigkeiten zu lindern, welche die Politik verursacht hat; entsprechend geht uns Arendts Verdacht, daß Sozialpolitik lediglich beschwichtigt, was die Politik nicht ändern will, massiv gegen den Strich. Ein Dilemma.

Als weiße Überheblichkeit gilt auch jene Aussage aus der Vorbemerkung zu »Little Rock«, unterdrückte Minderheiten seien nicht gerade die besten Berater, wenn es um die Priorität politischer Rechte gehe, und es gebe viele Fälle, in denen sie es vorzögen, für soziale Chancengleichheit statt für grundlegende menschliche oder politische Rechte zu kämpfen. – Man erschrickt, wenn man das liest, auch heute noch. Aus dem Zusammenhang gerissen erscheint der Satz so, als wolle eine Weiße den Schwarzen sagen, sie wüßten nicht, was gut für sie sei. Der Soziologe Melvin Tumin polemisierte entsprechend: »Ihr armen, unaufgeklärten Schwarzen (...), wie könnt ihr nur so mißgeleitet sein, zu glauben, daß Arbeit und Schule wichtiger sind als das Recht auf Mischehe.«

Tatsächlich macht der Ton die Musik. Dennoch sollte man nicht übersehen, daß im Satz über die »unterdrückten Minderheiten« auch die eigenen Erinnerungen mitschwingen; schließlich war auch die »unterdrückte Minderheit« der Juden nicht unbedingt ein Vorkämpfer für politische Rechte gewesen. In dem Satz klingt zudem ein zentrales Motiv ihres Werkes an: Das Recht, Rechte zu haben, ist das elementare und universale Menschenrecht. Der Ton aber deutet vielleicht noch auf etwas anderes hin: Es gab Momente, da konnte Arendt sich nicht ersparen, über Dinge zu reden, über die sie vielleicht lieber nicht sprechen wollte, weil sie allzu bitter und bedrängend waren. Rührte ihr polemischer Ton aus solch einem inneren Schreibhemmnis? Offensichtlich hatte sie sich, als sie das Foto des schwarzen Mädchen sah, das in Little Rock durch das Spalier des weißen Mobs laufen mußte, an den Antisemitismus in Deutschland erinnert gefühlt und deswegen beschlossen, über etwas öffentlich zu reden, worüber sie eigentlich öffentlich nicht reden wollte. Ein solches Gefühl war Arendt nicht unbekannt. Ähnlich wie ihr Little-Rock-Text, der bei vielen ihrer Freunde erwartbar starke Ablehnung erregte, hatte auch ihr Artikel »Zionism Reconsidered« 1946 heftigen Widerstand hervorgerufen und die Gefühle nicht zuletzt ihrer zionistischen Freunde verletzt, was sie bestimmt nicht wollte, wie sie ihrem Verleger mitgeteilt hatte (»They are the kind of people I never wanted to hurt«). In all diesen Fällen standen ihrer Meinung nach grundlegende Rechte auf dem Spiel, die in den Debatten einfach übergangen wurden: 1946 die Rechte der Araber in einem künftigen israelischen Staat, 1957 die Bürgerrechte der Schwarzen und das Recht zu heiraten, wen man will.

Wo historische Texte, aus dem Zusammenhang gerissen, *als* oder *wie* heutige Positionen gelesen werden, verschwindet die

Tatsache, daß alle Gedanken von einer konkreten Person zu einer konkreten Zeit gedacht werden und zu verschiedenen Zeiten verschiedene Aspekte in die jeweilige Gegenwart hineinragen, während andere Aspekte möglicherweise veraltet erscheinen. Texte nach eigenen Vorstellungen »abzuklopfen« ist eine ebensolche Falle wie blinde Verteidigung. Wo heute die historische Einbettung übergangen wird, ja, wo Historie enthistorisiert wird, verschwindet das Wissen, daß jedes Urteil ein vorläufiges ist, entstanden, oder besser gesagt, gebildet, gemacht aus konkreten Konstellationen, Schreibanlässen, Werkzusammenhängen, Gesprächen und Zeitgenossenschaften. Wo das in Vergessenheit gerät, werden Zitate isoliert in die Welt gesetzt. Sätze und Teilurteile werden verabsolutiert, »ontologisiert«, ja dogmatisiert.

Die Wahrheit hat ein ständig wechselndes Gesicht, zitierte Arendt einmal Franz Kafka, und ständig müsse neu um sie gestritten werden. »Little Rock« ist inzwischen Geschichte; und wenn es überhaupt eine Lehre aus dieser Geschichte gibt, dann wohl die, wie schwer es uns auch heute fällt, bei der Betrachtung der Causa Arendt die »subjektive Privatbedingung« des eigenen Meinens zu hinterfragen.

ANMERKUNGEN

Marguerite Duras (1914–1996), Schriftstellerin und Filmregisseurin. Die meisten ihrer Bücher sind auf deutsch bei Suhrkamp erschienen. Aus: »Des journées entières dans les arbres« © Editions Gallimard, Paris, 1954, renouvelé en 1982. Siehe auch Sinn und Form 3/2021.

Kholoud Charaf, geb. 1981 in Al-Mojaimr (Syrien), Dichterin, Kunstkritikerin, Publizistin und Aktivistin, lebt als Stipendiatin des Writers-in-Exile-Programms in Berlin.

Marie-Luise Bott, geb. 1954 in Gießen, Slawistin und Publizistin, lebt in Berlin. 2021 übersetzte und edierte sie den Briefwechsel Boris Pasternak – Marina Zwetajewa. Arbeitet an einer Studie über die Kriegsgefangenen von Géryville. Die französische Fassung, übersetzt von Marie-Claude Auger, erscheint in Regina Keil-Sagawe, Hervé Sanson (éd.): »Les portes du poème. Hommages à Habib Tengour«, Alger 2022. Siehe auch Sinn und Form 4/2019 und 1/2022.

Aleš Šteger, geb. 1973 in Ptuj, slowenischer Lyriker, Übersetzer und Schriftsteller, Mitglied der Akademie der Künste, lebt in Ljubljana. 2022 erschienen der Roman »Neverend« und die »Gebrauchsanweisung für Slowenien« (zusammen mit Matthias Göritz). Die Übersetzung erfolgte nach dem Manuskript. Erläuterung: S. 750 *Človek* (slowenisch) Mensch.

Barbara Wiedemann, geb. 1953 in Augsburg, Literaturwissenschaftlerin, Herausgeberin und Lehrbeauftragte an der Eberhard Karls Universität Tübingen. Zahlreiche Editionen und Studien zu Paul Celan und Ingeborg Bachmann. Koordination des im November im Suhrkamp Verlag erscheinenden Briefwechsels Ingeborg Bachmann – Max Frisch, »Wir haben es nicht gut gemacht«.

Chris Lauer, geb. 1995 in Luxemburg, wo sie auch lebt, Lyrikerin und Journalistin.

Ingeborg Bachmann (1926–1973), österreichische Schriftstellerin. Ihre Gesammelten Werke und Briefe werden vom Piper Verlag und vom Suhrkamp Verlag herausgegeben (Salzburger Bachmann Edition). © Piper Verlag GmbH, München. Der Abdruck erfolgt zudem mit Zustimmung des Suhrkamp Verlags, der Max Frisch-Stiftung und der Erbengemeinschaft Ingeborg Bachmanns.

Theodor W. Adorno (1903–1969), deutscher Philosoph und Komponist. Seine Gesammelten und auch seine Nachgelassenen Schriften sind im Suhrkamp Verlag erschienen. Abdruck der Adorno-Briefe mit freundlicher Genehmigung der Hamburger Stiftung zur Förderung von Wissenschaft und Kultur. Siehe auch Sinn und Form 5/2021 und 2/2022.
Die Dokumente befinden sich im Theodor W. Adorno Archiv, Frankfurt am Main. Mit Dank an Michael Schwarz, Walter Benjamin Archiv der Akademie der Künste. Offensichtliche Schreibfehler wurden stillschweigend korrigiert, Unterstreichungen in Kursiva umgewandelt.

Anna Opel, geb. 1967 in Limburg an der Lahn, Autorin, Dramaturgin, Übersetzerin, lebt in Berlin. Zuletzt erschienen der Roman »Ruth. Moabit« (2019) und »Recherche Haushofer. Der Autor der Moabiter Sonette« (2020).

Donna Stonecipher, geb. 1969 in Seattle, amerikanische Dichterin und Übersetzerin, lebt in Berlin. Aus: »Model City« (Shearsman Books, 2015). Im Original besteht der Band aus 71 Teilen mit je vier dreizeiligen Strophen. Hier abgedruckt sind in eigener fortlaufender Numerierung die Gedichte 6, 9, 10, 11, 15, 19, 26, 37, 41. Erläuterung: S. 785 *Sanddollar* Tier aus der Klasse der Seeigel.

Alexander Eilers, geb. 1976 in Fulda, Literaturwissenschaftler, Herausgeber und Übersetzer, Gymnasiallehrer für Englisch und Philosophie, lebt in Hessisch Oldendorf/Niedersachsen. Zuletzt erschienen »Worte sind Taten. Neue finnische Aphorismen« (mit Sami Feiring, 2016) und John Earle, »Microcosmographie« (Übersetzung und Kommentar, 2018). Siehe auch Sinn und Form 1/2020.

Günter Kunert (1929–2019), Schriftsteller, Mitglied der Akademie der Künste. Zuletzt erschienen der Roman »Die zweite Frau« und der Band »Zu Gast im Labyrinth. Neue Gedichte« (beide 2019). Siehe auch Sinn und Form und 2/2021 und 4/2021.
Noch in der DDR entstandene Urfassung der später in Buchform erschienenen Autobiographie »Erwachsenenspiele« (München 1997), die mit Kunerts Ausreise nach Westdeutschland im Zuge der Biermann-Affäre am 10. Oktober 1979 endet. Zunächst in der objektivierenden »Er«-Form verfaßt, bediente sich der Autor in der Überarbeitung der »Ich«-Form. Das Typoskript mit handschriftlichen Verbesserungen Kunerts wurde aus dem Nachlaß herausgegeben von Wolfram Benda, Unterstreichungen wurden in Kursiva umgewandelt. © Günter Kunert. Siehe auch Sinn und Form 2/2021 und 4/2021.
Erläuterungen: S. 791 *Becher* Johannes R. Becher (1891–1958), Dichter und SED-Politiker, Minister für Kultur, erster Präsident des Kulturbundes der DDR und Verfasser des Textes der Nationalhymne der DDR; S. 792 *Marianne T.* Marianne Todten (1927–2010), Kunerts erste Ehefrau; S. 793 *Walter U.* Walter Ulbricht (1893–1973), 1950 bis zu seiner Entmachtung 1971 maßgeblicher Politiker der DDR, befahl 1961 den Bau der Berliner Mauer; *Reiner K.* Reiner Kunze (geb. 1933), Schriftsteller; *Anna S.* Anna Seghers (1900–1983), Schriftstellerin, 1952–1978 Präsidentin des Schriftstellerverbands der DDR; S. 795 *Roland Bauer* (1928–2017), Historiker, Politiker und Funktionär der SED.

Jarosław Mikołajewski, geb. 1960 in Warschau, wo er auch lebt, Dichter und Journalist. Das letzte Gedicht stammt aus dem Band »Żebrak« (Der Bettler, 2016), die anderen wurden auf der Facebook-Seite des Dichters veröffentlicht. Siehe auch Sinn und Form 1/2008.

Tomasz Różycki, geb. 1970 im oberschlesischen Opole, wo er auch lebt, Schriftsteller. Auf deutsch erschienen zuletzt der Roman »Bestiarium« (2016), der Gedichtband »Der Kerl, der sich die Welt gekauft hat« (2018) und das Buch »Über die Farben. Berliner Notizen« (2020). Antrittsvorlesung zur Siegfried-Unseld-Gastprofessur am 12. Mai 2022 im Institut für Slawistik und Hungarologie der Humboldt-Universität zu Berlin (in Kooperation mit dem Suhrkamp Verlag und dem DAAD). Siehe auch Sinn und Form 4/2021 und 5/2021.

Renate Schmidgall, geb. 1955 in Heilbronn, Übersetzerin aus dem Polnischen, lebt in Darmstadt. Siehe auch Sinn und Form 6/2019 und 2/2021.

Paweł Huelle, geb. 1957 in Danzig, Schriftsteller. Auf deutsch erschienen zuletzt »Mercedes-Benz« (2003) und »Castorp« (2004). Aus dem Erzählungsband »Talita« (2020).

Renatus Deckert, geb. 1977 in Dresden, Schriftsteller und Herausgeber, lebt in Lüneburg. Veröffentlichungen u. a.: »Ruine und Gedicht. Das zerstörte Dresden im Werk von Volker Braun, Heinz Czechowski und Durs Grünbein« und »Adolf Endler: Dies Sirren. Gespräche mit Renatus Deckert« (beide 2010). Siehe auch Sinn und Form 1/2021 und 5/2021.

Gunnar Müller-Waldeck, geb. 1942 in Bernburg an der Saale, bis zu seiner Emeritierung 2007 Professor für Literaturwissenschaft an der Ernst-Moritz-Arndt-Universität in Greifswald, wo er auch lebt. Zuletzt erschienen »Die Torte in der Landschaft. Unterhaltsame kulturgeschichtliche Streifzüge um Dichter, literarische Orte und Landschaften in Mecklenburg und Vorpommern« (2018) und »Zwei ungleiche Vettern – Johannes Halben und Wolfgang Koeppen« (Hg., 2021). Siehe auch Sinn und Form 3/2015 und 3/2018.

Martin Rector, geb. 1944 in Norden/Ostfriesland, lebt in Hannover, Germanist, bis zu seiner Emeritierung 2009 Professor für Neuere deutsche Literaturwissenschaft an der Universität Hannover. 2013 erschien »Wie etwas in die Welt tritt. Die Anthologie der LiteraTour Nord« (Hg.), 2019 »Paulus Böhmer. Malerpoet und Lyriker des Großformats (1936–2018)«. Laudatio zur Verleihung des Walter-Kempowski-Preises für biographische Literatur am 7. Dezember 2021 im Wilhelm-Busch-Museum Hannover.

Claudia Schmölders, geb. 1944 in Heidelberg, Kulturwissenschaftlerin und Übersetzerin, lebt in Berlin. 2007 erschien »Das Vorurteil im Leibe. Eine Einführung in die Physiognomik«, 2018 »Faust & Helena. Eine deutschgriechische Faszinationsgeschichte«. Dank an Antonia Grunenberg, Jerome Kohn, Valerie Borchardt, Ringo Rösener sowie das Deutsche Literaturarchiv in Marbach. Siehe auch Sinn und Form 5/2021 und 2/2022.

Heinrich Blücher (1899–1970), Philosoph und Hochschullehrer. 2020 erschienen »Versuche über den Nationalsozialismus« und »Sources of Creative Power. Die New School Vorlesungen 1953/54« (beide hg. von Ringo Rösener). Das Manuskript befindet sich im Bestand der Hannah Arendt Papers in der Library of Congress (Folder: Family Papers / Blucher, Heinrich – Writings – Publication of Blucher's manuscripts and correspondence (Box 7, Box 8)). Mit Dank an die Archiv-Stiftung van de Loo für die Vorlage der Zeichnung Alcopleys von 1957.

Marie Luise Knott, geb. 1953 in Köln, Autorin, Kuratorin und Übersetzerin, lebt in Berlin. Zuletzt erschienen »Die Hochsee der Ilse Aichinger. Ein unglaubwürdiger Reiseführer zu ihrem 100. Geburtstag» (Hg., 2021) und »370 Riverside Drive, 730 Riverside Drive – Hannah Arendt und Ralph Ellison. 17 Hinweise« (2022). Siehe auch Sinn und Form 2/2021.

Alle Beiträge sind, soweit nicht anders angegeben, Erstveröffentlichungen oder Erstübersetzungen.

JAHRESINHALTSVERZEICHNIS